アルフィンは大きくジャンプした。同時に灌木がずたずたに裂けた。
(260ページ参照)

ハヤカワ文庫JA
〈JA1109〉

クラッシャージョウ別巻①

虹色の地獄

高千穂　遙

早川書房
7170

カバー／口絵　安彦良和

目次

本書は２００３年２月に朝日ソノラマより刊行された
改訂版を加筆・修正したものです。

虹色の地獄

プロローグ

殺戮《さつりく》は、容赦《ようしゃ》がなかった。

男たちは、手あたり次第に所員を射殺した。男であろうと女であろうと、見境なくサブマシンガンでズタズタに引き裂いた。研究所の床は死体で埋まった。その死体の山を無表情に乗り越えて、男たちは前に進んだ。

かれらが研究所にやってきたのは、夜も更《ふ》けてからだった。オーパス総合大学の重力物理学研究所は、不夜城と綽名《あだな》されている。早朝から深夜まで、五十人を超える研究員が詰めていて、室内の明りが消えることはほとんどない。所長のドクター・バルボスが研究所になかば住みついてしまったためだ。それがゆえに、他の所員もそれに倣《なら》わざるをえなくなっていた。

午前二時をまわったころだった。十数台のエアカーが、いきなり研究所の中へと進入してきた。すでに閉じていた門は、エアカーから突きだされた大型のビーム砲で吹き飛ばされた。研究所には、警察のコンピュータにつながるガード・システムがあったが、それは作動しなかった。警報ひとつ鳴り響かなかった。モニターしていたガードマンが、あわてて電源をサブに切り換え、モードをマニュアルにしてみたが、それでもガード・システムは沈黙したままだった。やむなく二十人のガードマンは、レイガンを片手に研究所の玄関へと向かった。

ガードマンが玄関の外へ飛びだしたのと、十数台のエアカーがそこへ到達したのは、ほぼ同時だった。ガードマンはレイガンをいっせいに構えた。だが、先に火を噴いたのは、エアカーに搭載《とうさい》された大型のビーム砲だった。

二十人のガードマンは、わずか二秒でレーザービームに薙《な》ぎ倒され、黒焦《こ》げになった。エアカーのドアがひらき、一台から二、三人ずつ、男がでてきた。男たちは、みな武装していた。戦闘帽と戦闘服で身を固め、手にはサブマシンガンを持っていた。

指揮官とおぼしき男が右手を振った。男たちは玄関から研究所の内部へと入っていった。指揮官は倒れているガードマンにとどめを刺した。念には念を入れるプロのやり方だ。

研究所の一階は、ホールになっていた。右手に受付を兼ねた事務室があり、左手には、所員全員が集まってもまだ十分に余裕のある広いサロンがあった。所員はみな、ここで食事をしたり、からだを休めたりする。

深夜ではあったが、サロンには息抜きのために十人近い所員がいた。また、とつぜんの射撃音に驚き、研究室から駆けつけてきた数人の所員もいた。

かれらを男たちは無造作に射殺した。警告も誰何《すいか》もなかった。いきなり銃口をかれらに向け、トリガーを引いた。

悲鳴があがり、鮮血が飛び散った。床が赤く染まった。男たちは指揮官の指示に従い、半数が階上へ、半数が階下へと向かった。指揮官は、研究所の構造を熟知していた。男たちは途中で出会った所員をためらうことなく殺した。かれらは一言も言葉を発しなかった。

研究所の地下には、所長であるドクター・バルボス個人の研究室と実験用の施設があった。広いフロアで、さまざまな装置がうなりをあげ、光を放っている。

異変を知り、地下フロアの研究員たちは浮足立っていた。逃げまどい、身を隠そうと右往左往していた。

そこへ、武装した男たちがなだれこんできた。

反撃しようにも、研究員たちにはレイガンの一挺《ちょう》もない。

一方的な鏖殺《おうさつ》になった。爪も牙もない、羊にも等しい研究員たちを侵入者は皆殺しにした。だが、かれらは実験用施設の装置に対してはこまやかに気を遣《つか》った。装置を傷つけないよう慎重に狙いを定め、かれらはトリガーボタンを絞った。銃を発射していないのは、指揮官とおぼしきひとりだけだ。かれはフロア内の状況を自身の目で読みとり、手信号で男たちを四方に走らせた。明らかに誰かを探している。

指揮官は、フロアの一角がシャッターで完全に遮断されていることに気がついた。シャッターには、ドアも窓もない。分厚い金属のパネルが天井から降りていて、そこから先を厳重に封鎖している。

間違いない。ここがドクター・バルボスの研究室だ。

エアカーに搭載された大型のビーム砲が運びこまれた。ビーム砲の光条は、いささかてこずりながらも、シャッターの特殊金属を丸く切り裂いた。

サブマシンガンを構えた男がふたり先に立ち、その丸い穴から研究室の中へ入ろうとした。

細い光線が、鋭くほとばしった。

ふたりの男がビームに胸を射抜かれ、もんどりうった。数人の男が、反射的にシャッターへと駆け寄った。

光条が、穴の向こう側から断続的に疾《はし》る。

ひとりの男が身を乗りだし、穴の奥に向かってサブマシンガンを構えた。

「撃つな！」

指揮官が叫んだ。しかし、男の動きは止まらなかった。

男はサブマシンガンを乱射した。すさまじい連射音が、耳を聾《ろう》した。同時に、撃ち返された細いビームが、男の喉《のど》を灼《や》き貫いた。

男はのけぞり、サブマシンガンの弾丸がまとめて天井に叩きこまれた。

反撃のビームも、その直後に熄《や》んだ。

フロア全体が、しんと静まりかえる。

指揮官を先頭に、男たちは研究室の中へと進んだ。

研究室の中央に血だまりがあった。そこに、白衣を着た初老の男がひとり、俯《うつぶ》せに倒れている。右手にレイガンを握り、息はすでに絶えていた。

指揮官が男の長い銀髪をつかんだ。顔を引きあげ、見た。鮮血にまみれた顔は、苦悶《くもん》の表情で大きく歪《ゆが》んでいる。

「ドクター・バルボスだ」指揮官はつぶやいた。

「まずいことになった」

「兄貴！」男がひとり、指揮官に声をかけた。指揮官は首《こうべ》をめぐらした。

「これを」

ドクター・バルボスのかたわらに、大型の棺に似た装置があった。細長い直方体で、上面に透明なパネルがはめこまれている。太いコードが束になって装置から伸び、壁のほうへと向かっている。どうやら、コンピュータに接続されているらしい。

指揮官は透明パネルに顔を寄せ、その装置を覗《のぞ》きこんだ。

思わず、息を呑《の》む。

「冷凍睡眠装置です」

指揮官を兄貴と呼んだ男が言った。

「そんなことは、わかってる」

指揮官は、かすれた声で応じた。

冷凍睡眠装置は、空《から》ではなかった。中には人が横たわっていた。全裸の女性だった。二十二、三歳だろうか。白いガスに包まれて眠る彼女は、しばし言葉を失ってしまうほどに美しかった。

男たちが、冷凍睡眠装置の周囲に集まった。誰もが啞然《あぜん》としていた。口をひらく者がいなかった。

「ジェイスを連れてこい」

指揮官がそれだけ、絞りだすように言った。

が、誰ひとり動こうとしない。

「バザード、てめえだ」

指揮官は、正面の男にあごをしゃくった。

「へい」

バザードは飛びあがり、あわてて研究室の外へと走った。

七分後に、バザードは、ジェイスを連れて戻ってきた。白衣を着てあらわれたジェイスは、目ばかりがやたらに大きい、おどおどした小男だった。

「この女を見てくれ。ジェイス」七分の間に気をとり直していた指揮官は、ジェイスに向かい、きびきびと訊《き》いた。

「誰だ？」

ジェイスは伸びあがって冷凍睡眠装置に上体をのせ、その中を見た。

「マチュア」

低い声で、つぶやくようにジェイスは言った。

「研究員か？」

「そうだ」ジェイスは答えた。

「バルボスが、処置したんだ。ちくしょう、どういうつもりで」

「訊かれたことだけ答えろ」

指揮官は、独り言をつづけようとしたジェイスを一喝《いっかつ》した。ジェイスはびくっとして、口をつぐんだ。

「この女はバルボスの代わりになるのか？　キリーの兄貴がおさえた実験機や、ここにあるデータに精通しているのか？」

指揮官は問いを重ねた。

「もちろんだ」ジェイスは何度も首を縦に振った。

「マチュアはバルボスの助手をやっていた。俺たち平《ひら》研究員が知らないことでも彼女ならわかる。彼女は……」

そこでジェイスの言葉が途切れた。鈍い爆発音が、その声をさえぎった。

床が激しく揺れた。ジェイスは悲鳴をあげた。

「兄貴！」戦闘服を黒く焦がして、ひとりの男が研究室に飛びこんできた。

「襲われた。不意を衝《つ》かれた」

「なんだと？」

指揮官は目を剝《む》いた。

そのとき。

おびただしいビームが、研究室の中に撃ちこまれた。

とっさに、指揮官は身をかがめた。

光線が、飛びこんできた男とジェイスを蜂《はち》の巣にした。

絶叫が長く尾を引く。

男たちは、すかさず反撃に移った。

丸い穴を穿《うが》たれたシャッターが、男たちに味方した。全員が死角に入り、応戦した。正体不明の敵が大型の火器か爆弾を使えば、ひとたまりもない状況だったが、幸いなことに、攻撃はレイガンのみでおこなわれた。

「バザード！」

指揮官はバザードを呼んだ。バザードは床を這《は》い、指揮官のもとにやってきた。

「通信機は？」

「あります」

「バドリに連絡しろ。援軍とバントラックを一台、至急こっちへ寄こすように言え。女を装置ごと運ぶ。あとは〈ボナンザ〉で脱出だ」

「敵は誰です？」

「わからん。だが、警察ではない。狙いは俺たちと同じだ。バドリにもそう伝えろ」

「へい」

バザードはうなずき、指揮官から離れた。

「くっそう」

指揮官は唇を噛んだ。これは楽勝と言っていい仕事のはずだった。情報はジェイスから余さず渡されていた。惑星オーパスの衛星軌道上にあった実験機はとっくに乗っとってある。あとはこの研究所を襲い、ドクター・バルボスを拉致《らち》するだけ。それで、任務完了となるはずだった。

しかし。

その目論見《もくろみ》があっさりとついえた。

バルボスは死に、正体不明の襲撃者に囲まれて、予想だにしなかった窮地へと追いこまれた。

指揮官は時計を見た。午前四時だった。

勝負はあと二時間。指揮官はそう思った。夜明け前にかたがつけば、すべてが終わってオーパスからおさらばできる。

「殺《や》られて、たまるか」

サブマシンガンを突きだし、謎の襲撃者に向かって指揮官はトリガーボタンを引いた。

轟音が耳朶《じだ》を打った。

第一章　スリーピング・ビューティ

1

曠野《こうや》を、一本のハイウェイが南北に長く貫いていた。ハイウェイは、よく整備され、施設も充実している。しかし、周囲の自然には手がほとんど加えられていない。その様相は、ひどく荒々しい。太陽系国家ザカールの第十惑星オーパス。学園惑星として開発されたため、他の多くの惑星がそうであるようには人工的につくられていない。開発されているのは、地表のごく一部の地域だけだ。

ハイウェイは、オーパス総合大学のある学園都市エラーデから、オーパス最大の都市、ザカールの首都マルタドールを抜け、オーパス宇宙港へとつづいている。

夜明けから、二時間が過ぎようとしていた。

早朝のハイウェイに、車影は少ない。わずかに一台のパネルバントラックが、マルタドールに向かって巡航しているのみ。クルージング速度は、時速三百キロといったところか。いすゞ800Aの巨大な体軀《たいく》には似つかわしくない高速クルージングである。ハイウェイから十五センチだけ浮上しているバントラックは、スロットルを全開に保っているに違いない。

バントラックは、インターチェンジにさしかかった。

電光パネルに距離を示す文字が浮かんでいる。マルタドールまで五十六キロ。宇宙港までは二百五十キロ。

インターチェンジで、ハイウェイにあらたなエアカーが三台、加わった。どれもセダンタイプで、マルタドールへと向かっている。エアカーはバントラックに追いつき、速度を合わせた。車間距離が、みるみる詰まった。この手のタイプのセダンの場合、最高速度は四百キロをオーバーする。

バントラックには、ふたりの男が乗っていた。ふたりとも、トラックのパネルに描かれた運送会社のマークにふさわしい制服を身につけているが、雰囲気も顔つきも、それとはおよそかけ離れている。髪を三色に染め分けてサングラスをかけたドライバーと、頰に深い傷痕《きずあと》のある助手席の男。堅気《かたぎ》には見えない。

「ちっ」

ドライバーが舌打ちした。車間がさらに詰まった。追い越し車線を走行しているバントラックとの距離は、もう十メートルもない。

「張り合うな」ドライバーの心理を見透《みす》かしたように、助手席の男が言った。「積荷のことを考えろ。何かあったら、バドリの兄貴に殺されるぞ」

「わかっている」

ドライバーは吐き捨てるように言い、操縦レバーを操作した。バントラックは急角度で走行車線へと移った。

セダンが一台、バントラックを追い抜いた。アルファスッドのA9Jだった。アルファスッドは抜き終えた直後、走行車線に戻った。バントラックの鼻先をふさぐ形になった。と同時に、もう一台のエアカーが追い越し車線にでて、バントラックに並んだ。三台目は、そのままバントラックの背後にぴたりとくっついている。

助手席の男の表情が曇った。

「なんだ。こいつら？」

バントラックが三台のセダンに包囲された。前にアルファスッド、横にBMW―A79S、背後にはメルセデス・ベンツ600SAE。速度を完全に合致させて、四台のエアカーがハイウェイを疾駆《しっく》している。

だしぬけに、BMWのボディの一部がひらいた。そこから銃身が伸びた。レーザービームがパルス状に発射された。

バントラックの車体上部が灼かれ、破片が飛び散った。

「うわっち！」

ドライバーがうろたえ、レバー操作を誤った。バントラックがよたよたと蛇行《だこう》した。

「ちくしょう」

ドライバーは呻《うめ》き、レバーを操作し直した。

「おい！」助手席の男が、ドライバーの肩を突いた。

「後方視界スクリーンを見てみろ」

後方視界スクリーンには、ベンツが映っていた。そのベンツの前窓で小さな赤い光が点滅している。モールス信号だ。助手席の男が、それを読んだ。

「いまのは、警告だ。路肩《ろかた》に、寄せて停まれ。抵抗すれば、コクピットとエンジンを破壊する」

ふたりは互いに顔を見合わせた。短い沈黙があった。

ややあって、助手席の男が言った。

「積荷を狙っている。応戦して蹴散らせ」

「了解」

ドライバーはうなずき、コンソールに腕を伸ばした。スイッチをいくつか指先で弾《はじ》いた。

トラックのパネル下部が回転してひらいた。二連銃身がせりだし、ターレットが獲物を求めてくるりとまわった。

ドライバーがトリガーボタンを押す。

けたたましい射撃音が、曠野に鳴り響いた。

大量の銃弾が吐きだされ、ＢＭＷを切り裂いた。ＢＭＷは炎をあげ、瞬時に爆発した。

「つぎは、これだ」

ドライバーは操縦レバーを前に倒した。

バントラックの前部ノズルが青く光った。強力なジェット噴射だ。制動がかかり、バントラックはつんのめるようにスピードを落とした。

そこへベンツが突っこんだ。いかに頑丈《がんじょう》で名を知られたベンツとはいえ、大型のパネルバントラックに時速三百キロで突っこんだのではたまらない。車体がぐしゃりとつぶれ、吹き飛ぶように横転した。

あわてたのは、バントラックの前を行くアルファスッドだった。またたく間に仲間の二台がやられてしまった。アルファスッドは進路を変え、追い越し車線へと逃げた。後部トランクが跳ねあがり、そこからレーザーガンが突きだされる。

ビームがほとばしった。狙うのはななめ後方。バントラックの側面だ。

バントラックの横窓にひびが走った。ドアにいくつか穴があいた。バントラックも反撃する。機銃が激しく吼《ほ》え、ハイウェイのアスファルトを深々とえぐった。セダンは巧みなスラロームでそれをかわし、直撃を免《まぬが》れた。

再び、インターチェンジを通過した。また新顔エアカーが四台、ハイウェイにあがってきた。あらかじめ待機させておいた仲間をアルファスッドが無線で呼んだのだろう。

今度もセダンばかりである。

五対一になった。

レーザーガンを乱射しながら、セダンの二台がバントラックの正面にかぶさってきた。それをバントラックは容赦《ようしゃ》なく跳ね飛ばした。一台がみごとにひっくり返り、もう一台は防御壁を乗り越えて、ハイウェイから落下した。ひっくり返ったエアカーは衝撃でスクラップと化し、落下したほうは地面に激突して爆発した。

そのとき。

バントラックの車内で悲鳴があがった。

ドライバーが撃たれた。乱射されたレーザービームの一条が、ドライバーを灼き貫いた。ドライバーの胸が炭化し、焦げ穴がそこにひらいた。

「がっ！」

短い悲鳴を残し、ドライバーは絶命した。操縦レバーに死体の重さが加わり、操作が狂った。下面噴射が弱くなった。

バントラックのバンパーが、ハイウェイに接地する。鋭い金属音を響かせて、車体が左右に揺れる。

「ちいっ」

うろたえながらも、助手席の男が動いた。ドライバーをシートからひきずりおろした。レバーを握り、ドライバーのシートへと移る。噴射を正常に戻した。バントラックの走行が安定した。

アルファスッドがバントラックの左側にまわりこもうとしていた。

「野郎！」

男は、それに気がついた。即座に、レバーをひねった。

バントラックが幅寄せする。左に進み、アルファスッドを車体パネルと防御壁の間にはさみこんだ。

男はレバーをさらに左へ倒す。

アルファスッドがつぶれた。金属がねじ曲がり、ガラスの砕ける音が耳をつんざいた。爆発する。

アルファスッドは炎の塊《かたまり》となり、ハイウェイにごろごろと転がった。

男は後方視界スクリーンに視線を移した。

残るは二台。ともにＢＭＷだ。

2

しばらくは、抜きつ抜かれつしながらの撃ち合いがつづいた。二台のBMWは圧《お》しつぶされるのと、同士討ちを恐れて、バントラックへの接近をためらっている。一方、バントラックは、助手席からドライバーズ・シートに移った男が、慣れない操作にとまどい、機銃の狙いを定めかねている。

双方とも決め手を欠いたまま、三台のエアカーは時速三百キロでもつれ合うようにハイウェイを走った。

電光パネルがあらわれた。インターチェンジの案内である。マルタドールまで二キロの表示があった。

「だめだ！」

バントラックの男は、歯を音高く噛み鳴らした。ひとりでは、二台のエアカーの攻撃をかわしきれない。

インターチェンジが見えた。

直進すると見せかけ、男は通過するぎりぎりのところでサイドノズルを全開にした。すさまじい横Gとともに、バントラックは左に急旋回した。

向きを変えたパネルバンのボディが、車線を完全にふさいだ。たまたまパントラックの真うしろにきていたBMWが急制動をかけた。リヤのエアブレーキが跳《は》ねあがる。しかし、わずか十数メートルの車間距離では停止のしようがない。バントラックがバイパスに抜け、視界がひらけた。BMWの眼前にインターチェンジの分離帯があった。ライトの支柱が眼前に聳《そび》え立っている。

BMWは横滑り状態に陥った。車体が支柱に激突した。支柱は折れ、BMWはふたつに裂けた。

もう一台のBMWは、支柱に激突した一台のななめ脇を走っていた。車線が違っていたため、分離帯にはぶつからなかった。が、かわりに折れた支柱が、その頭上へと落ちてきた。支柱はBMWを直撃し、ボディを平たくつぶした。エンジンが爆発して、炎があがる。火は四方に散った。ハイウェイがごうごうと燃えあがった。

バントラックは速度を落とした。マルタドール市内に向け、バイパスを下っていく。ボディが穴だらけだ。しかし、駆動系に損傷はない。

「ふう」

後方視界スクリーンに映る紅蓮《ぐれん》の炎を横目で見ながら、男は大きくため息をついた。

サイレンが聞こえてきた。救急車と消防車とパトカーが、まとめて十台あまり駆けつけてきたらしい。いつの間にか、数機のヘリコプターも空を舞っている。

緊急エアカーの団体とすれ違った。バントラックの男は車体の傷を見とがめられるのではと思い、シートの中で身構えたが、よほど急いでいたのだろう。誰も気がつくことはなかった。

バイパスから、マルタドールの市内に入った。市内は混雑していた。渋滞が長くつづいている。男はいらつきながら、倉庫の立ち並ぶ下町の一画をめざした。念のために裏道を通り、あとを尾《つ》けられていないかどうかもたしかめた。その心配は、どうやらなさそうだ。それを見極めたところで、男はバントラックを倉庫のひとつの前に横づけした。

通信機のスイッチをオンにして、合言葉を告げる。

倉庫の扉がひらいた。バントラックは内部に進んだ。入るやいなや、扉は閉じた。

倉庫の中はがらんとしていた。男が四、五人、隅のほうからやってきた。その全員が、バントラックの男に劣らない胡散臭《うさんくさ》げな顔つきをしている。

ドアをあけ、バントラックから男が降りた。

「どういうことだ、レム？」

先頭に立ってあらわれた大柄な男が、早口で訊《き》いた。

「どうもこうもねえ、宇宙港どころか、ここへ逃げこむのが精いっぱいだった」

レムと呼ばれたバントラックの男は、あごをしゃくって車体の穴を示した。

「また襲われたのか？」

「ハイウェイで、武装したエアカーに囲まれた。マックが車内でくたばっている。宇宙港へ行くルートを張っているらしい。突破は夢物語だぜ」

「研究所の連中の仲間か？」

べつの男が口をはさんだ。背の低い角張った顔の男だった。

「たぶんそうだろう」レムはハンカチで額の汗をぬぐいながら言った。

「正体はつかめなかったが、やり方はプロのそれだ」

「どこのどいつかは知らねえが、俺たちに逆らうとは、いい度胸だ」

大柄な男が言った。

「しばらく、ここでほとぼりをさましたほうがいい」

レムが言った。

「そいつは、船で待っているバドリの兄貴が決めることだ。――ケニー！」大柄な男は、角張った顔の小男を呼んだ。

「急いで連絡をとれ。こっちの状況を話すんだ」

「わかった」

ケニーは倉庫の隅に走った。そこに通信端末があった。ケニーはマイクを跳ねあげ、スイッチを押した。

「宇宙港か？　船につないでくれ。第八スポットの〈ボナンザ〉だ。できない？　おい。

それ本当か？　嘘《うそ》だろ」

ケニーの表情が変わった。蒼《あお》ざめ、全身が小刻みに震えている。

「どうした？」

ケニーの異常に気がつき、男たちがかれのまわりに集まった。

ケニーはうわずった声で応答をつづけている。

「わかった。いや、俺は船主とは関係ねえ。積荷の、なんだ、その、あれだよ。じゃあな」

叩きつけるようにケニーはスイッチをオフにした。そのまま、しばし凝然《ぎょうぜん》と固まっている。

「どうした？」大柄な男が、ケニーの肩をつかんで揺さぶった。

「〈ボナンザ〉に何かあったのか？」

ケニーはうつろな表情で首をめぐらし、口をひらいた。

「やられた」

「やられた？」

「〈ボナンザ〉だ」ケニーは言を継ぐ。

「第八スポットごと爆発したと言っている。宇宙港は封鎖された」

「くそっ！」

　レムが怒鳴った。拳《こぶし》で倉庫の壁を殴《なぐ》った。

「ガデレフの兄貴は大学の構内にもぐりこんだままだし、こっちはこっちで動きがとれない」ケニーは頭をかかえた。

「うっとうしいブッと一緒に島流しだぜ」

「どうする、オスマン？　ほっといたら、俺たちの首が飛んでしまう」

　レムが大柄な男に訊いた。

「ブツをトラックから降ろせ」

　オスマンはレムの問いに答えなかった。かわりに、ケニーに向かって命令を発した。

「何をする気だ？」

　ケニーはうろたえた。

「何をするもへったくれもない」オスマンは言った。

「運ぶんだ。ボスのところに」

「どうやって？　船もないし、第一、ここから外にでることもできないんだぞ」

「いいから、まず、ブツを降ろせ」

　オスマンはすごんだ。

「あ、ああ」

　気魄《きはく》に押され、ケニーはうなずいた。

レムがバントラックのコクピットに戻り、パネルの扉をあけた。

白い冷気が荷台の奥から漂ってきた。

けたたましい音とともに、冷凍睡眠装置が荷台から外へとせりだしてきた。

ゆっくりと倉庫の床に降ろされる。装置の中には全裸で眠る美女が横たわっている。

「運んでもらうんだ」

冷凍睡眠装置を凝視し、オスマンが言った。

「運んでもらう」ケニーが眉をひそめた。

「誰に？」

「雇うのさ。できるやつがいる」

「本当か？」

「今朝のニュースで聞いた。クラッシャーがザカールにきている。アステロイド・ファクトリーの事故処理だ。あっさりと片づけやがった」

「クラッシャー」

ケニーの頬がぴくりと跳ねた。

「あのなんでも屋って連中か？」

レムが話に割りこんだ。

「クラッシャーなら、金次第でなんでもやる」

薄笑いを浮かべ、オスマンは言った。

「しかし、俺たちが頼んでも無駄だ。こんな仕事、受けるはずがない」

「心配するな」オスマンはケニーに向かい、右手を振った。

「手はいくらでもある。運んでもらうのは、ポイントGまでだ。あとはキリーの兄貴がかたをつける」

「あれを使うのか？」

レムの顔がこわばった。

「ヨーゼフ！」

オスマンは、べつの男を呼んだ。

「はい」

背の高い初老の男が前にでてきた。眠そうな顔をした、風采《ふうさい》のあがらない男だった。

「おまえ、カードを持っていたな。スコーラン家の」

「はあ」

「そいつを使おう。なんとしてでも運んでもらうのだ」

「クラッシャーか」ケニーがつぶやくように言った。

「うまくいくかもしれんな」

「なんというやつのチームだ」

レムが訊いた。

「たしか」オスマンは遠い目をした。

「クラッシャージョウとか言っていた」

3

仕事の依頼は、アラミスを経由してジョウのもとに届いた。クラッシャー評議会が仕事の内容をチェックし、ジョウのチームがもっともこの仕事に適していると判断したからだった。

しかし、そのときジョウはすでにある企業の要請でサタニウムの輸送を引き受けていた。本来ならば、あとから入った仕事を断らねばならない。

クラッシャー評議会は、サタニウムの輸送にクラッシャーガレアを派遣した。クラッシャーガレアは、危険物輸送のエキスパートである。ジョウはガレアと交代し、太陽系国家ザカールへと飛んだ。

ザカールは、さそり座宙域に属している太陽系国家である。国家は、恒星ザカールを中心とする十個の惑星から成り立っており、第二、第三、第六、第八、第十惑星が、それぞれ改造され、植民が完了していた。第十惑星オーパスは、とくに学園惑星として名が高い。それゆえに、第三惑星のクラーヌにあった首都が、わざわざオーパスのマルタドールに移されたほどだ。

二一一一年、人類は永年の夢であったワープ機関をおのがものとした。それは人類の銀河系進出を可能にし、同時に滅亡の道を歩みつつあった人類をその絶望の淵《ふち》から救いだすものとなった。二十世紀末から爆発的に増加していた人口は、とうに太陽系のキャパシティを超えており、危機的状況に至っていた。

人類は銀河系全域への植民を開始した。技術はあった。局地的だったが、すでに人類は火星、金星などの惑星改造に成功していた。地球と極端に質量、環境の異なる星、あるいは木星、土星のようなガス状惑星を除けば、地球に似た条件の星を植民可能に改造するのはさほどの難事ではなかった。人類はつぎつぎに開発の手を広げ、手あたり次第に惑星を改造していった。それにつれて惑星改造技術も飛躍的に向上し、人類が植民できる惑星、衛星はさらに増えた。

二一二九年に、惑星トブロスの行政府が、地球連邦に対して独立を宣言した。地球連邦は、これを認めた。他の惑星の行政府も、それに倣《なら》った。植民惑星はそのほとんどが独立し、惑星国家となった。そして二一三四年には、全人類の繁栄と安全を守るため、独自の宇宙軍を保有する銀河連合が設立された。

銀河連合の設立からほぼ十年後の二一四三年、地球連邦は惑星単位だった国家の規模を太陽系単位にあらため、あらたに太陽系国家ソルとして生まれ変わった。これをきっかけに、太陽系単位の改造は急ピッチで進んだ。

それから十八年。銀河連合に所属する八千の国家は、すべてが太陽系国家になった。むろん、ザカールも例外ではない。惑星の数と豊かな資源に恵まれたザカールは、第十惑星に総合大学を建設し、文化、芸術の面でも銀河系にその名を知られている。

依頼を受けてから十四時間後に、ジョウのチームはザカールの星域外縁へと到達した。〈ミネルバ〉がワープアウトすると、間髪を容《い》れずに中継ステーションが誰何《すいか》してきた。

ジョウは入国を申請した。

入国申請は、フリーパスだった。それどころか、通信スクリーンにはザカールの工業大臣みずからがあらわれた。

「すぐにポイント２１４６Ｂに向かってくれ」憔悴《しょうすい》しきった顔の工業大臣は、あえぐようにそう言った。

「もうぎりぎりのところまできている。爆発寸前と言っていい。このままでは、四百人もの生命が間違いなく失われる」

ポイント２１４６Ｂは、第三惑星と第四惑星の軌道のほぼ中央に位置していた。

そこには、小惑星帯《アステロイド・ベルト》がある。

小は長径数百メートルから、大は数百キロメートルのものまで、幾千、幾万ともいわれるアステロイドが広大な宇宙空間を漂い、他の惑星と同様に恒星ザカールの周囲を公転している。

ザカールはアステロイドをエネルギーの供給源としていた。ザカールのアステロイドはダイトニウムを大量に含有《がんゆう》している、極めて良質な鉱石であった。いわば宇宙に浮かぶ鉱山である。これをエネルギー源としない手はない。

ザカール政府はそのための公社を設立し、アステロイドに直接、ダイトニウムの精製工場を築いた。これは、一般にアステロイド・ファクトリーと呼ばれている。

標準時間で、五十時間あまり前のことだった。

アステロイド・ファクトリーのひとつに事故が発生した。鉱石を砕くレーザー・カッターがコンピュータの故障で、とつぜんコントロール不能になった。

それだけなら、たいした事故ではなかった。動力を停止させれば、カッターも止まる。ところが、うろたえた係員が操作を誤った。エネルギーパイプを覆っていた防御バリヤーのスイッチをカッターのスイッチと思いこみ、それを強引に切ってしまった。

レーザー・カッターは、バリヤーを失ったエネルギーパイプを鮮やかに切断した。

エネルギーパイプから、反応制御状態にあったダイトニウムが流出した。反応を起こしているダイトニウムが、ダイトニウムの原石に触れた。

高純度鉱石であることが災いとなった。アステロイドを形成するダイトニウムの原石が、それによって連鎖反応を起こした。

原石は高熱を発した。最終的には数万度に達する熱だった。

小爆発が起こった。爆発性の物質が、アステロイド・ファクトリーには山とあった。

エンジニアが、総出で反応を止めようとした。結果的には、それが仇《あだ》となった。

反応は、止められなかった。そればかりではなく、小爆発に対するセイフティ・システムが作動し、事故エリアに集まってきたエンジニアと管理官がそこに閉じこめられてしまった。

悪いことに、爆発で脱出用カプセルの通路が埋まった。これもセイフティが働いて、そこに至る扉も自動封鎖された。

事故の起きたアステロイド・ファクトリーは、ふたつのアステロイドを連結してつくられていた。Aブロックのアステロイドが長径四十五キロで、Bブロックのアステロイドは、その半分くらいの質量だ。

反応が暴走したのは、Bブロックのアステロイドである。

AブロックとBブロックは、パイプラインでつながっている。したがってエンジニアや管理官がAブロックに逃げこんでいれば、パイプラインを切り離し、被害をBブロックのみに抑えることができた。しかし、Bブロックには四百人近い人間が閉じこめられている。いま、パイプラインを切断すれば生命維持装置が停止して、かれらは確実に死ぬ。といって、かれらを救出するには、救助隊がBブロックの中に入らなければならない。Bブロック内部では反応の暴走で生じた高熱が渦《うず》を巻いている。へたに突入すれば二重遭難だ。それは、はっきりしている。

〈ミネルバ〉は最大加速でポイント２１４６Bに急行した。

その間にもひっきりなしに情報が送られてくる。それを分析し、ジョウとタロスは作戦を組み立てた。

２１４６Bに着いた。

メインスクリーンに、炎上するアステロイド・ファクトリーが映しだされた。ときおり小爆発が起こり、プロミネンスに似た炎が、アステロイドの裏面から長く噴きだしている。

「こいつぁ、二時間ともちませんな」

主操縦席の大男が言った。身長は二メートルを優にオーバーしており、傷だらけの顔は、フランケンシュタインの怪物そっくりだ。〈ミネルバ〉のパイロット、タロスである。

「すぐに作業開始だ」タロスの右どなり、副操縦席にいるジョウが言った。

「最大加速でアステロイド・ファクトリーに接近しろ」

ジョウはシートベルトを外し、すでにシートから立ちあがっている。

ジョウのシートのうしろには空間表示立体スクリーンがあり、そのシートにはアルフィンがついていた。アルフィンの左どなりにはリッキーがすわる動力コントロールボックスがある。ジョウが振り向くと、アルフィンもリッキーも、弾かれたように腰を浮かせた。アルフィンが長い金髪をひるがえし、向きを変える。身長百四十センチと小柄なリッキーも、素早くシートから飛びだした。

三人はブリッジをでて、格納庫へと向かった。

格納庫には二機の搭載艇が乗員を待っていた。白と青に塗り分けられた機体が〈ファイター1〉、白と赤の機体が〈ファイター2〉である。ともにデルタ翼の同型機で、コクピットは並列の複座になっている。三人はまず、ハードスーツを着こんだ。それから、リッキーとアルフィンが〈ファイター2〉に乗った。ジョウは〈ファイター1〉のコクピットに入った。

キャノピーを閉じ、エンジンを始動させる。〈ミネルバ〉の後部ハッチが、大きくひらいた。

はじめに〈ファイター1〉が、つづいて〈ファイター2〉が、漆黒の宇宙空間へと猛加速で発進した。

4

Bブロックの小爆発は短い間を置いて絶えることなくつづいていた。それで、反応の速度がおおよそわかった。

〈ファイター1〉と〈2〉は、加速を落とさず、Bブロックへと直進した。

目標はBブロックの大型エアロックである。

ジョウはコンソールのボタンを押し、ミサイル用のトリガーグリップを起こした。

照準スクリーンに、大型エアロックの映像が入ってきた。

トリガーボタンを絞る。

小型ミサイルが四基、大型エアロックへと叩きこまれた。

爆発した。エアロックの隔壁が吹き飛んだ。直径二十メートル近い穴が、そこにひらいた。

二機の〈ファイター〉が、Bブロックの内部へと突入した。

大型エアロックの奥は、広い通路になっていた。〈ファイター2〉が先に立った。

だしぬけに通路の一角が爆発した。壁が崩れ、炎が噴きだした。爆風で〈ファイター2〉があおられた。操縦レバーを握るアルフィンが、必死で機体を安定させる。速度が急速に落ちた。

減速する〈ファイター2〉の脇を、ジョウの〈ファイター1〉がすり抜ける。

〈ファイター2〉のコクピットに、ジョウの声が響いた。映像はない。音声だけだ。

「大丈夫か?」

「なんともないわ」

「オッケイ。つぎのフェイズに移る」

「了解」

最後の〝了解〟は、コ・パイシートに着座するリッキーが言った。リッキーはハードスーツのヘルメットを把《と》り、かぶった。重装備のハードスーツは、通常の宇宙服よりも熱に強い。クラッシャーのみが用いるドルロイの特注品だ。

また通路が爆発した。今度はダメージはなかった。二機の〈ファイター〉は炎をかいくぐって先へと進んだ。

通路が二手に分かれていた。

〈ファイター1〉が右、〈ファイター2〉が左を選んだ。

爆発に反応したのだろう。通路に防護シャッターが降りてきた。

ジョウはとっさに機首を下げ、〈ファイター1〉の加速を最大にした。

一気にくぐり抜けた。ジョウの背後でシャッターが閉まった。

通路が終わった。といっても、行き止まりになっているわけではない。崩れ落ちて、そこから先が大きな空洞になっている。高熱地獄の空洞だ。熱センサーは千四百度を示している。

ジョウは逆制動をかけ、〈ファイター1〉を停止させた。○・二Gの人工重力は働いていない。装置が吹き飛んでしまったのだろう。

機体下面のエアロックをあけ、ジョウは爆弾と起爆装置をかかえて高熱地獄の中へと飛びだした。この高温では、いかにハードスーツを着ていても活動時間は限られる。おそらく三分とはもたない。ジョウは背中の推進器を使って素早く移動した。

一方、リッキーとアルフィンは脱出カプセルの通路にきていた。

「カプセルの通路が一か所、詰まっている」アルフィンが言った。

「爆発で飛んできた鉱石の破片が、壁に突き刺さったのね」

破片は四メートル近い大きさだった。リッキーが通路の構造をチェックした。

「俺《おい》らがカプセルのセイフティを外す」リッキーが言った。

「アルフィンはレーザーライフルで破片を片づけてくれ。そうしたら、カプセルはBブロックから脱出できる」

「カプセルが穴から飛びださない？」

「射出用セイフティは手動解除しか受けつけないはずだ。俺らが外すまで動くことはない」

「わかった」

アルフィンはうなずいた。

リッキーはシートを倒し、機体下面のエアロックへともぐりこんだ。

リッキーが機体の外にでた。アルフィンはタイミングをはかって機体を旋回させ、レーザーライフルの銃口を通路に突き刺さっている破片へと向けた。

レーザーライフルのトリガーボタンを引いた。

破片が赤くなり、すぐに白熱した。

リッキーは、カプセルを支える透明の筒のところに到達した。筒の奥に、人の姿が見える。死んではいない。動いている。リッキーは筒を叩いた。閉じこめられた人びとがリッキーを見つけた。リッキーは筒を叩いてモールス信号を送った。

〝セイフティを外す。カプセルに乗れ〟

ひとりが両腕で大きな丸をつくった。ＯＫの合図だ。

四十人乗りの大型カプセル十基に、三百八十二人の人間が乗りこんだ。

「片づいたわ」

ハードスーツの通信機に、アルフィンの声が入った。その声は、ジョウの耳にも届いている。

リッキーがセイフティを外し、カプセルに向かってＯＫのサインを返した。

カプセルが発進した。

そのころ。

タロスは〈ミネルバ〉のブリッジで、ジョウからの連絡を待っていた。爆弾をセットし終えたら、ジョウがそれを知らせてくる。そのときは、アルフィンのほうも離脱の準備がととのっているはずだ。

赤いLEDが、小さく灯った。

ジョウの送ってきた信号だった。タロスはコンソールに腕を伸ばした。スイッチのひとつを軽く指先で弾いた。

スクリーンの映像がぱぱぱっと光った。

AブロックとBブロックとを結ぶパイプラインの中央だ。その位置で、パイプラインを切断した。あらかじめ、リモコン弾頭の小型ミサイルをそこに撃ちこんでおいた。

パイプがちぎれ、四方に飛び散った。

パイプラインのいくつかから炎が噴きだした。燃料のラインだ。噴出する炎がBブロックに加速を与えた。

Bブロックの隅から、カプセルがつぎつぎと射ちだされる。

「うまい」

タロスが指を鳴らした。射出されたカプセルは、十個をかぞえた。

炎があがっていないパイプラインの穴から、二機の〈ファイター〉が飛びだした。

〈ファイター〉は離脱にかかった。

Bブロックがaブロックからじりじりと遠ざかっていく。

タロスはタイミングを読んだ。ジョウの仕掛けた起爆装置を作動させるのは、タロスの役目だ。

絶対安全と思われる距離になるまで、タロスは我慢した。いつ大爆発が起きてもおかしくないBブロックだが、あせりは常に悪い結果しか生まない。

「いまだ」

タロスが動いた。起爆スイッチをオンにした。

目もくらむ閃光《せんこう》が走った。

宇宙が白くなった。メインスクリーンから映像が消えた。

広がる光の中で、Bブロックがガス化していく。

衝撃波が〈ミネルバ〉を包んだ。フロントウィンドウに、〈ファイター〉二機の機影が見えた。メインスクリーンは、まだ映像が回復していない。

ほんの一瞬前までBブロックだったガスの塊が、急速に拡散して薄くなった。

映像が戻った。Aブロックと、駆けつけてきた大型船に回収されるカプセルが映った。

「タロス」通信スクリーンにジョウの顔が入った。

「帰投する。ハッチをあけてくれ」

「了解。このあとはどうします」

「休暇だよ。休暇！」

「そう！」

リッキーとアルフィンの声がけたたましく割りこんできた。

「ザカールに寄るんですか？」

「当然だ。二、三日滞在する」

タロスの問いに、ジョウが即答した。

「わかりやした」

タロスは通信を切った。

二機の〈ファイター〉が、〈ミネルバ〉に帰ってきた。

工業大臣から、感謝の通信があった。休養を希望するならば、オーパスの最高級ホテルを用意するとのメッセージが付属していた。

ジョウは〈ミネルバ〉の針路を第十惑星のオーパスへと向けた。仕事が終わった。完璧な結果を得た。最高級ホテルのロイヤルスイートは大歓迎だった。

5

たしかにホテルは一流だった。

部屋も従業員のマナーも、申し分なかった。ならず者と同一視されやすいクラッシャーが、こういった厚い待遇を受けることはめったにない。ほとんどの場合、ホテル宿泊どころか、宇宙船の船内泊ということになる。三百八十二人の生命を救ったことの意味の大きさがはっきりと感じとれた。

しかし、だからといって、愉快なことばかりがつづいたというわけではなかった。

まず宇宙港への着陸でケチがついた。事故があって、オーパス宇宙港が閉鎖されていた。幸い〈ミネルバ〉は、ボディのサイドが大きく広がって翼を兼ねている、航空機に近いフォルムの水平型宇宙船だったので、通常の空港にも着陸ができた。

〈ミネルバ〉は、とりあえずマルタドール空港に降りた。

マルタドール空港からは、政府が用意したリムジンで、マルタドール市内へと向かった。あらかじめジョウたちがくることが報じられていたので、ハイウェイには交通規制がなされていた。

マルタドール・ゴールデンホテルに到着した。

リムジンから降り立ったジョウたちを、ひとりの男が出迎えた。

この男が問題だった。

上品な顔立ちの初老の紳士で、縁なし眼鏡をかけ、口ひげをはやしている。細身で、背が高い。

ジョウたちは、かれをザカールの政府高官だと思いこんだ。かれはチェック・インを手伝い、率先して先に立ち、四人を最上階のロイヤルスイートへと案内した。

部屋に入り、タロス、リッキー、アルフィンは、リビングルームのソファに深々とからだをうずめた。ジョウだけが窓際に立ち、マルタドールの景色を眺めている。

男は、さっさとタロスたちの向かいのソファに腰を降ろした。

そこではじめて、男は自分の身分と来訪の目的を明かした。

「わたしはバレンスチノスと申します」と、男は言った。

「まことに申し訳ございませんが、緊急の仕事をひとつ、どうしても引き受けていただきたいのです」

四人は仰天した。いまのいままで政府の役人か何かだと思っていた人物が、実はあらたな仕事の依頼人だった。

ジョウは目を見ひらき、言葉を失って、バレンスチノスと名乗った男をしげしげと見つめた。

「こんなやり方でお目にかかることにつきましては、幾重にもお詫《わ》びいたします」バレンスチノスは低い声で、言葉をつづけた。

「しかし、わたしはなんとしてもあなたがたにお会いして、この仕事をお願いしなければばならなかったのです」

「はっきり言って、迷惑だ」

ジョウは、バレンスチノスの言葉を打ち消すように強く怒鳴った。頬が紅潮し、怒りで右の眉がかすかに震えた。

「…………」

バレンスチノスは、口をつぐんだ。

「俺たちは一仕事片づけて、ようやくここへたどりついた。自分で言うのもおかしいが、楽な仕事じゃなかった。神経をすり減らし、肉体も酷使した。正直、ここへきて心底ほっとしたところだ。バ――」

「バレンスチノスです」

「バレンスチノスさん、そこへあんたは汚いやり方で強引にもぐりこんできた」

「わかっています」

「叩きだされても、文句は言えないよな」

「そのとおりです」バレンスチノスは目を伏せ、あごをわずかに引いた。

「ですが、どうしても話を聞いていただきたいのです」

すがりつくような物言いだった。ジョウはそっぽを向き、部屋の中をゆっくりと歩きはじめた。

「汚いとおっしゃられては、一言もありません」バレンスチノスは言を継ぐ。「ですが、電話では埒《らち》が明かない。そう思いました。お目にかかって事情を聞いていただければきっとわかっていただけると信じ、こんなことまでして、ここにやってきたのです。どうか、話だけでも聞いてください」

「仕事の話だったら、言うだけ無駄だ」タロスが横から口をはさんだ。

「向こう半年まで、スケジュールはびっしりと詰まっている。隙間はまったくない」

「人ひとりの命がかかっていても無駄ですか？」

バレンスチノスはおもてをあげ、大きく身を乗りだした。

「人ひとりの命？」

ジョウは足を止め、首をめぐらした。

「おだやかじゃねえなあ」

リッキーが手首からブレスレットを外し、それを弄《もてあそ》びながら言った。

「死ぬか生きるかの瀬戸際に立っている人がいます」バレンスチノスは居ずまいを正した。

「その人を助けていただきたい」

「助けると言っても、俺たちは医者じゃない。ただのクラッシャーだ」

ジョウは肩をすくめ、両手を左右に広げた。いつの間にか、バレンスチノスのペースに巻きこまれている。

「医者でなくても、医者のもとへ連れていくことはできるはずです」

バレンスチノスはたたみかけるように言った。

「それはそうだ。しかし、そんなことは誰でもできる。べつにクラッシャーに頼むことはない」

「助けていただきたい人は、エレナという女性です。彼女は昏睡状態で冷凍されていて、三十時間以内に手術しないと助からないと言われました。手術ができるのはコンスタンチン医科大学のグレコ教授だけです」

「惑星ミッコラにある大学ね」

アルフィンが言った。

「そうです」バレンスチノスはうなずいた。

「大至急、ミッコラまで運ばねばなりません」

「ミッコラなら、ここから五千光年くらいだ」ジョウは、あきれたように笑った。

「せいぜい三、四回のワープで着く。どんな船をチャーターしたって、三十時間はかからない」

「問題は距離や船ではありません」

ジョウの言葉を、バレンスチノスはさえぎった。

「船でなきゃ、なんだい？」

　リッキーが訊いた。

「エレナは、さる財閥《ざいばつ》の後継者です。まだお若い方ですが、早くから後継ぎに指名され、そのための教育も受けてこられました。ところが、いざ後を継がれる段になってご病気になられ、そのために、まことに申し上げにくいことですが、財閥内にさまざまな軋轢《あつれき》が生じてしまったのです」

「てっとり早く言えば、お家騒動ってやつですな」

　タロスが言った。

「そうです」

　バレンスチノスは唇を嚙み、目を伏せた。

「エレナの回復を望んでいない者がいるというのか？」

　ジョウが言った。

「残念ながら、そのようです。きのうは彼女と冷凍装置を積んで宇宙港に運ぼうとしていた大型エアカーに無人のセダンが突っこんできました。おかげで、われわれは冷凍装置を市内の貸倉庫に隠さねばならなくなりました」

「連合宇宙軍にはコンタクトしないのか？」

「え？」

「連合宇宙軍だ」ジョウは重ねて言った。

「あそこに頼めば、武装した戦闘艦が彼女をミッコラまで運んでくれる。しかもクラッシャーと違って、金はとらない。いいことずくめだ」

「そんなことは、できません！」

バレンスチノスは腰を浮かせて叫んだ。顔色が変わっていた。

「どうしてだ？」

ジョウは気を呑まれた。

「ことが公《おおやけ》になります」ソファに腰を戻し、バレンスチノスは声を落として言った。

「後継者争いがあったとなっては、グループ企業全体の信用に傷がつきます。それはできません」

「命と信用をハカリにかけようってんですかい？」タロスが首を横に振った。

「いくらなんでも、そいつは」

「お嬢様に意識がおありでしたら、おそらく命よりも信用をお選びになっていたでしょう。よくも悪くも、そういう教育を受けられてきた方です」

「エレナのフルネームを教えてくれ」

あらためてジョウが訊いた。

バレンスチノスは、視線を落とし、しばしためらいの色を見せた。

ややあって、意を決したように口をひらく。

「エレナ……スコーラン様です」

「ひゅう」タロスが短く口笛を吹いた。

「スコーラン家か。なるほど世間体を気にするはずだ」

タロスはジョウのほうに首をめぐらした。

「銀河系でも十指にはいる名門ですぜ」

「で？　あんたは何ものだ」

ジョウは二、三歩、バレンスチノスに向かって歩を進めた。

「わたしは、祖父の代からスコーラン家の執事をつとめている者です」

バレンスチノスは胸を張った。

「証拠があるのか？」

「これで、いかがでしょう」

バレンスチノスは、内ポケットから一枚のカードを取りだした。薄い特殊金属でできたカードで、微妙な色彩の光を放ち、表面に複雑な紋章が描かれている。

「スコーラン家のスペシャルＩＤカードです」バレンスチノスは言った。

「スコーラン家の者だけが所持を許され、偽造は絶対にできません。不可能です」

「ふうん」

アルフィンが、カードを受け取った。しばし、裏表を交互に眺めた。

「本物だわ、これ」

ぽつりと、つぶやくように言う。

「ホントかい？」リッキーがカードを横取りした。

「アルフィンは、元王女様だから、こういったカードには詳しいんだ」

カードをひらひらさせながらリッキーはバレンスチノスに向かって自慢した。アルフィンは太陽系国家ピザンの王女だったが、ある事件をきっかけにジョウたちと知り合い、そのまま〈ミネルバ〉に密航してクラッシャーになった。

「そ、そうですか」

わずかにうろたえ、バレンスチノスはリッキーの手からカードを素早く奪い返した。

「タロス！」

ジョウが言った。

「へい？」

「つぎの仕事まで、どれくらい余裕がある？」

「そうですね」タロスはメモリーカードをポケットから引きずりだし、指先でキーを打った。

「標準時間で、ざっと二百五十時間ってとこです」

「休暇が消えちまうな」

ジョウは静かに言った。

「へ？」

タロスはきょとんとなる。

「引き受けていただけるんですか」

バレンスチノスが立ちあがった。弾かれるような動作だ。

「ああ」ジョウは首をわずかに傾け、両の手を腰にあてた。

「高いもんにつくぜ」

6

決断すると、ジョウの行動は速かった。

その場でバレンスチノスに必要な指示を与え、帰した。むろん、倉庫の位置情報も教わった。

短いミーティングで段取りを決めた。

エアカーを借りて、マルタドール空港に向かった。休むどころか、シャワーすら浴びない。リッキーとアルフィンは、最初のうちこそ文句を言っていたが、ミーティングに入ってからは、ぴたりと口をつぐんだ。すでに仕事は動きだしている。不満はもう許されない。

〈ミネルバ〉に搭乗し、時間を見計らって発進させた。空港の係官は、三百八十二人の生命を救った英雄に対し、飛行プランの提出を求めなかった。

高度五千メートルに達した時点で、ジョウとリッキーは、〈ファイター1〉と〈ファイター2〉に乗り移り、〈ミネルバ〉から離脱した。

二機の〈ファイター〉は、市内の一画をめざして降下を開始した。

速度を落とし、じょじょに高度を下げていく。

帰りしなにバレンスチノスに渡した発信装置が、倉庫の位置を〈ファイター〉に伝えている。

運河沿いに建てられた倉庫の群れが、眼下に見えてきた。各種の用途に応じてデザインされた倉庫が立ち並ぶさまは、幾何学模様のモザイクを思わせて、予想以上に美しい。

発信装置が示す倉庫は、群れの中ほどにあった。

澄み渡った蒼空を背景に、二機の〈ファイター〉が翼端に白い尾をなびかせて、運河の上へと舞い降りてくる。

目標の倉庫の屋上で何かが陽光に燦《きらめ》き、まぶしく光った。ガラスの反射のようだった。

「リッキー」ジョウは通信回路をあけ、〈ファイター2〉を呼んだ。

「着陸する。哨戒《しょうかい》はまかせた」

「オッケイ」

リッキーは威勢よく応えた。

〈ファイター1〉が、倉庫の上空へと至った。高度は、およそ八百メートル。下面ノズルを噴射させ、〈ファイター1〉は垂直降下態勢に入った。コンソールの小型スクリーンに、眼下の様子が映しだされている。屋上の中央に置かれているのは、冷凍睡眠装置とおぼしき物体だ。隅のほうにふたりの男が見える。ひとりは、バレンスチノス。もうひとりは、誰かわからない。

屋上に着陸した。

通信機からバレンスチノスの声がけたたましく響いた。

「お待ちしていました。ワイヤーの接続は終わっています。どうしましょう？」

「説明したとおりだ。こいつのフックにかけてくれ。完了したら、あんたにも、この機体に乗ってもらう」

「ケニーは？」

もうひとりの男を、バレンスチノスは指差した。

「連れは〈ファイター2〉だ。こっちが上昇したら、あっちが降りる」

「わかりました」

ふたりが〈ファイター1〉に駆け寄ってきた。

馴れぬ手つきで、ワイヤーの先端を〈ファイター1〉の下面フックへとひっかける。

ジョウは〈ファイター1〉のキャノピーをあけた。

機体をよじ登り、コクピットの中にバレンスチノスがもぐりこんできた。この執事は、こんなときでも律儀《りちぎ》にスーツを着こんでいる。

バレンスチノスがシートに腰を置き、シートベルトで腰をロックした。それを確認してから、ジョウはキャノピーを閉めた。

「離れてろ」

屋上に残ったもうひとりの男に、ジョウは指示をだした。

下面ノズルを噴射させる。〈ファイター1〉が、ふわりと舞いあがった。フックにかけられたワイヤーが四方に広がっていく。ワイヤーは四か所で冷凍睡眠装置に固定されていた。

いったん停止し、ホバリング状態に移る。ジョウは、ワイヤーがねじれていないかどうかをチェックした。

問題は何もない。

あらためて上昇に移った。

高度八百に達したところで、〈ファイター2〉に降下を命じた。

今度は、ジョウが哨戒にあたる番だ。旋回飛行に入った。

地上にも空にも、異常な動きは見られない。

〈ファイター2〉がケニーを拾って屋上から離脱した。

〈ファイター1〉は旋回をやめ、上昇に転じた。〈ファイター2〉が、そのあとを追ってくる。

高度五千で待機していた〈ミネルバ〉と合流した。

〈ミネルバ〉の後部ハッチが大きくひらく。

浅く弧《こ》を描き、〈ファイター1〉は〈ミネルバ〉の船尾へと向かった。

ハッチが全開になった。

〈ファイター1〉は〈ミネルバ〉の格納庫内に進んだ。格納庫の床には冷凍睡眠装置のキャッチアームが据《す》えられている。

ジョウは冷凍睡眠装置をキャッチアームの真ん中に落とした。アームの金属肢が、装置をつかむ。と同時に、爆発ボルトがワイヤーを切った。逆噴射とエアブレーキで〈ファイター1〉に制動がかかる。

キャッチアームが、格納庫の奥に引きこまれていった。装置はそのままカーゴルームへ運びこまれることになっている。

ランディングギヤをだして、〈ファイター1〉は格納庫に着陸した。キャノピーをあけ、ジョウはバレンスチノスを降ろした。タキシングで所定の位置に移動する。機体が固定された。

〈ファイター2〉が、その間に格納庫へと入ってきた。

ジョウはシートベルトを外し、立ちあがった。コクピットからでて、ひらりと格納庫の床に降り立った。

バレンスチノスが揉《も》み手をして、ジョウを待っていた。格納庫の隅に立ち、信じられないといった表情でジョウを見つめている。

「これで第一段階完了だ」ジョウは言った。

「つぎは通常航行でワープ可能域にでて、一回目のワープをおこなう。一応、一回のワープ距離は三百光年くらいに抑えておくが、乗り心地は保証できない。あんたたちには到着まで船室にこもっていただくことになる。それでいいかな？」

「かまいません」バレンスチノスは前に進み、ジョウの手を強引に把った。

「奇跡ですよ、これは。こんなに鮮やかに、ここから脱出できるなんて、まるで夢を見ているみたいです」

「ねえねえねえ」

〈ファイター2〉から降りたリッキーがバレンスチノスの横にやってきて、その肩を指先でつついた。

「要は段取りと、ここさ」得意げに言い、リッキーは自分の頭を指差した。

「それに、ちょっとだけ度胸があったら、申し分なし」

「まったくクラッシャーは最高だ！」

バレンスチノスは手を打ち破顔した。ジョウは、かれが格納庫で踊りだすのではないかと本気で心配した。

「あのお」

リッキーが運んだ、もうひとりの男が横から顔をだした。角張った小男。ケニーだ。

ケニーはバレンスチノス同様、地味なスーツをかっちりと着こみ、アタッシュケースを胸のところにかかえている。

「おお、そうだ」ケニーを見て、バレンスチノスは居ずまいを正した。

「お約束の前金、キャッシュで五千万です」

バレンスチノスが目くばせした。ケニーは一歩、前にでた。

「どうぞ、おたしかめください」

低い声でそう言い、ケニーはアタッシュケースの蓋《ふた》をあけた。中にはぎっしりと札束が詰まっている。

リッキーがアタッシュケースを受け取り、札束をかぞえた。

十一時間後。

ジョウとリッキーとタロスは、〈ミネルバ〉のブリッジにいた。例によって、ジョウは副操縦席、タロスはその左どなりの主操縦席、リッキーは動力コントロールボックスのシートにおさまっている。

ブリッジ後方のドアがひらいた。

アルフィンとドンゴが入ってきた。

「お客さんの様子はどうだい?」

ジョウが訊いた。

「意外に平気みたい」空間表示立体スクリーンのシートに腰を降ろしながら、アルフィンは答えた。

「酔い止めが、効いてるのかしら。タロスの荒っぽいワープに耐えているんだから、見かけによらず宇宙船には慣れているのかも」

「ワープは、あと二回だ。ミッコラに着くまで、その調子だと助かる」

「ほっとけよ」ジョウの言葉に、リッキーが反応した。

「好きでクラッシャーの船に乗ったんだ。どうなっても向こうの責任さ」

「客船並みのお上品なワープを期待されても、迷惑よね」

アルフィンがつづけた。

「たしかに」

ジョウは笑った。つられて、タロスもリッキーもアルフィンも笑った。ロボットのドンゴまでが、卵形の頭部を上下させて、キャハキャハと喜んだ。

「さて」真顔に戻り、ジョウはコンソールに向き直った。

「そろそろ、つぎのワープと行こうか」

「こっちは問題ありません。準備できてます」

タロスが親指を突きだした。

「アルフィン、ワープカウントをはじめてくれ」

「いいわよ」

アルフィンの白いしなやかな指が、いくつかのスイッチをリズミカルに弾いた。空間表示立体スクリーンが作動し、さまざまな図形が、その中に浮かぶ。乳色の光が、淡く広がった。

「六十からはじめる。同調、お願い」

「おう」

タロスが返事をした。タロスもレバーとスイッチを操作している。メインスクリーンの映像に座標軸のラインが重なった。

アルフィンがカウントを開始した。

「六十……五十……四十」

「同調、異常なし」

タロスが言った。

「座標、異常なし」

ジョウも言った。

「動力、異常なし」

リッキーは右手を挙《あ》げた。

「十……九……八……」

アルフィンのカウントがつづく。ＬＥＤが明滅し、メーターの数字がめまぐるしく変わる。

「二……一……ワープイン」

アルフィンが叫んだ。その声と同時に、タロスの指がワープスイッチをオンにした。

甲高《かんだか》い音が響いた。フロントウィンドウが虹色の輝きで覆われる。極彩色の光がブリッジ全体を鮮やかに染めた。ワープボウ。ワープ空間を彩る華やかな光景だ。光は渦《うず》を巻き、色もさまざまに変化していく。

ジョウはメインスクリーンに視線を据えた。そこにはワープ空間から見た通常空間の映像が映しだされている。光の帯だ。星が手前に向かって猛烈な速度で流れ、尾を引いて無数の光条となっている。その光の帯の中心をめざし、〈ミネルバ〉はまっすぐに突き進む。

「十……二十……三十」

アルフィンは、カウントをつづけていた。

「動力、正常。ばっちしだ」

リッキーが言った。

「こっちも問題なし」

ジョウが強くうなずいた。完璧なワープ航行である。

「四十……五十……あっ」アルフィンがカウントをやめ、叫び声をあげた。

「おかしいわ。これ！」

「同調がずれてます」

タロスも怒鳴った。

ワープボウが変化した。色彩の渦ではなく、色彩の嵐になった。乱れまくった色の洪水だ。スクリーンがそのいびつな色に埋めつくされた。座標軸がうねりはじめている。

警報が鳴った。

7

しい。


「動力に異常！」

タロスのつぎに大声を張りあげたのは、リッキーだった。

「めちゃくちゃだ」

リッキーは頭をかかえた。船内でかすかに響いていた機関の動作音が、急に大きくなった。耳障りなノイズが交じり、激しい騒音と化した。光の乱舞は、いよいよはなはだしい。

「データ、チェック。リッキーは動力を調べろ」

ジョウが大声で指示を発した。

「データは正常。でも、同調がどんどん狂ってく」

アルフィンが言った。その声は、悲鳴に近い。

「だめだ。直りません」タロスがうなるように言った。

「こっちの故障じゃない。こいつは空間のほうがおかしくなっている」

「オート回路を切ってみろ」

「切ってます。ぜんぜん変わりません。コントロール不能です」

ジョウに向かって、タロスが答えた。その直後に、強いショックがきた。突きあげるような衝撃だ。音はさらにかまびすしく、もう互いに何を言っているのか、ほとんど聞きとれない。

「だめ！　わけわかんない」

アルフィンは半狂乱だ。長い金髪を振り乱し、必死でキーを叩いている。

「うわっ！」

リッキーが顔面を押さえた。メーターが吹き飛び、パーツが跳ねた。それが額に当たった。

「すべてオフだ！」ありったけの声で、ジョウが怒鳴った。

「何もかも切っちまえ」

タロスの手がコンソールの盤面を走った。驚くべき早技だ。

あらたなショックがきた。

シートの背もたれに、四人は叩きつけられた。いやな音がした。

「ちくしょう」

強烈なGが〈ミネルバ〉を襲った。Gはクラッシャーたちを圧《お》しつぶそうとしている。

「だめ。もう」

アルフィンの全身から力が失せた。

爆発するような轟音が、四人の耳をつんざいた。照明が消えた。

闇がクラッシャーを包んだ。

永遠とも思われる時間《とき》が流れた。

ジョウは闇の中を漂っていた。

ここはどこだろう？

ふと、そんなことを思った。闇は粘っこく、全身にからみついてくるような感じがすると。

る。深い闇。漆黒の闇だ。自分の姿さえ見ることができない。

何かが見えた。

淡い光だった。小さな、点のような光である。明滅しているらしい。ゆっくりと光度が変化する。

光が強くなった。明滅が止まった。燦《きらめ》く、白い光点となった。気がつくと、その周囲にも細かい光がいくつか輝いている。

まるで星みたいだ。

あらためて、ジョウはそう思った。闇の中に、無数の星が光っている。

いや、違う。これは本物の星だ。

ジョウは我に返った。いま見ているのは、夢ではない。むろん、幻覚でもない。ジョウはいま、たしかに宇宙を見ている。

しかし、それがフロントウィンドウの向こう側に広がる宇宙空間だと認識するまでには、もう少し時間が必要だった。

呼吸音が聞こえた。

自分のそれだった。そのほかに音はない。静かだ。

闇が薄れた。目が馴れてきた。眼前にブラックアウトしたメインスクリーンがある。メーターや光を失っているＬＥＤの並ぶコンソールもあった。

意識が戻った。

完全に復活した。同時に、からだが動いた。シートから身を起こし、ジョウは左右を見た。

左どなりの主操縦席に、気を失ったタロスがいた。コンソールデスクに頭をのせ、両腕がだらりと下に垂れさがっている。

ジョウは上体を伸ばし、タロスの肩に手をかけた。

「おい」

揺すぶってみた。

「おい、タロス」

「ん……ああ」

反応があった。

肩をつかみ、ジョウはタロスを引き起こした。

薄目をあけている。だが、瞳はうつろだ。焦点を結んでいない。意識も混濁しているようだ。

「ジョウ」

ややあって、タロスはため息のような声を漏《も》らした。双眸《そうぼう》に、わずかだが光が宿った。

「はて、停電ですかい？」

ジョウは右手でタロスの頰を張った。三、四発はたくと、目の光がはっきりしてきた。

タロスは首を伸ばした。窓外に目をやった。荒れ狂っていたワープボウは、もうどこにもない。窓外には、暗黒の空間と数知れぬ星だけが存在している。

「こりゃどうしたことだ」愕然《がくぜん》として、タロスは立ちあがった。

「知らねえうちに、ワープアウトしてやがる」

タロスは、オフにしてあったスイッチをいくつか入れた。

「どこいらです？　ここは」

独り言のように訊いた。

「知るか、そんなこと」

ジョウは不機嫌に答えた。タロスが空調のスイッチを入れたため、低い音がブリッジを満たしはじめている。

その音が刺激になったのだろうか。

「う、うーん」

　アルフィンがうめいた。

　シートの中で、身をよじった。ジョウが駆け寄り、からだを横から支えた。

「大丈夫か。アルフィン」

「頭が痛い」

　アルフィンは額を押さえた。

「吐き気がするよお」

　となりのシートからも声があがった。息もたえだえなリッキーの声だ。タロスが歩み寄り、そのグローブのような手で背中をさすってやる。

「どうやら、みんな気を失っていたようですな」

　タロスは言った。

「俺たちはともかく、全身の八割までもサイボーグ化したおまえまでが倒れてしまった」

　信じられないという表情を浮かべ、ジョウが首を横に振った。

「なんかこう、肉体がねじ曲げられるって気がしましたぜ」

「俺《おい》らは、引き伸ばされて踏んづけられたような気分だ」

「てめえには、ちょうどいい扱いだな」

タロスがリッキーの言をまぜっ返した。

「なんだよお」

リッキーはむきになる。

「諍《いさか》いはやめろ」

ジョウが怒鳴った。

「ジョウ」

アルフィンが声をかけ、背後を指差した。

「なんだ？」

「ドンゴがひっくり返ってる」

「ドンゴだと？」

ジョウはリッキーのシートの裏側へとまわった。タロスが、その横に並んだ。ロボットのドンゴが転倒し、動かなくなっている。

「回路がショートしたようだ」

ジョウはドンゴの背中の一部をあけた。

「こいつは、並みのショックじゃありません」

タロスが言った。

「ワープが狂ったんだぞ。並みのショックであるはずがない」

「お客さんは？」

「ちっ」

ジョウは舌打ちした。ふたりの乗客のことを完全に失念していた。あわててジョウは自分のシートに駆け戻り、通信機のスイッチを入れた。

「お客さん。おい、お客さん！」

叫ぶ。だが、応答はない。ジョウは船内カメラをオンにした。サブスクリーンにホワイトノイズが入った。画像は映らない。

「だめだ」ジョウは唇を噛んだ。

「船内カメラもいかれている」

「どうします？」

タロスが訊いた。

「様子を見てくる」ジョウは体をひるがえした。

「アルフィンは現在位置を測定しろ。リッキーは船体チェックだ。こい、タロス！」

それだけ言って、床を蹴った。走りだす。タロスが、そのあとを追った。

ふたりはキャビンに向かった。客の船室用に割りあてたキャビンは、ブリッジの一層下にあった。〇・二Gの船内重力を利して通路を降下し、ジョウはキャビンのドアをあけた。

キャビンは空だった。二段ベッドの中も覗いてみたが、誰もいなかった。明りも消えている。ワープ時のショックによるものだろうか、椅子が横倒しにひっくり返っていた。

「空っぽだ」

ジョウはタロスと顔を見合わせた。

「カーゴルームかもしれませんぜ」

タロスが言った。

「そうか、積荷が心配で……」

ジョウはきびすを返した。

船内通路を跳ねるように移動し、駆け抜けた。カーゴルームは、キャビンのさらに一層下にある。

カーゴルームの前に立った。シャッターをあけた。ふたりは中に飛びこんだ。

がらんとした空間が、ふたりの眼前に広がっていた。ふたりは、そのまま凝然《ぎょうぜん》と立ち尽くした。

「ここも空だ。エレナの装置もない」

ジョウがつぶやいた。

「冗談じゃねえ！」

タロスが吐き捨てるように言った。

右手の壁に船内通話装置が取り付けてあった。ジョウはそこへ駆け寄り、スイッチをオンにした。

「リッキー、船内質量計はどうだ？」大声で訊いた。

「作動している？　正常なんだな。それで？　マイナス三千？」

顔をこわばらせ、ジョウはインターコムのスイッチを切った。

「ジョウ」

タロスが声をかけた。

ジョウはぎくしゃくと振り向き、タロスの顔を見た。

「消えちまった」低い声で言った。

「客とエレナの装置だけが」

「んな、馬鹿な」

タロスは憤然としている。

インターコムの呼びだし音が鳴った。

すかさずジョウはスイッチを弾いた。

アルフィンの声が飛びだした。

「ジョウ。現在位置がわかったわ」

「すぐに行く」

ジョウはうなずいた。

8

空間表示立体スクリーンの座標軸の中で、ブルーの光点がひとつ、早いテンポで点滅を繰り返していた。

アルフィンが、その光点の座標を読んだ。

「くじら座宙域、cet203・11181。商業航路にあるワープエリアの真ん中よ」

「七百光年も跳ねてる」

ジョウが言った。ジョウはアルフィンの背後から立体スクリーンを覗きこんでいた。

「四十年クラッシャーをやってきたが、こんなことははじめてだ」

ジョウの右どなりで、タロスが言った。

「おかしいよ。七百光年もワープしたのに、エネルギーレベルがちっとも落ちてない」

動力コントロールボックスの中で、リッキーがわめいた。

「ということは、誰かにここまで運ばれてきた……」

ジョウはタロスの顔を見た。

「あたしゃ、お手あげです」

タロスは、本当に両手を挙げた。

「ジョウ！」アルフィンが叫んだ。

「重力波に異常。ワープしてくる船があるわ」

「！」

ジョウとタロスの全身に緊張がみなぎった。ふたりは床を蹴り、それぞれのシートに飛びこんだ。

「映像をメインにまわせ」

ジョウが指示を発した。メインスクリーンに座標と光点の映像が入った。たしかに重力波が大きく乱れている。かなりの質量の物体がワープアウトしてくる徴候《ちょうこう》だ。

アルフィンが、ワープアウト・ポイントを確認した。

「一E二四二、二千キロくらいの距離よ」

近い。ほとんど目と鼻の先だ。

メインスクリーンの座標映像の中に、赤い光点が忽然《こつぜん》とあらわれた。〈ミネルバ〉を示すブルーの光点と、ほとんど重なっている。

「ワープアウトしたわ。一隻だけ」

「通信だ」タロスが言った。

「回路をあけろ、と言っている」

「相手のコードを訊け」

「へい」

タロスが操作しようとした。そこへ。

「あっ！」アルフィンが悲鳴に似た声をあげた。

「エネルギーが」

「ブラスターだ！　攻撃してくる」

タロスの声が、アルフィンのそれに重なった。

フロントウィンドウのほぼ中央に、オレンジ色の火球が出現した。

火球は一瞬にして、フロントウィンドウ全体を覆いつくした。大口径ブラスターによる攻撃だ。火球は〈ミネルバ〉を直撃するかのように疾《はし》ってきた。

が、その照準は微妙に外されていた。

〈ミネルバ〉の右舷をかすめ、火球が闇のかなたへと消えた。

痛烈なショックが、〈ミネルバ〉を襲った。

シートベルトをしていなかったジョウはコンソールにしがみついて、座面から転がり落ちるのを防いだ。

「野郎！」

怒りで頰を赤く染め、ジョウは二千キロの彼方にいる正体不明の宇宙船を睨《にら》みつけた。

タロスが、回路をあけた。

通信スクリーンに男のバストショットが映った。軍帽をかぶった眉の濃い、えらが大きく張ったいかつい顔の男だった。

男は尊大な口調で怒鳴った。

「おとなしくしろ、海賊ども！　いまのは警告だ。じたばた抗《あらが》うと、今度は本当に蒸発させてやる」

軍帽には記章がついていた。それはまぎれもなく連合宇宙軍のマークだ。

しかし、連合宇宙軍であろうが何であろうが、ジョウは相手のやり方とせりふが気に入らなかった。

「馬鹿野郎！　どこに目をつけている。流星マークが見えないのか？　俺たちは海賊じゃない。クラッシャーだ」

拳を振りあげ、ジョウは怒鳴り返した。

「黙れ」男はせせら笑った。

「クラッシャーがなんだ。海賊と似たようなものだ」

「なんだと！」

ジョウの血が逆流した。怒りで頭に血が昇った。

「これより本艦はきさまの船に接舷し、臨検をおこなう」ジョウの怒りを無視して、男は言を継いだ。

「そのまま慣性航行を維持しろ。言っておくが、少しでもへんなマネをしたら、予告抜きでぶち抜く。いいな」

通信が切れた。映像がブラックアウトした。

「な、なんだよ。いまの言いぐさ」リッキーの髪の毛が逆立った。

「アッタマにくるぞ」

「宇宙船、急速接近してくる」アルフィンが早口で言った。

「どうやら本気みたいよ」

「応戦してやっつけちまおう」リッキーが両腕を振った。

「どうせ誰も見ちゃいない」

「調子にのるな。単細胞！」タロスが怒鳴りつけた。

「勝てると思ったら、大間違いだぞ」

「ちぇっ、ちぇっ」

「でも、どうすんのよ？」

アルフィンが不安げに訊いた。

「やらせてやるさ」ジョウは首をめぐらした。

「連合宇宙軍の臨検は、たとえ国家元首であっても拒めない」

「話のわかるやつだといいんですがね」

「そいつは、どうかな」

　ジョウはメインスクリーンに目をやった。映像を座標軸からテレビカメラに切り換えた。接近してくる連合宇宙軍の戦闘艦が映しだされた。

　千メートル級の重巡洋艦〈コルドバ〉だ。

　船影がみるみる大きくなった。

　メインスクリーンから船体がはみだした。ジョウは映像を切った。フロントウィンドウも、じきにその巨体で視界をふさがれた。

　逆噴射をかけて、〈コルドバ〉は、〈ミネルバ〉とベクトルを合致させた。

　人工重力平面を平行にさせて並ぶ二隻の船の相対距離は、もう百メートルとない。〈コルドバ〉の船腹から強行用のドッキング・チューブが起きあがり、〈ミネルバ〉のエアロックめざして伸びてきた。チューブの先端には二基のレーザー砲筒が突きだしている。

　ドッキング・チューブが〈ミネルバ〉のエアロックにつながった。

　エアロックがひらいた。完全装備の海兵隊員が二十人、二列縦隊をなして〈ミネルバ〉の船内へと進入してきた。全員が制式レーザー小銃を胸もとに構えている。

　そして、その列の最後に、通常の軍服を着用した男が、ゆっくりとあらわれた。広い肩幅。長身。いかつい顔に鋭い眼、太い眉。先ほど通信スクリーンに姿を見せた尊大な男である。

ブリッジのドアがひらいた。海兵隊員を従え、男はずかずかとブリッジ内に入ってきた。ジョウたち四人はブリッジの中央に立ち、かれらがくるのを待っていた。男は無遠慮にブリッジ全体をじろじろと眺めまわしてから、官姓名を名乗った。

「連合宇宙軍大佐、第三特別巡視隊司令、コワルスキーだ。船籍証明書とクルーのリストを提出してもらおう」

ジョウは黙ってコンソールのポケットからプラスチックのカードを何枚か取りだし、コワルスキーに渡した。

コワルスキーは、それをざっと読んだ。

「きさまが、責任者か？」

ジョウに向かって訊いた。

「チームリーダーのクラッシャージョウだ」

コワルスキーは、カードの束を軍服の胸ポケットに入れた。

「ここは、商業航路のワープエリアだ」コワルスキーは言った。「きさまらがうろついている宙域ではない。行先と目的を言え」

「行先はミッコラ。目的は――」ジョウは瞬時、言いよどんだ。

「病人の輸送だ」

「ミッコラ？　病人の輸送だと」

コワルスキーの表情に、嘲《あざけ》りの色が浮かんだ。タロスとリッキーが小さく舌打ちした。

「クラッシャーというのは、救急車の真似事もやるのか」鼻先で笑った。

「ミッコラに行く船が、どうしてこんなところにいる？」

「それはその、いろいろと事情がありまして」

タロスが前にでた。

「病人はどこだ？」

コワルスキーは、声を荒らげた。

「いまはいない」ジョウは目を伏せた。

「消えちまったんだ」

「消えただと？」コワルスキーの顔が赤くなった。

「きさま、連合宇宙軍を愚弄《ぐろう》すると、ただではすまんぞ」

「ただですもうがすむまいが、消えたものは消えたんだ」ジョウはむきになって言い返した。

「ワープの途中で同調が狂い、気がついたらこの宙域だ。おまけに依頼人も病人もいない。わけを知りたいのは、こっちのほうだぜ」

「なるほどな」コワルスキーは、皮肉っぽく笑った。

「このあたりでは最近、海賊行為が頻発《ひんぱつ》していた。そこで非常警戒態勢に入り、網を張っていたのだが、どうやらみごとに鼠《ねずみ》が一匹ひっかかったらしい」

「なによ。あたしたちが嘘ついてるっていうの」

アルフィンが色をなした。

「そんな戯言《たわごと》、信じるほうがおかしい」

コワルスキーはそっぽを向いた。

「ちょっと待ってくれ」

リッキーが飛びだした。

「なんだ、きさま？」

コワルスキーの目が丸くなった。

「契約書と前金を受け取っているんだ。そいつを見てくれ」

リッキーは言う。

「？」

「スコーラン家が依頼主なんだ。ホントだよ」

リッキーは必死だった。その態度にコワルスキーもわずかに気勢をそがれた。

「スコーラン家ねえ」

言うまでもなく、コワルスキーは名門スコーラン家のことを知っていた。コワルスキーは横目でジョウを見た。

「俺ら、契約書を持ってくる」

リッキーは言葉をつづけた。

「ガストン！」

コワルスキーは海兵隊員のひとりを呼んだ。

「はっ」

ガストンは気をつけの姿勢をとった。

「ついていけ」

「はっ」

ガストンとリッキーが、ブリッジからでていった。契約書と前金は、ジョウのキャビンに保管されている。

コワルスキーは、ジョウのほうに向き直った。

「なかなか用意周到じゃないか」

また皮肉を言った。気まずい沈黙が生じた。

だしぬけに、インターコムの呼びだし音が鳴った。ジョウたちの肩が、びくっと跳ねた。コワルスキーがあごをしゃくった。ジョウはコンソールの前に行き、スイッチをオンにした。船内用の通信スクリーンに、リッキーの顔が映った。

「兄貴、駄目だ！」半ベソをかきながら、リッキーは言った。「契約書も金もない。みんな消えちまってる」

ジョウは息を呑んだ。

コワルスキーが薄笑いを口の端に浮かべた。

「結論がでたようだな」

右手を挙げた。五人の海兵隊員が、前にでた。コワルスキーは、勝ち誇ったように言った。

「海賊行為の容疑で、これよりおまえたちをスタージスの巡視隊本部へ連行する」

ジョウたち三人に向かって、いっせいにレーザー小銃の銃口が突きつけられた。ジョウは唇を噛んでコワルスキーを睨みつけた。しかし、それ以上のことは、何もできなかった。

9

惑星スタージスには、銀河連合のＡＦ２４セクターを担当する検事局があった。カシオペア座宙域に属しているスタージスは、太陽系国家メッテラの第二惑星で、三つある大陸のひとつが、銀河連合の管理に委《ゆだ》ねられている。銀河連合はここに事務局や検事局、それに連合宇宙軍の基地を設けていた。

ジョウ、タロス、リッキー、アルフィンの四人の身柄は、〈コルドバ〉に移された。

〈ミネルバ〉は連合宇宙軍の士官が操船した。

〈コルドバ〉と〈ミネルバ〉は、スタージスに向かった。〈ミネルバ〉は基地内の宇宙港に着陸し、〈コルドバ〉はスタージスの衛星軌道にとどまった。ジョウたちは、シャトルで地上の基地へと連行された。

基地内の取調室で三日にわたって訊問《じんもん》がおこなわれた。訊問には、コワルスキーがみずからあたった。

三日間、ジョウは容疑を否認しつづけた。さしものコワルスキーも、これには音《ね》をあげた。これほどしぶとい相手ははじめてだった。

三日目の深夜。何十回目かの訊問を終えて取調室をでたコワルスキーは、昂奮に頬を染め、表情をこわばらせていた。

「ガキのくせに、生意気なやつだ」

憤り、壁を蹴飛ばした。通路は薄暗く、静謐《せいひつ》に満ちている。蹴飛ばした音が、長く反響した。

「大佐」

とつぜん、通路の暗がりから、声がかかった。低い、落ち着いた声だった。コワルスキーは、眉を跳ねあげて身構え、声のしたほうへと体をめぐらした。地味な色のスペースジャケットを身につけた四十二、三歳の男が通路の壁にからだを預け、腕を組んで立っていた。

「手を焼いているそうだな」

男は言った。

「なんだ。きさまか」

コワルスキーは緊張を解いた。知らぬ顔ではなかった。情報部二課のバード中佐だった。

バードはコワルスキーの前へ歩いてきた。

「検事局の決定がでた」

上目遣《づか》いに言った。

「すぐに起訴か？」

コワルスキーはポケットから煙草を取りだし、口にくわえた。

「いや。釈放だ」

「なんだと？」

コワルスキーは、一度くわえた煙草を落としかけた。

「証拠が足りんのだ」バードは言った。

「だから、当分、泳がせてみようということになった。もちろん、こちらも捜査に協力する」

「証拠は十分だ。あいつらの供述をもとにオーパスの警察に照会したが、回答はすべてノーだった。念のためにと思い、スコーラン家にも問い合わせた。あいつらの主張する事実はない。それが向こうの返事だった。つまり、あいつらの言い分は全部でたらめだったのだ。泳がすなどという悠長《ゆうちょう》なやり方は必要ない」

「うまくいけば、海賊組織を一網打尽《いちもうだじん》にできるぞ」

「逃げられたらパアだ」

コワルスキーは煙草に火を点け、煙を盛大に吐きだした。

「それは、あんたの腕次第だろ」

「よけいなお世話だ」コワルスキーの顔色が変わった。

「俺はもう二十年間も海賊どもと戦いつづけている。いまさら情報部あたりにとやかく言われる筋合いはない。失《う》せろ」

「ああ、そうかい」バードは右手をひらひらと振った。

「気に入らないんなら仕方がない。ほかをあたってみるよ」

「挑発するのか」

コワルスキーの頬がかすかに痙攣《けいれん》した。それと同時に行動開始だ。すみやかに準備に入った

「アラミスの評議会が処分をだす。それより先に、行動開始だ。すみやかに準備に入った

ほうが、いいんじゃないかな」

「わかった。今回はのせられてやる」

吐き捨てるように、コワルスキーは言った。

「それでこそ〈コルドバ〉の艦長だ」

「おだては聞かん」

コワルスキーは、軍靴《ぐんか》の音も荒々しく、その場を去った。あとに残ったバードは、そ

の姿を見送りながら、薄く笑った。

翌早朝。ジョウたち四人は、いきなり釈放された。仏頂面《ぶっちょうづら》の若い係官が留置場にやっ

てきて、釈放を告げた。係官は、素っ気ない声で自分に同行するよう言った。

エアカーで検事局に行き、エレベータに乗せられた。係官は最上階のボタンを押した。

「いったい、どうなってるんだ？　だしぬけに釈放だなんて」

エレベータの中で、ジョウは係官に訊いた。エアカーでは前後席が仕切られていて、

何も話せなかった。

「私は何も知りません」相変わらず抑揚のない声で、係官は言った。

「上部の決定です」

「無実とわかって釈放するんなら、一言あってしかるべきだろ」

「抗議は、弁護士を通じて担当官におこなってください」

「言ってくれるぜ」

ジョウは顔をしかめた。タロスが肩に手を置いた。

「こんなものですぜ。世の中ってのは」

「ちっ」

エレベータが停止した。

降りると、そこはロビー風の広いフロアになっていた。係官が先に立って四人を誘導した。

「こちらです」

ドアの前にきた。

係官がノックすると、ドアがひらいた。四人に中へ入るよう、うながした。

ジョウを先頭に、四人は部屋の中へと進んだ。係官は、廊下に留まった。そのままドアが閉じられた。

正面に大きな窓があり、手前に立派なデスクがあった。窓とデスクとの間に、人がひとり、立っている。しなやかな細身の長身の人物で、ドアのほうに背を向けて、窓の外を見ていた。うしろ姿だけで、かなり高齢の男だとわかった。六十歳はとうに過ぎているだろう。

男は振り返った。ジョウとタロスの顔色が変わった。血の気が引き、白くなった。

「久しぶりだな、ジョウ」

男は言った。かすかにしわがれていたが、張りのある声だった。

「親父」

「おやっさん」

それだけ言って、ジョウとタロスは絶句した。リッキーとアルフィンはあっけにとられて、ふたりを見ている。

「どうした？　突っ立ってないで、すわりたまえ」

クラッシャー評議会議長のクラッシャーダンは、右手を差しだし、静かに言った。

「へ、へい」

反射的に、タロスは従った。うしろの壁の隅に、ソファがあった。タロスはリッキーとアルフィンをうながして、そこに腰を降ろさせた。ジョウだけが、立ったままその場を動こうとしない。

「どうして、ここに」

かすれた声で、ジョウは訊いた。

「今回のことで、連合宇宙軍からアラミスに連絡があった」

ダンはデスクに向かうソファにすわった。

「これは誤解だ。でなかったら何かの罠《わな》だ」

うわずった声で、ジョウが叫んだ。タロスが気を落ち着かせようとして、ジョウの肩に手を伸ばした。ジョウは、その手を振り払った。

「おまえたちは、二十四条のB項に違反した」ダンは事務的に言った。

「クラッシャーは非合法な仕事には手をださない。その原則を守るために、飛びこみの仕事はアラミスに照会してチェックを受ける。それを怠った」

宇宙開発の初期に姿をあらわしたクラッシャーは、たしかにならず者とさほど差のない猛々《たけだけ》しい集団だった。かれらは惑星改造や航路整備などの仕事に従事し、命知らずの特殊なスペシャリストとして重宝された。しかし、その半面、荒っぽい気質や、強引な仕事が開拓者たちに疎《うと》まれたのも事実であった。

そんなクラッシャーたちをひとつの組織にまとめ、正規の職業として人びとに認知させたのが、クラッシャーダンである。史上はじめてみずからクラッシャーと名乗った男、ダンは、惑星アラミスをクラッシャーの星として独立させ、そこにクラッシャー評議会を設けた。クラッシャー評議会はクラッシャー出身の議長一名と四十五名の評議員から成り立っており、銀河系全域に散らばっているクラッシャーたちを厳しく管理している。クラッシャーは銀河連合から軍隊にも匹敵する武器の所持を認められているが、これもクラッシャー評議会があるからこその許可であった。クラッシャーは金次第で、どんな仕事でも引き受ける。古典的な惑星改造から、護衛、救助、探索まで、受けない仕事はない。専用の宇宙船を持ち、武器、メカニック類を自分のからだのように使いこなすいまのクラッシャーは、高度な知識と能力を有した、まさしく宇宙のエリートであった。それゆえに評議会の定めた掟《おきて》を破ったクラッシャーは、極めて厳格に処断される。とくに非合法な仕事に手を染めたクラッシャーへの処分は厳しい。クラッシャーの資格を剝《はく》奪《だつ》され、その世界から容赦なく追放される。もっと小さな違反であっても、評議会に報告が入れば必ず苛烈《かれつ》な制裁が与えられた。

二十四条B項の違反と聞いて、ジョウはうろたえた。これを適用されるとは、思ってもいなかった。

「時間がなかったんだ」ジョウは弁明した。

「緊急で、人の命がかかっていたんだ」

「言い訳だな。それは通じない」

ダンはジョウの主張を一蹴《いっしゅう》した。

「…………」

ジョウは反論できない。

「クラッシャー評議会の処分を伝える」ダンは淡々と言った。

「六か月の資格停止だ。すみやかにアラミスに戻って謹慎しろ」

「おやっさん、そいつはあんまりです」

処分を聞いて、タロスが腰を浮かした。

「おまえの責任も軽くはないぞ。タロス」ダンはその言を制した。

「ジョウの補佐役として失格だ。たしかに飛びこみ仕事を照会しない例は多い。だが、それが不始末につながったら、すべては終わりとなる。そういったルールは、誰よりもおまえがいちばんよく知っていたはずだ」

「へい」

タロスは頭を下げた。補佐役失格と言われては、一言もなかった。九年前、まだ十歳だったジョウがダンに代わってチームリーダーになったとき、タロスはダンの依頼でガンビーノとともにジョウの補佐役となった。ガンビーノはピザンの事件で命を落とし、いまはタロスひとりがジョウを補佐しなければならない。タロスはダンに約束した。必ずジョウを一人前のクラッシャーにすると。それが、今回はこの有様となった。

「通達は以上だ」

ダンは話を締めくくった。

ジョウは歯を食いしばり、ダンを見つめた。

アラミスとスタージスは、一万二千光年を隔てている。クラッシャー評議会の議長が、たったこれだけの通達のためだけに、それほどの距離を旅してきた。
ジョウは、これを最大の屈辱と感じた。見せしめのような処分である。
全身が、怒りで震えた。

第二章 ジャングル・ナイト

1

音楽と光と色が、空間という空間を隅々まで埋めつくしていた。

スピーカーはリズムを叩きだし、メロディを流し、ついでに耳障りな騒音までをも派手に撒《ま》き散らしている。ディスクジョッキーは、声を限りに叫んで、踊る男女を昂奮から酩酊《めいてい》の世界へとむりやり誘う。レーザー光線が縦横無尽《じゅうおうむじん》に走り、経営者が莫大な資金をつぎこんで完成した反重力ホールでは、何十人という若者が〇・二Gの低重力の中で無我の境地に浸っている。かれらは文字どおり、身も心もハイな浮遊状態にあり、意識はそこにない。どこかに飛んでいってしまっている。

どの惑星にもいくつかの顔があるように、スタージスにも極端に異なる環境の相違があった。

銀河連合が管理するサウス・ミレリア大陸から北へ五千キロ。そこに、スタージス最大のバーストラナ大陸が東西に長く広がっている。

バーストラナ大陸は、サウス・ミレリア大陸からみれば、完全な別世界である。自然の成り行きでそうなったのか、メッテラの政府首脳が意図してそのように開発させたのかは判然としない。もしも、計画的に開発したのだとしたら、これはかなりハイブラウなセンスといえよう。食堂とトイレを並べて設計する建築家は、そんなにはいない。

バーストラナ大陸は、大陸そのものが、巨大な歓楽都市となっていた。カジノ、劇場、テーマパーク、ピンからキリまでの酒場、ありとあらゆる娯楽施設がバーストラナにはそろっている。むろん歓楽都市の常として、犯罪や事故は少なくない。しかし、他の歓楽都市と違って、ここには宇宙海賊による組織犯罪が存在しない。サウス・ミレリアにある連合宇宙軍の基地が目を光らせているからだ。犯罪シンジケートが手をだしていない歓楽都市となれば、観光客は安心して遊ぶことができる。事実、メッテラの国家予算の三分の一は、バーストラナからの観光収入によって占められている。

〝DISCO〟は、バーストラナで、もっとも名を知られたディスコティークだった。その異様な趣味で飾られたエキセントリックな外観と内装。そして売りものの反重力ホール。バーストラナを訪れた観光客が、一度は顔をだすといわれている名物ディスコだ。

ジョウ、タロス、リッキー、アルフィンは、〝DISCO〟にいた。

陽が暮れたばかりで、まだ早い時間だった。〝DISCCO〟は七分の入りである。

検事局で釈放されてから、ジョウたちは〈ミネルバ〉でバーストラナへと移動した。ダンは、そのままアラミスに戻るよう言い残していたが、ジョウはその指示に従わなかった。心の憂《う》さを晴らす手近な場所を求め、惑星上で寄り道をした。

幸い、スタージスにはバーストラナという、すさんだ精神を持ちこむにはもってこいの大陸があった。

クラッシュジャケットから街着に着替え、ジョウたちは〈ミネルバ〉をでた。空港から、まっすぐに〝DISCCO〟へと繰りだした。タロスとリッキーは〝DISCCO〟行きをしぶったが、「一緒にいないと何が起こるかわからないわよ」というアルフィンの一言で、ジョウに同行することにした。

入場してから三十分で、ジョウはボトルを二本、からにした。強い酒だった。たちまちジョウは泥酔し、自制のたがを外した。

「なにが六か月の資格停止だ。なにが二十四条B項だ。ちくしょう」

呂律《ろれつ》のまわらなくなった舌で、ジョウはけたたましくわめき散らす。

「だいたい、飛びこみの仕事をいちいちアラミスに照会するなんて、聞いたこともないぜ。え、そうだろ？　タロス」

ジョウはタロスのグラスに、酒をなみなみと注いだ。人工内臓のおかげで、タロスはいくら飲んでもほろ酔い以上にはならない。

タロスは困った表情をおもてに浮かべた。

「だいたい、飛びこみは、急ぎだから飛びこみって言うんだ。照会なんかしてたら、三日は待たされて、仕事がパアになっちまう」

タロスのとまどいを気にせず、ジョウは言葉をつづけた。さらには、すわった目でタロスをじっと見つめる。

「面目ねえ。すべて、あたしの責任です」

タロスは頭を下げた。肩をすぼめ、ソファの中で小さくなっている。

「バァ言え」

ジョウはラッパ飲みしていた酒のボトルを、テーブルに叩きつけた。ボトルは砕け、テーブルの天板がガラスの破片と酒とでぐちゃぐちゃになった。リッキーがあわててテーブル・クリアーのボタンを押す。テーブルの中央からマニピュレータがでてきた。素早くガラスと液体を片づけた。

「いいか、タロス！」その間も、ジョウはわめくのをやめようとしない。

「この件、こっちに責任なんかねえ。俺たちゃ、人助けをしようとしたんだ。人助けだぞ」

「だから、あたしがちゃんとアラミスに話を通しておけばよかったんです」

「アラミスがなんだ」

ジョウの髪が逆立った。リッキーがびくっとして身を引いた。ジョウのとなりにすわるアルフィンは、平然とグラスを傾けている。

「俺たちは好きでクラッシャーをやってるんだ」ジョウは叫ぶ。

「仕事の裁量はチームリーダーに一任されている。それが、どうだ。アラミス、アラミス。なんでも、アラミスに相談しろときた。冗談じゃねえ。アラミスの顔色をうかがってばかりいたら、なんにもできなくなる」

「そおよ！」いきなり、アルフィンが同調した。

「あたしだって好きで密航して、好きでクラッシャーになったのよ。アラミスなんて関係ないわ」

「あちゃあ」タロスは顔を覆った。

「もうひとり厄介者が」

ジョウが新しいボトルの封を切った。リッキーが身を乗りだして、それを止めた。

「兄貴、飲みすぎだ」

「るせえ、ほっとけ」

「そーよ、リッキー。おせっかいよ」また、アルフィンがしゃしゃりでてきた。

「飲むなら、あたしも付き合うわ。ジョウ。あたしだけがジョウの味方」

「アルフィンもよしたほうがいいんだけど」

「お黙り」

おどおどと口をひらいたリッキーを、アルフィンは一喝《いっかつ》した。それから、ジョウのボトルを受けとり、その中身を大型のグラスにあふれるほどそそいだ。

「あ、あ、あ」

タロスとリッキーは、茫然としている。

グラスの酒を、アルフィンは一息で飲み干した。酒が全身にまんべんなく行き渡り、アルフィンの表情はがらりと変わった。

「ひい」

怯《おび》えたリッキーが、タロスにしがみついた。

「なあによ、あのオジン。あれがジョウのお父さまですって。やーよ。あんなの、あたし大っ嫌い」

アルフィンは、大声で悪態をつきはじめた。

「いけねえよ、アルフィン。おやっさんのことをそんなふうに言っちゃいけねえ」

みかねて、タロスが声をかけた。

「何がいけねえんだ」そのタロスに、ジョウがからんだ。

「タロス。アルフィンはほんとのことを言っているんだ。何がいけねえ」

「ジョウ」

タロスはジョウに視線を向けた。

「親父はいつまでたっても、俺をひよっ子扱いする」ジョウは両の手で拳《こぶし》を強く握った。

「俺は十年、クラッシャーをやってきた。ランクもあがった。なのに、未だにダンの息子だ。今度のことでも、必要もないのに親父がわざわざスタージスくんだりまで飛んできた。俺はガキか。尻《けつ》の青い赤ん坊か？」

ジョウの拳が血の気を失った。小刻みに震える。ジョウはおもてをあげ、タロスを睨みつけた。

「そいつは、言いすぎです」

タロスがたしなめた。

「言いすぎなもんか」

ジョウはまたボトルをあおった。

「そうよ、言いすぎじゃないわ」

アルフィンがジョウをかばった。

「ちょ、ちょっと」

リッキーが、アルフィンの肩をつついた。

「なんか言いたいの？」

「い、いえ」

アルフィンにすごまれ、リッキーはあわてて手をひっこめた。

「じゃ、黙ってなさい」

アルフィンは、リッキーの頰を指先でつねりあげた。リッキーの顔が腫《は》れあがった。

グロテスクに変形する。それを見て、アルフィンはけらけらと笑った。

「ジョウ」タロスは懸命にジョウをなだめている。

「おやっさんには、そんな気はありません。おやっさんは、ジョウが早く一人前のクラッシャーになってくれることだけを願ってます」

「どうせ、俺は半人前さ」

「ジョウ、それは違う」

「おせっかいは無用だ。タロス」ジョウはタロスを凝視した。

「俺には俺の考えがある。親父のやり方をおしつけられるのは、まっぴらご免だ。親父のかたをもつんなら、タロス、おまえはさっさとアラミスに帰れ。帰って、また親父とチームを組めばいい」

「ジョウ」

タロスは声を失った。アルフィンがジョウにしなだれかかった。

「ジョウ。ね、踊ろうよ。ぱあっと」

「踊る？」

ジョウはタロスとアルフィンを交互に見た。

「よし踊ろう」顔が明るくなった。

「派手にやるぞ」

「うん」

ジョウとアルフィンは立ちあがった。アルフィンはジョウの腕を把《と》り、甲高い笑い声を響かせた。

ふたりは、おぼつかない足どりで中央フロアへと向かった。

不安げな面もちで、タロスとリッキーはそれを見送る。ジョウとアルフィンは、泥酔しているとは思えない軽やかなステップで、ペアダンスを踊りはじめた。ジョウの黒い服と、アルフィンの銀色のセパレート・ウェアが絶妙のコントラストとなっている。

「よくねえなあ」

タロスが酒のグラスを傾けた。

「よくないよ」

リッキーはストローでジュースを飲んだ。

「アラミスだって、おかしいけどね」リッキーは不服そうに言を継いだ。

「議長をよこすひまがあったら、そのぶん、丹念に事情を調べてくれればいいのに」

「生意気言うんじゃねえ。ガキにゃわからん事情があるんだ」

「そーゆー言い方はないだろ」リッキーは頬をふくらませた。

「だから、ジョウだって頭にくるんだ」

「世間知らずは、すっこんでろ」

「なんだい。でくの坊!」リッキーは立ちあがった。

「縫い目が多きゃいいってもんじゃないぜ」

「ほざけ、ねしょんべんチビ」

タロスも立ちあがった。身長二メートル余のタロスと百四十センチのリッキーとでは、ゴリラとポケットモンキーほどの差がある。ふたりは互いの胸ぐらを強くつかんだ。

そのときだった。

ガラスの割れる音がけたたましく鳴り響いた。

はっとなって、ふたりは中央フロアを見た。そしてまた、顔を見合わせた。

「まずい」

「ジョウだ」

合唱した。

2

すでに、殴《なぐ》り合いがはじまっていた。

ジョウはフロアの真ん中で、四、五人の男を相手にしている。酩酊状態がつづいているので、まだ足もとはふらついていたが、それでも訓練された肉体は、多勢を相手によく闘っていた。

相手は、〝DISCO〟に四六時中たむろしているチンピラたちだった。顔面に刺青《いれずみ》をほどこしたり、額に傷をつけて喜んだりしている遊び人のグループだ。

ジョウはひとりを蹴倒し、もうひとりをパンチで叩き伏せた。

フロアの外では、アルフィンが手を打ってきゃあきゃあとはやしたてている。ジョウは歓声に応え、Vサインをつくって腕を高く突きあげた。そのとき、右足が床に転がるボトルを踏んだ。

ジョウはよろめき、体勢を崩した。相手は、それを見逃さなかった。色の黒いチンピラが背後にまわり、ジョウを羽交《はが》い締《じ》めにした。人相のひどく悪い、あごの長い男が、正面にきた。男は拳を固めて、ジョウを殴った。顔面からボディと全身を滅多打ちにした。ジョウは羽交い締めをほどこうともがくが、アルコールが力を萎《な》えさせていて逃げられない。まるでサンドバッグのようにジョウは激しく打たれた。

唇が切れ、黄色い胃液をジョウは吐いた。目のまわりが青黒く腫れあがっている。

「なにすんの！」

アルフィンが人相の悪いほうに飛びかかった。腕にすがりつき、男をジョウからひきはがそうとする。

「このアマ」

太い腕が、アルフィンの首に巻きついた。先ほどジョウに蹴り倒された、顔に刺青のある男だ。男はうしろからアルフィンの首を絞めた。アルフィンは男の腕に嚙みついた。男は悲鳴をあげた。皮膚が裂け、血が流れた。腕を押さえて、男はフロアを転げまわる。

「喧嘩《けんか》だ。喧嘩だ」という声がフロアのあちこちからあがった。音楽と騒音と色の乱舞で、ほとんどの客は喧嘩に気づいていなかった。客たちはソファから立ちあがり、中央フロアへと見物にやってきた。

フロアのほうは、もはや踊りどころではなくなっていた。喧嘩相手が地元のチンピラだったので、ジョウの敵はさらに増えている。

ようやく羽交い締めから逃れたジョウが、七、八人の男に囲まれた。派手に殴り合っている。

人垣を掻き分け、タロスとリッキーがフロアの上にあがってきた。

「喧嘩はサシでやれ」

タロスが大声で怒鳴る。

「うるせえ」

チンピラのひとりが、照明スタンドでタロスの頭を殴った。スタンドはこなごなになった。タロスは平然としている。

「どけ」

タロスはチンピラの衿首《えりくび》をつかんだ。一撃をくらわすと、チンピラは消し飛んで壁のスピーカーに激突した。

大騒ぎになった。

アフロヘアのディスクジョッキーが、喧嘩をやめて楽しく踊ろう、などと叫んでいる。だが、それを聞く者はひとりもいない。逆に、そこかしこであらたな衝突が起こり、喧嘩の輪はさらに広がっていく。

ジョウとアルフィンが群がってくる相手をつぎつぎと叩きのめした。タロスは巨大な球形スピーカーを引きちぎり、数人のチンピラに向かって投げつけた。スピーカーはチンピラを跳ね飛ばし、壁にぶつかってばらばらになった。ショックで内部の構造材が折れたのか、壁にひびが走った。そのまま、崩れだす。

「やめて。お願い。やめて！」

壁に張りだしている音響調整室に支配人があらわれ、マイクで客に訴えた。崩れてきた壁が、その調整室をぐしゃりと圧《お》しつぶした。

リッキーは、反重力装置の上に登っていた。ちょこちょこ動いてチンピラを翻弄《ほんろう》していたら、いつの間にかそこにきていた。

何人かの身軽なチンピラが、リッキーを追って装置の上にあがった。

リッキーは半球形の装置を伝い、逃げる。追っ手がそれをつかまえようとして、腕を伸ばす。

リッキーが跳んだ。天井に照明灯やら装飾用のボールやらがびっしりとぶらさがっている。そのうちのひとつに、リッキーは跳びついた。チンピラたちはリッキーをつかみそこねて、フロアへと落下した。リッキーは舌をだした。そのとたんに、ボールを支えていたステイが折れた。リッキーはじたばたあがき、べつのステイにしがみついた。しかし、そのステイも折れた。リッキーは手懸りを失った。

フロアでは、アルフィンが大男に押さえこまれていた。大男は獲物が金髪の美人なのに気をよくし、舌なめずりをしていた。アルフィンは泣き叫び、もがくが、力で完全に劣っている。ジョウの名を呼んでも、この騒ぎでは届きはしない。

「いーやっほお」

頭上からリッキーの声が降ってきた。

声ばかりでなく、巨大な照明灯をかかえて、リッキー自身も降ってきた。

照明灯が、アルフィンにかぶさっていた大男の頭を直撃した。

〝DISCO〟の入口が一段と騒がしくなった。人波が割れた。ショックバトンを手にした機動隊の一団が、店の中へとなだれこんできた。支配人が警察に連絡し、ついに機動隊が出動した。

服をぼろぼろにして、ふたりのチンピラにヘッドロックをきめていたタロスが、押し寄せてくる機動隊を発見した。

「やばい」

チンピラを投げ捨てた。機動隊に追われて、客が右往左往している。

「ジョウ！」首をめぐらして怒鳴った。

「ずらかりますぜ。ジョウ」

ここで警察に捕まっては謹慎処分におまけがつく。それは避けたい。

誰かが、タロスの肩を叩いた。

タロスはうしろを振り返り、身構えた。

「！」

啞然《あぜん》となった。

男が立っていた。地味な色のスペースジャケットを着た中年の男だった。頭髪の生え際がかなり後退しており、細い目が意味ありげに光っている。

男は左手でこっちだ、と合図をした。

「おめえは、バード」

タロスは絶句した。まさかこんなところで、この男に出会うとは、思ってもいなかった。

中央フロアに、機動隊員が殺到した。そこには売りものの反重力ホールがあった。殺到する機動隊員の重量をホールの装置は支えきれなかった。

反重力装置が狂った。装置の周囲の重力が一時的に増大した。

天井が落ちてきた。

タロスとジョウとリッキーとアルフィンは、バードの誘導を受け、ほうほうの態《てい》で〝DISCO〟から脱出した。バードは外にエアカーを待たせていた。五人はそれに乗りこんだ。シートに腰を置き、うしろを振り返ると、崩壊してゆく〝DISCO〟が見えた。屋根がつぶれ、金のシャチホコが落下する。狂った重力のため、建物はぐしゃぐしゃとひしゃげ、平たくなっていった。

「どこへ行く？」

エアカーの中で、タロスはバードに訊いた。

「俺のホテルだ。お茶でも飲もう」バードは苦笑しながら言った。

「もっとも、その恰好《かっこう》で入れてくれたらの話だが」

バードに言われ、あらためて四人は自分たちの姿を見た。服はどれもずたずたに裂けている。顔もからだもあざだらけだ。その上、ジョウは鮮血にまみれている。

ホテルの従業員は、バードがはずんだ多額のチップに免じて、四人の風体に目をつぶってくれた。

静かなピアノ曲の流れる、薄暗いティールームに入った。〝DISCO〟での喧騒《けんそう》が夢のような、落ちついたムードのティールームである。客も少なく、ソファは広々としていた。

が。

その穏やかな雰囲気を、ジョウは台なしにした。

「いぢぢぢぢ」

悲鳴をあげ、ソファの上でのたうちまわった。アルフィンがバードから渡された消毒スプレーを傷口にかけた。何人かの客がその大声にあきれ、席を立った。

「騒がないの。男でしょ」

アルフィンが傷口をひっぱたいた。ジョウはのけぞり、硬直した。

「あきれた話だ」バードが笑った。

「足を踏んだ踏まないで、ディスコを一軒めちゃくちゃにする。こわし屋とは、よく言ったもんだぜ」

「そう言うな。二十年前は、おまえもそのクラッシャーだったんだ」

うなだれながら、タロスが言った。

「違いない」バードは、さらに笑った。

「二十年か。おまえやおやっさんとチームを組んでたころがなつかしいぜ」

「いまは何をやっている？」

「連合宇宙軍の軍人だ。去年、中佐になった」

「バード中佐か。出世したなあ」

タロスは鼻を鳴らした。

「所属は情報部二課。わかるかな？」

「スパイか？」

「そりゃ言いすぎだ。ま、似たようなもんだがね」

タロスの表情が変わった。わずかに険しくなった。

「会ったのは偶然じゃなさそうだな？」

「ようやく探しあてたら、喧嘩をしてやがった」

バードはさらりと応じた。

「用はなんだ？」

「コワルスキーの報告書を読んだ。それで力になれるかもしれんと思った。そういうことだ」

テーブルの端で騒いでいたジョウ、アルフィン、リッキーの動きが止まった。全員、真顔になった。

「俺たちの無実が証明できるというのか？」

タロスは身を乗りだして、問う。

「そいつはわからん」バードは小さく肩をすくめた。「だが、そのための手懸りなら、与えることができる」

「手懸り」

ジョウも身を起こし、バードに向き直った。

「俺はまずスコーラン家をあたってみた。バレンスチノスとかいう男が持っていた例のスペシャルIDカードの線だ」

「どうだった？」

タロスは目を烱《ひか》らせ、歯を剝きだしている。

「カードはたしかに本物だった。アルフィンの目は正しい。スコーラン家は否定したが、裏をついたら、すぐにわかった。半年ほど前にスコーラン家のスペシャルIDカードが一枚、何ものかに盗まれていた」

「盗まれたカード」

ジョウの右眉がわずかに動いた。

「体面を気にして、スコーラン家が公表をしぶっていたんだが、犯人はわかっている。この男だ」

バードは内ポケットから一枚のプラスチックパネルを取りだした。板の表面には風采のあがらない中年男の映像が浮かびあがっていた。

タロスを除く三人が、その立体写真に見入った。男の顔に見覚えはなかった。三人は首をひねった。

「うーん」

「この顔なら、どうかな」

もう一枚、バードはパネルをだした。

「あっ」

三人は仰天した。パネルの上に、上品な風情《ふぜい》の、縁なし眼鏡をかけた初老の紳士の映像が浮かびあがった。それは、まぎれもなく、あのバレンスチノスの顔だった。

3

「本名は、ヨーゼフ・ドッジという」淡々とした口調で、バードは言った。

「宇宙海賊に加わっていたこともあって、前科もけっこうある。そのあたりをうまくごまかして、スコーラン家に秘書としてもぐりこんでいたらしい」

タロスが背後から腕を伸ばし、二枚の立体写真をバードの手からひったくった。

「どこにいる、こいつは？」

うなるように訊く。

「正体が発覚する寸前に、姿をくらませた」

「行方不明か？」

「いや、足どりはつかんでいる」

「どこだ？」

タロスは勢いこんで問いを重ねた。

「ラゴールだ。ラゴールに逃げこんだ」

「ラゴール？」

ジョウの表情が変わった。眉根に深い縦じわが寄った。

「ラゴール！」

タロスは、目を大きく見ひらく。

「ラゴールって、あの？」

リッキーとアルフィンは、声をそろえた。

「そう」バードは、ゆったりとうなずいた。

「あのラゴールだ」

おひつじ座宙域にある太陽系国家ラゴールは、改造度4の新興国で、無法者の逃げこみ場として全銀河系にその名を知られていた。少ない人口を増やすために移民を募《つの》っているのだが、何を考えたのか大統領のデュプロ・マルドーラが、その際に居住資格の制限を設けようとしなかった。そうなると、喜ぶのは指名手配された犯罪者たちだ。ラゴールに行って移民申請書を提出し、それが受理されれば、ラゴール政府がかれらを指名手配から保護してくれる。いや、指名手配されていないチンピラであっても、それは同じだ。前科があろうが、よそでどんな悪事をしでかしていようが、ラゴールでおとなしく暮らしてさえいれば、かれらはいつまでも真面目なラゴールの一般市民でいられる。

「宇宙海賊なんて手合いには、恰好の隠れ家じゃねえか」

タロスは腕を組んだ。

「厄介なことに、ラゴールは開発途上を理由に、各種条約の加盟と連合宇宙軍の寄港を拒否している」バードはつづけた。

「だから、ラゴール政府の特別な要請でもない限り、俺たちは入国することができない。しかし……」

バードは上目遣いにジョウを見た。

「しかし？」

ジョウの上体が前にでた。

「クラッシャーなら、話は、べつだ」

バードは一語一語区切るように、ゆっくりと言った。

「けっこうな手懸りだぜ。バード」

ジョウの顔が輝いた。いまにも、この場から飛びだしてしまいそうな表情だ。

「待ちなせい。ジョウ」あわてて、タロスが腰を浮かせた。

「俺たちは六か月の資格停止と謹慎処分をくらっているんです。アラミスに帰らないといけません」

「アラミスには戻るさ」ジョウはにやりと笑った。

「だが、いつまでにという期限もないし、寄り道も禁じられていない。途中でラゴールにちょっと顔をだすくらいなら、どうってことないだろ」

「そいつは、屁理屈《へりくつ》ってもんでさあ」

タロスは頭をかかえた。

「屁理屈だって理屈のうちだ」

ジョウが立ちあがった。唐突に、すっくと立った。リッキーとアルフィンが目を丸くした。

「バード、俺はラゴールに寄っていくぜ」

「そりゃ、けっこう」バードは悠然とコーヒーを飲んでいる。

「あたしには何も聞こえませんがね」

「こずるい野郎だ」顔をしかめてタロスが言った。

「しかし、汚名をそそぐってのは、悪くない」

「ラゴールか。ちくしょう、あの野郎」

ジョウは右の拳で左のてのひらを打った。もう、心はラゴールに飛んでいる。

「行ってみますかい？」

苦笑いを浮かべ、タロスは訊いた。問うのではなく、決定事項の確認という口ぶりだ。

「行こう！」

リッキーとアルフィンが合唱した。リッキーはジョウに向かって首をめぐらした。

「出発は？」

「すぐに？　ジョウ」

アルフィンも尋ねた。

「すぐにだ」威勢よく、ジョウは言った。

「こんなところで、くすぶってられるか」

バードは素知らぬ顔で、コーヒーカップを傾けている。

「俺《おい》ら、先に行って調整をすませとく」

リッキーがソファから飛びだした。

「タロスも一緒に行け」ジョウが言った。

「俺は出国許可を取ってくる。アルフィン、ついてこい」

四人は、にわかに活気をみなぎらせた。

バードはそんなやりとりを耳にしながら、薄く笑っている。意味ありげな微笑だ。

あわただしい時間が、めまぐるしく経過した。

燃料補給から出国の手続きまで、わずか三時間あまりで、ジョウたちはすべての準備をととのえた。

出発は夜明けになった。

バーストラナ大陸を、一日の最初の光が明るく染めあげたころ、〈ミネルバ〉は宇宙港から離陸した。ランディングギヤが、大地をあとにして、機体の中へと吸いこまれた。

大気を切り裂き、〈ミネルバ〉は急上昇をつづける。

ひとまず、スタージスの衛星軌道にのった。スタージスを一周して、外宇宙をめざした。

スタージスの衛星軌道には、〈コルドバ〉がいた。

〈ミネルバ〉が宇宙港から舞いあがると同時に、〈コルドバ〉に通信が入った。通信は、バードからだった。

コワルスキーは、〈コルドバ〉のメインブリッジにいた。メインブリッジの通信スクリーンにバードの顔が映った。バードは宇宙港の管制室にもぐりこんでいた。

「コワルスキーか」バードは言った。

「とうにわかっていると思うが、いま、〈ミネルバ〉が発進した。行先はラゴールだ。ほどなく衛星軌道にのる。あとは頼んだぞ」

「ラゴールとは、厄介なところだな」

コワルスキーは、少しも厄介でなさそうに言った。

「うかつに手をだすなよ。ぎりぎりまで様子を見るんだ。俺も〈ドラクーン〉で、すぐにあとを追う」

「だしたくても、相手がラゴールでは手をだせん」

コワルスキーは、スクリーンに映るバードを鋭い目で睨みつけた。

「そこをだすから怖いんだよ、あんたは」

バードは笑った。

「まかせておけ」コワルスキーは舌なめずりをした。

「ラゴールか。思ったとおりだ。今度こそ、みてろよ」

通信が切れた。

〈ミネルバ〉は、ラゴールの星域外縁にワープアウトした。順調な旅だった。同調に狂いはなく、すべての機関が正常に作動した。あの事故のあとである。四人は、ひとまず胸を撫《な》でおろした。

許可を取り、ラゴールの星域内へと進入した。

アルフィンが、ラゴールのデータをチェックした。

太陽系国家ラゴールは、三つの〝衛星〟から成り立っていた。恒星ラゴールの周囲をめぐっている〝惑星〟はノルンだけである。ノルンは巨大なガス状惑星で、改造は不可能だった。しかし、ノルンには衛星があった。そのうちのひとつ、ミナウスは地球型の星で、成分のほとんどがメタンであったが、大気も存在した。そこで改造の手が加えられ、そのランクがクラス4に達したところで植民が開始された。およそ、八年ほど前のことである。植民星ミナウスは、その三年後に、太陽系国家ラゴールとして独立した。衛星がたったひとつ、それも地殻が完全に落ちついていないクラス4の段階での独立は他の国家の注目を集めたが、それよりも人びとを驚かせたのは、やはり初代大統領、デュプロ・マルドーラによる資格無制限の移民募集だった。

「クラス2までの改造は、クラッシャーケビンのチームが指揮をとったんだって？」

アルフィンのチェックしたデータにひととおり目を通してから、ジョウが自問するように訊いた。

「ケビンなら、何も問題ありません」主操縦席で〈ミネルバ〉を操るタロスが言った。

「あいつは、いい仕事をします。惑星改造なんて仕事も、めっきり減っちまったんですがね」

タロスは感慨深げだった。クラッシャーはもともと惑星改造のエキスパートとして誕生した。だが、もう二十年以上も前から、惑星改造はクラッシャーのメインの仕事ではなくなっていた。植民星が、一年間に何百も増加していく時代は、とうに過ぎ去った。マイクとケビンの兄弟チームは、いまでは珍しくなった惑星改造以外の仕事をほとんど引き受けなかった。しかし、多くのクラッシャーは、かれらの生き方に敬意を払っていた。ケビンこそが真のクラッシャーかもしれないと語る仲間も少なくなかった。

通信機の呼びだし音が鳴った。

星間共通信号の「回路ヲアケラレタシ」が届いた。ジョウはその呼びだしに応じた。

通信スクリーンに、映像が入った。一目でアンドロイドとわかる女性型の管制官だった。管制官はアネッサと名乗った。

「入国査証のナンバーを申告してください」

アネッサは言った。これは星域内に進入する際にもおこなった申請の繰り返しである。

「SV―06542―8A。〈ミネルバ〉だ」

　ジョウはぶっきら棒に答えた。この手の形式ばったやり方をクラッシャーは好まない。

「〈ミネルバ〉、了解」アンドロイドはジョウの思惑など気にせず、てきぱきと言葉をつづけた。

「入国者四名ならびにロボット一台、登録されています。ビーコンに従い、軌道ステーションX—483にドッキングしてください」

「ステーションにドッキング？」

　思わずジョウは訊き返した。シャトルを使う大型船ならいざ知らず、ここまで申請させておいて〈ミネルバ〉のような地上発進型の船にステーションへのドッキングを指示するなどとは前代未聞の話だ。

　アネッサは、ジョウの問いに事務的に答えた。

「上陸審査があります。X—483にドッキングしてください」

「わかった」

　ジョウはしぶしぶうなずいた。なんであれ、管制官の指示を無視することはできない。

「通信を終わります」

　スクリーンが、ブラックアウトした。

　ジョウはタロスと顔を見合わせた。

「驚いたな。ステーションで上陸審査ときやがった」

「移民資格は、無制限なんだろ？」

リッキーが言った。

「住むやつは拒まん。しかし、覗きにくるやつにはうるさい」

タロスが皮肉っぽくつぶやき、笑った。

「ヘンなとこ」

リッキーは肩をすくめた。

「胡散《うさん》臭い星だぜ」

ジョウはかぶりを振った。

フロントウィンドウの中央に、円盤状に輝くミナウスがあった。その背後には、巨大な母星、ノルンがある。ノルンの表面には渦がいくつも、とぐろを巻いている。それは荒れ狂う茶褐色のガスの激しい嵐であった。

4

プレイルームは、常と変わらぬにぎわいをみせていた。

百人近い男女が、遊びに興じている。女は、ほとんどが客ではない。きわどい衣装を身につけたコンパニオンやバニーガールだ。彼女たちに囲まれて、男たちは大金を賭けた勝負に目を血走らせている。曲がりくねった透明のチューブは、ラットレースのものだ。チューブの中を、何頭ものロボットネズミが走りまわり、かれらはその順位に一喜一憂をしている。

テーブルのほうではカードや、ルーレットがおこなわれていた。こちらはラットレースや巨大人型ロボットの格闘ほど騒がしくない。静かに、熱い戦いが繰り広げられている。

騒々しいのは、三方の壁にびっしりと並んでいる電子ゲームやスロットマシンのたぐいだった。電子音が鳴り響き、さらに強烈なビートの音楽が、その勝負をけたたましくあおっている。

むろん、酒場もあった。カウンターがあり、四、五人の男がスツールに常駐して、正面の壁を見ながらグラスを傾けている。かれらは、漫然と酒を飲んでいるのではない。壁に向けられた視線は、そのままほぼ完全に固定されている。酒場の壁にはめこまれているのは、モニタースクリーンだ。スクリーンのサイズは壁一面に及び、それがまたマルチに切られて、何十面という小さな画面になっている。かれらは、その画面をじっと凝視し、目を一秒たりとも、そらそうとしない。

それは異様な光景だった。華やかなプレイルームの中で、そこだけが薄暗く、ひっそりとしている。

　そもそも、異様といえば、この部屋にいる男たちの雰囲気がすべて異様だった。どこであろうと、カジノやこういった場所には、必ずひとりかふたりはヤクザっぽい身なり、風情の男がいる。しかし、大部分の客はみな紳士だ。正装して穏やかにギャンブルを楽しむ。ところが、このプレイルームには紳士がひとりもいない。誰もが崩れた身なりをしており、誰もが険しい目つきで、顔のどこかに向こう傷を負っている。いるのはヤクザだけと言いきっても過言ではない。

　これは、カウンターの男たちも例外ではなかった。数十面のモニタースクリーンには、ステーションX―483のさまざまな場所が映しだされている。そのスクリーンに向けられているかれらの視線は、明らかに鋭く、害意があった。

　事情を知らない者が、このプレイルームに迷いこんだら、ここをX―483の一室とは思わないだろう。軌道ステーションX―483は、ミナウスの衛星軌道上にある中継ステーションで、入国審査とその手続きのために存在している。プレイルームやカジノが、その中にあるはずがない。だが、あるはずのないものがX―483にはあった。

　モニタースクリーンに、一隻の船が映った。いましがた入港したばかりの船で、七番スポットに導かれていた。水平型の外洋宇宙船で、船体側面にクラッシャーであることを示す流星マークが描かれている。また二枚の垂直尾翼には、チームリーダーの頭文字である飾り文字の〝J〟が記されていた。

クラッシャージョウの〈ミネルバ〉である。

〈ミネルバ〉はこまめにバーニア噴射を繰り返し、X—483とベクトルを合致させようとしていた。X—483は、モジュール接続型の大型ステーションで、それぞれのモジュールは透明チューブの通路によって結ばれている。その透明チューブを巧みに回避して、〈ミネルバ〉は七番スポットに接近していく。

ドッキング・チューブが、スポットから〈ミネルバ〉に向かって伸びた。

〈ミネルバ〉のエアロックに、チューブの一端が張りついた。

ドッキング完了である。


「あっ」

大声があがった。

静かな勝負のつづく、カード・テーブルのほうからだった。

まわりの男たちが、いっせいに首をめぐらした。盛りあがった興をそがれたため、舌打ちした男もいた。

声をあげたのは、縁なし眼鏡をかけ、長身で口ひげをたくわえた初老の男だった。ヨーゼフ・ドッジ。ジョウたちにバレンスチノスと名乗って近づいた、お尋ね者である。

ドッジは椅子から立ちあがり、モニタースクリーンを指差して震えていた。カウンターの男たちの肩ごしに、〈ミネルバ〉の映るスクリーンがはっきりと見える。

ドッジの顔は恐怖にひきつっていた。手にしたカードが、力の萎《な》えた指先からはらはらと落ちた。

「てめえの番だぜ」

ドッジの向かいにすわる男が、低い声で言った。この男はカードに熱中していて、ドッジのとつぜんの変化に気がついていない。

「ちょ、ちょっと待ってくれ」

かすれた声で、ドッジは言った。

「あの船だ」それが、いきなり大声になった。

「あの船を見るんだ」

「ちんけな船じゃねえか」

ドッジの左どなりの男が、あきれたように言った。

「クラッシャーか？」

向かいの男は、流星マークの意味を知っていた。

「そうだ」ドッジは振り向き、テーブルを叩いた。

「それも、ただのクラッシャーじゃない。ケニーと俺とでブツを運ぶときに利用したやつらだ」

ドッジは、もう一度、視線をスクリーンに戻した。血の気がひき、顔色が蒼白だった。

「やつら、ここまで追ってきたんだ」

腰が抜け、へたへたとドッジは椅子にすわりこんだ。

「どじったな、ヨーゼフ」

べつのテーブルからやってきた大男が、力いっぱいドッジの肩をどやしつけた。ショックで眼鏡が落ちた。

「馬鹿な。段取りは完璧だった」

うわずった声で、ドッジは言う。

「じゃあ、こいつはどういうことだ？」

左どなりの男が、スクリーンに向かってあごをしゃくった。

「……………」

ドッジは言葉を失った。反論できない。

「こいつは、問題だぜ。ヨーゼフ先生」

大男がすごみをきかせた。テーブルの周辺が騒然となった。

「ぴいぴいわめくな」

どすのきいた声が、騒ぎを制した。

プレイルーム全体が、しんと静まり返った。音楽と電子音だけが、けたたましく鳴り響いている。

男たちは、おどおどと声のしたほうを振り返った。声の主が誰かは、はっきりとしていた。そしてかれが、何をしているのかもわかっていた。

男たちの視線が、電子ゲームのひとつに集中した。大型の射撃ゲームである。声の主は、そのゲーム機のシートに腰を降ろし、銃を構えていた。

「青ひげの兄貴」

大男が弱々しく言った。

「面倒なやつなら、さっさと始末すればいい」

ブルーベアード・ネロは、銃を構えたまま言った。その名のとおり、顔の下半分が濃い青ひげに覆われている男だ。それほど大柄ではないが、全身に残忍さと殺気を漂わせており、触れれば切れるような鋭さも、その裡《うち》に備えている。

ネロは銃のトリガーボタンを絞った。

青白い光線が銃口からほとばしり、命中を意味する電子音が派手に流れた。

「そいつらは、クラッシャーなんだな?」

ネロは訊いた。

「は、はい」

ドッジは答えた。額から汗が玉になって噴きだしている。

「おもしれえ」ネロは薄笑いで口もとを歪めた。

「クラッシャーとは、一度遊んでみたかったんだ」

「どうします？」

ドッジの向かいにいた男が訊いた。

「まずは、審査をパスさせろ」ネロは言った。

「ここでやっちまったら、遊びにならねえ。降下するときに始末するんだ」

「へい」

「準備をしな。俺もすぐに行く」

ネロはまたトリガーボタンを引いた。

立体映像の標的が砕け、満点を讃えるファンファーレが、左右のスピーカーから壮麗に鳴り渡った。


審査は、思っていたよりも簡単に終了した。

いったんターミナルにでて、七番スポットに向かうカートに乗った。カートは、マニュアル、オートのどちらででも操縦できた。ジョウはコントロール・レバーを握った。

四人が乗るには、小さすぎて狭苦しい乗物だった。後席はとくに狭く、タロスのからだが大きく車外にはみだした。リッキーはその巨体に圧迫され、顔をしかめている。

「案外だったわね」

走りだしてすぐに、アルフィンが言った。モジュールとモジュールとをつなぐ透明チューブの中を、カートは時速六十キロ程度で走行している。

「あんな審査だったら、時間を無駄にするだけだよ」

タロスにつぶされそうになるのを必死で防ぎながら、リッキーも言った。

たしかに雑で、いい加減なチェックだった。入国目的すら、ろくに問われなかった。

どこかおかしい、とジョウも思っている。

背後から、べつのカートが迫ってきた。後方視界スクリーンで、それを確認したジョウは、右にカートを寄せた。

カートとカートの距離が詰まった。うしろのカートは百キロ近いスピードをだしている。

いきなり幅寄せしてきた。追い抜きざまである。一瞬、二台のカートは進路が交差し、接触した。

「わっ」

ジョウたちの乗るカートが、横に弾き飛ばされた。透明チューブの壁が眼前にきた。

ジョウはコントロール・レバーを両手で操った。カートは態勢を立て直した。オートにしていたら激突は免れなかった。間一髪である。

相手のカートは、たちまち見えなくなった。

「なんだ。あいつは」

ジョウは憮然《ぶぜん》としている。

「ひどい運転ね」

アルフィンは蒼《あお》ざめ、唇をとがらせた。

後席から呻き声が聞こえた。振り返ると、横になったタロスに、リッキーがつぶされていた。

追い抜いたカートに乗っていたのは、ネロだった。ネロは嘲笑を浮かべていた。

「けっ。クラッシャーといっても、ガキじゃねえか」

後方から、またべつのカートが追いついてきた。二台のカートが並んだ。ネロは横に目をやった。女が乗っていた。真っ白な肌の肉感的な女だった。美人だが、表情に険がある。切れ長で吊りあがった目が、残虐な猛獣を連想させた。

ネロとともにマーフィ・パイレーツの四人衆に名を連ねるキャッツアイ・ノーマである。

ノーマは色っぽい流し目をネロに送り、言った。

「抜けがけは、ずるいわよ。ネロ」

「あいかわらず耳ざといじゃねえか」

ネロは苦笑した。どういうわけか、いつもおいしい話になるとノーマが嗅《か》ぎつけてくる。

「楽しいお遊びは、ひとり占《じ》めするもんじゃなくってよ」

「だが、ロキとキリーまでは呼べんぞ」

ネロは四人衆のうちの残りふたりの名を挙げた。

「あたしとあんたで十分でしょ」

「そいつを抜けがけって言うんだ」

「まっ」

ノーマは声をあげて笑った。甲高い、耳に残る笑い声だった。

5

〈ミネルバ〉は、七番スポットを離脱した。

複雑に絡み合うモジュールの間を抜けた。メインノズルに点火した。船体がX―483から遠ざかっていく。

衛星軌道を半周してから降下に移った。地上の宇宙港が発信するビーコンを捉えた。

クラス4の段階にあるミナウスには、都市らしい都市は、首都のパブロポリスしかない。

したがって、宇宙港も、その近くにあるパブロポリス宇宙港のみである。

〈ミネルバ〉はビーコンの指示に従い、降下を続行した。べつにビーコンがなくても着陸にはさしつかえないのだが、地上の管制官は、ビーコンから外れた場合は入国許可を取り消すと通告してきた。つまり、よそへ行かれては困るということだ。

大気圏に突入した。船体が赤熱した。降下速度が落ちるにつれて、船体はノーマルに戻った。漆黒の空がゆっくりと青みを帯び、やがて深い群青色となった。

メインスクリーンに、地上の映像を入れた。

濃い緑に覆われた大地と、鮮やかなブルーの海と、その上に浮かぶ白い雲が映った。もともと素姓のよい地球型の星だったが、いまはもう地球そのものになっている。

「わりと、ましな星じゃん」

リッキーが言った。

「上出来だ。クラス4とは見えねえ。さすがはケビンのチームだな」

タロスは感心した。惑星改造は、クラス2までの基礎工事で仕上がりが決まる。

〈ミネルバ〉は順調な飛行をつづけていた。

だが、高度二万を切ったときだった。

「あっ」

異常が発生した。

「ジョウ。ビーコンが消えちゃった！」

アルフィンが叫んだ。

「こっちもだ」タロスもうろたえていた。

「感度がない。どういうこった？」

「事故か？」

ジョウが訊いた。

「ううん。妨害みたいな感じ。あ、待って」アルフィンの声が変わった。

「機影よ。2B9―2」

「真下だ」

ジョウはメインスクリーンの映像を操作した。下方の雲間で、何かがきらりと光った。

「急上昇してくるわ。全部で十機」

「タロス、転針だ」

ジョウの体内で警報が鳴った。反射的に指示をだした。タロスの腕が、それに応《こた》えて動く。〈ミネルバ〉の姿勢制御ノズルが、リズミカルに噴射した。〈ミネルバ〉が反転する。うねるように方向を変えた。

十機の戦闘機が突っこんできた。

いっせいにミサイルを発射した。

先手を打って反転した〈ミネルバ〉にミサイルは届かなかった。成層圏に火球の花がいくつもひらいた。

「しゃれた歓迎だぜ」

タロスがうれしそうに笑った。

「戦闘配置だ。この喧嘩、買った」

ジョウが張りのある声で言った。

「そうこなくっちゃ」

リッキーが指を鳴らして、コンソールのスイッチをぽんぽんと弾いた。低い機械音が、ブリッジの中に湧き起こった。小刻みな軽い振動が壁を震わす。床が動いた。それぞれのシートを支える床が、ゆっくりと沈みはじめた。

床全体が、通常ブリッジから戦闘ブリッジへと移動していく。戦闘ブリッジには、窓がない。正面に戦闘用のスクリーンがあり、そこに戦闘に関するあらゆる情報が集中して表示される。

床と一緒に降下したシートが、それぞれのコンソール・ボックスにおさまった。ライトが流れるように、つぎつぎと灯った。アルフィンが航法、リッキーが動力、タロスが操船という各人の役割は、ほとんど変わらない。ただ、ジョウのシートだけが副操縦席ではなくなった。戦闘専用のコンバット・シートになった。

戦闘スクリーンに、迫りくる十機の機影が映った。どれも小型の戦闘機だが、二機だけが双胴で機体もわずかに大きい。ジョウたちは知らないが、双胴の二機はハーピィ、それ以外の機体はシレーンと呼ばれている。ともに単座で、二機のハーピィにはネロとノーマが搭乗していた。

ジョウは照準スクリーンを睨んだ。右手はミサイルの発射トリガーを握っている。スクリーンには八つの光点が映っており、そのうちの二機が、〈ミネルバ〉の上方にまわりこもうとしている。

照準スクリーンが、二機の動きを捕捉した。三角形の表示が点滅する。

ジョウはトリガーボタンを押した。同時に、戦闘機も撃ってきた。パルスレーザーだ。ミサイルが尾を引いて蒼空に飛びだした。タロスは〈ミネルバ〉を急角度で降下させる。パルスレーザーの閃光が、〈ミネルバ〉のいた空間を集中的に貫いた。

ミサイルが爆発した。命中ではなかった。火球は二機の間で丸い炎の塊となった。二機はその火炎に包まれた。

吹き飛び、四散する。

残った六機が左右に展開した。〈ミネルバ〉に向け、ミサイルを放つ。ほとんどはさみ討ちだ。回避は上か下しかない。タロスは上を選んだ。強烈なGが、四人をシートに深く圧《お》しつけた。

そのGの重圧の中で、ジョウは照準を定め、トリガーボタンを押した。

四基の多弾頭ミサイルが二基ずつ、左右の戦闘機に向かった。

ミサイルは戦闘機の直前で弾頭が分離した。数十基の弾頭が、アトランダムに動いて、戦闘機に突っこんでいく。右手で一機、左手で一機が、その餌食《えじき》になった。

爆発の火球の隙間を縫い、二機のハーピィが右手からまっすぐ〈ミネルバ〉をめざしてきた。照準スクリーンに入っていなかった機体だ。展開していた四機のシレーンは、大きく弧を描いてハーピィの援護にまわる。

ハーピィのコクピットでは、ネロが笑っていた。

「やるじゃねえか」

もう一機のハーピィから、ノーマが言ってきた。

「あなどれないわよ」

「勝負はこれからだ」

ネロは、戦闘機によるドッグ・ファイトに絶対の自信を持っていた。だからこそ、先にミナウスに降りて、〈ミネルバ〉が成層圏まで降下してくるのを待った。

二機のハーピィは、〈ミネルバ〉との距離を詰めた。

「二機、突っこんでくる」

アルフィンが言った。

「おっちょこちょいめ」

ジョウは、あわてなかった。むしろ、展開した四機のシレーンを気にしていた。二機のハーピィがぐうんと近づいてくる。

「もらった」

ジョウはミサイルを発射した。この距離なら、まず外さない。

だが、ハーピィはパルスレーザーで、ミサイルをことごとく撃破した。爆発し、炎が渦を巻く。その渦の中から二機のハーピィは、まっすぐに飛びだした。〈ミネルバ〉との距離は、もういくらもない。パルスレーザーの雨が、〈ミネルバ〉を襲った。船体の一部と垂直尾翼に命中した。外鈑《がいはん》が裂け、尾翼は一部が吹き飛んだ。

ショックがきた。

「うわっ」

リッキーがシートの上でのけぞった。

攻撃は、さらにつづく。振動が床を突きあげ、非常灯が輝き、被弾個所を示す赤いLEDがいくつもコンソールに点灯した。

「ちっ」

ジョウは舌打ちする。ベルトを外し、立った。

「こっちが不利だ。アルフィンと〈ファイター1〉ででる。リッキー、俺と代われ」

「あいよ」

リッキーが、シートを蹴った。

「行くぞ」

ジョウはアルフィンをうながした。

「うん」

ジョウとアルフィンがブリッジを飛びだした。リッキーはジョウのいたコンバット・シートに飛びこんだ。

〈ミネルバ〉の後部ハッチがひらいた。

〈ファイター1〉が、発進した。弧を描き、大きく反転する。

〈ミネルバ〉の頭上を通過した。正面からシレーンがきた。〈ファイター1〉と一瞬にしてすれ違った。撃ち合う余裕はなかった。ジョウは再度の反転を試みた。

バルカン砲を乱射する。シレーンは方向転換の途中だった。バルカン砲の弾丸が集中してシレーンに叩きこまれた。

シレーンがもう一機あらわれた。そちらにはミサイルを見舞った。ジョウの指がミサイル発射用のトリガーボタンを押した。

バルカン砲で穴だらけになったシレーンが爆発した。それがミサイルを誘爆させた。誘爆はあらたな爆発につながった。飛び散った破片が、あとからきたシレーンをずたずたに切り裂いた。シレーンはオレンジ色の丸い火球となった。

6

直感が働いた。理由はなかったが、ジョウは反射的に〈ファイター1〉のバーニヤを使った。

ミサイルが飛来してきた。思いもかけぬ方向からだった。放ったのはネロだった。仲間を見殺しにして、ジョウをミサイルで仕留めようとした。ジョウはあわてて機体をひねった。〈ファイター1〉の後方でミサイルは爆発した。爆風が機体を激しくあおった。

「うあっ」

衝撃で、ジョウの顔が歪んだ。

「ジョウ」

アルフィンが金切り声をあげた。悲鳴ではない。呼びかけだ。

アルフィンは、窓の外を指し示していた。ジョウはそちらに目をやった。

〈ミネルバ〉が炎を噴いているのが見えた。船体のそこかしこが破壊され、裂け目から煙が長く尾を引いている。四機の小型戦闘機が、〈ミネルバ〉を包囲して攻撃するさまは、まるで巨大な海獣を襲う猛魚の群れのようだ。

タロスは健闘していた。

　高度が下がり、大気が濃密になった。こうなると、〈ミネルバ〉のような外洋宇宙船は、行動に制約を受けるようになる。が、対する小型戦闘機は、その影響を受けない。軽快な操縦性を維持できる。火器ははるかに劣るが、ヒットアンドアウェイで攻撃を繰り返せば、いつかは肉を切り、骨を断つことができる。なぶり殺しのような戦法だ。

〈ミネルバ〉の船内は、火の海になっていた。隔壁がつぎつぎと降りて通路を閉鎖し、消火ガスが天井のノズルから噴出している。被害は格納庫にも及んだ。爆発が〈ファイター2〉を巻きこんだ。〈ファイター2〉は大破した。

〈ファイター1〉に通信が入った。タロスの声だった。

「いけやせん、出力が低下しています」

　他人事のような口調だった。状況が本当に悪いとき、タロスはしばしばこういったポーズをとる。その言葉に、ジョウは危機を感じた。

「カバーにまわる」ジョウは言った。

「宇宙港に向かえ」

「しかし」

「あとは俺がなんとかする。とにかく逃げろ」

「四対一ですぜ」

「邪魔だ。早く行け！」

ジョウは通信機の回路を切った。

操縦レバーを握り、バーニヤをいくつか全開にした。

〈ミネルバ〉は高度を大きく下げた。ジョウの指示に従い、離脱にかかった。

四機のシレーンとハーピィが、それを追おうとする。

その眼前に〈ファイター1〉が躍りこんだ。

ジョウは、ミサイルを乱射した。バルカン砲も撃ちまくった。二機のハーピィはさすがに腕が立つ。ミサイルもバルカン砲もかわされた。かわりにシレーンが犠牲になった。

一機がミサイルで吹き飛び、もう一機が、バルカン砲で破片に変えられた。

「やったわ。ジョウ」

アルフィンが、シートの中で跳びあがる。

「まだだ」

ジョウは唇を噛んでいた。ハーピィにかわされたのが痛い。不利な状況がつづく。

〈ファイター1〉と二機のハーピィは、機首を並べて爆風と火炎の狭間《はざま》を強引に突っきった。

〈ファイター1〉がわずかに先行している。

パルスレーザーの集中射撃が、〈ファイター1〉を襲った。激しい光条が、〈ファイター1〉の上部をかすめた。

「きゃっ」

アルフィンは首をすくめた。バックをとられているいま、反撃ができない。

「これでどうだ」

ジョウは一か八かの賭けを打った。

〈ファイター1〉のメインエンジンを停止させた。

がくんと高度が落ちた。〈ファイター1〉は機首を下にして落下状態に入った。ジョウは機体をループスピンさせる。アルフィンが悲鳴をあげた。

「しゃらくせえ」

ネロのハーピィが垂直降下で、〈ファイター1〉を追った。

「心中するつもり？」

ノーマが訊いてきた。

「怖気《おじけ》づいたんなら、帰んな」

ネロはせせら笑った。

「馬鹿お言い、誰が」

ノーマはかっとなった。ネロを追い抜き、パルスレーザーを発射した。光条は〈ファイター1〉をかすめた。地上がみるみる迫ってくる。

「図にのるなよ」

ジョウは歯を食いしばった。レバーを握り、コクピットの背後にある大推力バーニャに点火した。

轟音とともに、〈ファイター1〉は身をよじった。ジョウはさらにメインエンジンも全開にした。

すさまじいGが、ジョウのからだをシートのバックレストに叩きつけた。筋肉という筋肉がばらばらになりかける。気力を振り絞り、ジョウはそれに抗した。意識がふうっと遠くなった。

弾かれるように、〈ファイター1〉は上昇した。あっという間に姿が失せる、急上昇だった。

瞬時にして二機のハーピィの間を駆け抜けた。その〈ファイター1〉に度肝を抜かれたのは、ネロとノーマだ。うろたえ、やる必要のない制動をかけた。

気がつくと、互いの機体が眼前にある。距離はほんの数メートルだ。

避けようがない。

「どけっ」

ネロが叫ぶのと同時に、二機のハーピィは接触した。外鈑が裂け、破片が散って、安定を失った。ネロの機体は、煙を噴出する。

「ドジ。なにすんだい」

ノーマがわめいた。

「てめえこそ、どこに目をつけている」

ネロがやり返した。

ハーピィはどちらも、飛行を継続できない。失速しようとしている。二機は高度を下げながら、よたよたと飛んだ。

「のろま」

「あほう」

悪態が二機の間を行き交った。地上には、まだ開発の手が加えられていない広大なジャングルが広がっている。罵《ののし》りながら、二機がそこに不時着するのは確実だった。

〈ファイター1〉のコクピットでは、ジョウが気を失ったアルフィンを揺り起こしていた。

「ジョウ」

アルフィンは目をあけ、あえいだ。肺がGにつぶされて、呼吸ができなくなっている。

「アルフィン、目を覚ませ」ジョウは言った。

「エンジンがいかれた。身構えろ」

「エンジン？」

アルフィンは、まだぼんやりとしている。

振動がきた。メインエンジンが機能を停止した。全開がたたったのだ。ジョウはスイッチを切り、機体を滑空させた。

「むちゃするからよ」

アルフィンは、恨めしそうにジョウを見た。

「降りるぞ」

ジョウは言った。アルフィンはうなずくほかない。

そそり立つ、塔屋のような山を迂回《うかい》してジョウは〈ファイター1〉の高度を下げた。

眼下は見渡す限り緑のジャングルだ。道路や街といったものはどこにもない。

地上が迫った。目の前が緑一色に染まった。ジョウとアルフィンは、両腕を曲げ、顔面をかばった。

密林に突っこんだ。

激烈なショックがきた。枝を薙《な》ぎ、木々をへし折って、〈ファイター1〉は大地をめざす。翼が折れた。外鈑がはがれた。機首が地面に触れた。

そのまま突き刺さった。

つんのめるように〈ファイター1〉は停まった。テールが跳ねあがり、ゆっくりと落ちた。

ジョウはキャノピーをあけた。頭がくらくらする。しかし、のんびりと痛がっているひまはない。クラッシュパックを機外に放りだし、半失神状態のアルフィンをシートから引きずりだして地上に飛び降りた。愛用の無反動ライフルは肩にかけ、背中にまわした。

アルフィンを抱きかかえ、〈ファイター1〉から離れた。

〈ファイター1〉が爆発した。

爆風で足をすくわれる。ふたりは下生えの草の上に転がった。炎が周囲をあかあかと照らした。小爆発が、さらに二度つづいた。

ジョウが叢《くさむら》の上に起きあがった。アルフィンも頭を押さえながら、身を起こした。

炎上する〈ファイター1〉を、しばし茫然として見つめた。

ややあって、アルフィンが訊いた。

「どうするの？　これから」

「さあて」

ジョウは天を振り仰いだ。気力が、かけらも残っていなかった。

7

宇宙港が閉鎖された。

炎と煙に包まれた〈ミネルバ〉は、三番離着床に降下した。

着陸するやいなや、五十台にあまる消防車が〈ミネルバ〉を取り囲んだ。爆発に備えて、周囲に消火剤のタンクが置かれた。いざとなれば、このタンクから消火剤が噴出して〈ミネルバ〉を覆う壁をつくる。

消防車は、到着と同時に活動を開始した。ロボット操縦で、人間は搭乗していない。

管制タワーでは、管制官が必死になって〈ミネルバ〉に避難を呼びかけていた。

「危険だ。クルーは脱出を急ぎなさい」

通常ならば、緊急着陸から三十秒とたたないうちに非常ハッチがひらき、クルーが船外に逃げだしてくる。だが、〈ミネルバ〉のクルーは違った。ハッチひとつあけようとしなかった。

「うるせえ」タロスが応じた。顔が煤《すす》けている。

「がたがた言わずにメカニックを集めてくれ。すぐに修理したい」

「何を言っている。爆発するぞ」

「その心配はない。手は打った。それよりも、いますぐこいつを飛べるようにしたい。協力しろ」

「むちゃだ」

管制官は仰天した。炎に包まれた船を、いまこの場で修理したいなどとは、常識を欠くにもほどがある。

「金は払う」タロスの声が高くなった。

「つべこべぬかさずにメカニックを集めろ」

「宇宙港の指示に従いたまえ！」

管制官も、たまりかねて大声をあげた。

「タロス」

リッキーが声をかけた。タロスに代わってブリッジを走りまわり、各システムの調整をはかっていたリッキーだが、いまは自分のシートに戻っている。

「緊急通信だ。呼びだしが入っている」

「あとにしろ！」

タロスは、リッキーも一喝した。リッキーは肩をすくめた。

間を置かず、タロスは通信スクリーンに向き直った。

「メカニックをよこせ」吼《ほ》えるように怒鳴った。

「消火活動は要《い》らん。消火剤でエンジンがいかれる」

「きみ！」

管制官は逆上しかけた。そのときだった。いきなり通信スクリーンの映像が変わった。

管制官の顔が消え、かわりに、横柄な感じの初老の男が映った。タロスは目を丸くした。

男は言った。しわがれた、不気味な声だった。

「なんだ、てめえは」

タロスは首をひねった。こんな知り合いはいない。

「わたしはラゴールの大統領、マルドーラ閣下の筆頭秘書だ」

男は、コルテジアーニと名乗った。

「そんなやつに用はねえ」タロスは言った。

「宇宙港の管制官に替われ」

「大統領からのメッセージをきみたちに伝えたい」

「あとで聞く。替われ。ぐずぐずしていたら夜になっちまう。そしたらジョウは……」

「あせるな」コルテジアーニは悠然と言った。

「メッセージは、きみの仲間の救出に関することだぞ」

「なに？」

タロスは、あんぐりと口をあけた。何がどうなっているのか、わからなかった。ラゴールの大統領がジョウの遭難を知っている？　どういうことだ。

「〈ミネルバ〉だな」

「いいから、聞きたまえ。損はない」

「損はないって、おめえ」

「どうなってんだよ」

あきれたように、リッキーが言った。


あっけなく夜になった。

ジョウとアルフィンは、ひとまず虚脱状態から立ち直っていた。気をとり直し、最初にやったのは、左手首の通信機で救助信号を送ることだった。つぎに、手近な巨木を探して、その上に登った。見通しはよくない。厚く生い茂ったジャングルが、視界を完全にさえぎっている。見えるものは緑の葉と毒々しい原色の花と、わずかばかりの蒼い空だけだ。

ふたりは大振りの枝に腰を降ろし、救助を待った。疲労が全身を重くしている。気がつくと、薄暗くなっていた。そうでなくても、ジャングルの中はあまり明るくない。

あっという間に、周囲は闇に包まれた。

はじめのうちは、真っ暗で何も見えなかった。やがてノルンが昇ってきて、わずかに明るくなった。ノルンは反射率が低く、その巨大さの割りには地上を照らしてくれない。

ジョウは天を仰ぎ見た。夜空一面に星がひしめき、またたいている。猛獣や鳥の啼《な》き声が、遠く近く四方から聞こえてくる。通信機には、何の反応もない。

「処置なしだな」ジョウは肩をすぼめた。

「方角の見当すらつけられない」

「〈ミネルバ〉は無事だったかしら」

アルフィンはぐったりとしている。口調もたるい。

「大丈夫だ。あの程度のダメージなら、十分、宇宙港までたどりつける」

「でも、救助信号は無視されてるわ。〈ファイター2〉で探しにくればいいのに」

「うーん」ジョウはうなった。

「格納庫のあたりをやられていたからなあ」

「いやなこと、言わないでよ」

アルフィンはジョウをはたいた。

「しっ」

ジョウが口もとに指をあてた。アルフィンは動きを止めた。

「様子がおかしい」

ジョウはライフルを把《と》り、ゆっくりと構えた。

「どうしたの？」

アルフィンが、ひそめた声で訊いた。

「近くで何かが動いた」

「気のせいよ。こんなに静かじゃない」

アルフィンは耳を澄ませた。音がまったく聞こえてこない。鳥の声も、獣の声も——。

「だから、おかしいんだ」

ジョウは言った。

「え？」

「動物たちが警戒している。何かいる証拠だ」

「何かって、なに？」

アルフィンは、怯えた。

「わからん」

ジョウは周囲をうかがった。

闇の中に気配があった。たしかに、何かがこちらへやってくる。そして、そいつは、強烈な〝気〟を放っている。

〝気〟の正体は。

殺意だ。

音がした。かすかな音だった。枯枝が踏みしだかれるような、そんな乾いた音だった。

ジョウの耳は、その音を聞き逃さなかった。音は遠くない。すぐ近くだ。そう。二十メートルと離れていない。

アルフィンが待つのに耐えきれず、レイガンを抜いて身構えた。

「動くな」ジョウは囁《ささや》いた。

「これは人間の〝気〟だ。さっき、俺たちを襲ったやつらだ」

「え？」

「救助信号を嗅ぎつけたらしい」

「…………」

「そこだ！」

ジョウは身をよじった。無反動ライフルを構え、ノクトビジョンで標的を求めた。

トリガーボタンを絞った。連射した。

くぐもった発射音が、闇を貫いた。

甲高い金属音とともに、閃光が走った。青白い炎が、あたかも幽鬼のように宙を昇った。光の中に人影があった。

マシンガンの一連射が返ってきた。

ジョウはアルフィンに体当たりした。ふたりは枝から落ちた。枝に銃弾が食いこんだ。地面に激突する直前で、落下は止まった。ぐんと引っぱられる感覚があった。ジョウはロープをベルトにつないでいた。振り子のようにからだが揺れる。ロープを切り離した。下生えの藪《やぶ》の中にふわりと降りた。さらに数発、撃った。

頭上から声が降ってきた。

アルフィンだ。

「いやーん、助けてえ」

アルフィンは、枝から下がる蔓《つる》にからまっていた。このままでは狙い撃ちは避けられない。

ジョウはライフルでアルフィンのロープと蔓を切った。アルフィンは墜落し、地面に叩きつけられた。

「きゃん」

悲鳴が響いた。

「上からくる。気をつけろ」

ジョウは叫んだ。アルフィンは頭を振ってふらふらと起きあがった。

木々の間を縫い、ネロとノーマがくる。ふたりは、背中にハンドジェットを背負っていた。これが青白い炎の正体だ。

「死ね」

立ちあがったアルフィンを、ネロは絶好の的にした。

マシンガンを乱射した。銃弾はアルフィンの背中に命中した。

「はうっ」

アルフィンが弾け跳んだ。

「アルフィン！」

ジョウの顔色が変わった。

「あたしは、大丈夫」

途切れ途切れの声が闇の底から返ってきた。苦痛に歪んだ声だ。クラッシャーの制服ともいえるクラッシュジャケットはドルロイの特注品で防弾耐熱にすぐれているが、銃弾が当たったときのショックまでは完全に吸収できない。無傷だが、間違いなくアルフィンはかなりの打撲を受けている。

「ちっ」

仕留めたと思った獲物《えもの》が生きていたので、ネロは舌打ちして茂みの奥にもぐった。

アルフィンは地面を這《は》って藪の蔭に身を隠し、クラッシュパックをあけた。クラッシュパックには武器や食料がコンパクトに納まっている。アルフィンは、中から小型のバズーカのキットを取りだした。

「よくも、やってくれたわね」

手早く、キットを組み立てた。マガジンを装着し、肩の上に載せた。

ネロが、茂みの中から飛びだした。

「お礼よ！」

バズーカを発射した。

ロケット弾が、ネロの背負ったハンドジェットをかすめた。ハンドジェットが吹き飛んだ。

「うわっ」

ネロは地面に落下した。背中には火傷を負った。

「どじ」

空中からそれを見ていたノーマが、口汚なく罵った。

巨木の隙間を抜け、ノーマはジョウを狙う。

だが、ポジションは、ジョウに有利だった。

「おあいにくだな。丸見えだぜ」

ジョウのライフルが火を噴いた。

「あっ」

いきなり撃たれてノーマは動揺した。ジョウが連射する。ノーマは、それを必死でよける。しかし、逃げきれない。

大木の枝に降り、ノーマはハンドジェットを捨てた。地面に飛び降りて、態勢を立て直そうとする。

が、ジョウの動きのほうが少し速かった。

ジョウは手榴弾を投げた。手榴弾はノーマのすぐ脇に落ちた。身をかわすひまもない。爆発した。

ノーマは爆風に吹き飛ばされた。長い悲鳴の尾を引いた。左腕に破片が食いこんだ。マシンガンも落とした。

大地に叩きつけられた。上体を起こそうとした。

「ここまでだ」

ジョウがきた。ノーマの目の前だった。ライフルを構え、鋭い目でノーマを見据《みす》えている。

「勝負はついたな」ジョウは言った。

「両手を挙げろ」

銃口をノーマに向けた。ノーマは立ちあがり、じりじりとうしろに退った。怒りと憎悪が胸の裡《うち》に渦巻いている。撃つなら、お撃ち。あたしは降伏しないよ。そんな目つきで、ジョウを凝視している。

いきなり身をひるがえした。木蔭の先に深い茂みがあった。ノーマはそこへ飛びこもうとした。

「待て」

ジョウが叫んだ。容赦《ようしゃ》なく撃つべきだったが、瞬時、ジョウはトリガーを引くのをためらった。

茂みの手前で、ノーマのからだがふっと消えた。

「ああっ」

魂消《たまぎ》る悲鳴があがった。ジョウは駆け寄った。崖があった。闇が錯覚させたのだ。茂みは崖のさらに向こう側にあった。

ジョウは崖のへりに立って、下を覗きこんだ。ノーマの姿はない。

「馬鹿なやつ」

つぶやいた。

「ジョウ」

アルフィンがジョウを呼んだ。

振り返った。

両手を挙げて、アルフィンが立っていた。そのうしろに、マシンガンを構えたネロの姿がある。小型バズーカはアルフィンの足もとに落ちていた。

8

「動くな」

アルフィンの肩ごしにネロが言った。太い、どすのきいた声だった。

「動くと女のほうからぶち抜く」ネロはつづけた。

「頭を狙っているから、クラッシュジャケットは役に立たん。武器を捨てろ」

「ちっ」

ジョウは唇を噛み、ライフルを捨てた。

「クラッシャーも、こうなるとおとなしいもんだな」

ネロは声をあげて笑った。マシンガンのストックで、アルフィンを突き飛ばした。アルフィンはつんのめるように進み、よろけてジョウにしがみついた。表情が硬い。

ネロの顔に残忍な色が浮かびあがった。

「怖いか？　だろうな。てこずらせてくれやがって。たっぷりいたぶってから、料理してやる」
一、二歩、前にでた。ノルンの放つ淡い光が、ネロの表情をくっきりと際立たせている。
と、アルフィンが息を呑んだ。こわばった顔が、さらに恐怖でひきつった。

それをネロは勘違いした。自分を恐れて、そうなったと思った。

だが、アルフィンの視線は、ネロを通りこしていた。視線はネロのうしろ、それもネロの頭よりも一メートルほど上に向いていた。

ジョウも、〝それ〟に気がついた。

ネロはいぶかしんだ。ふたりが腰を引いている。しかし、どちらもネロを見ているわけではない。微妙に瞳の向きがずれている。

はっとなった。ネロは背後に殺気を感じた。

振り返る。

目があった。闇の中に、緑に輝くひとつ目が。巨大な目だ。目は、ネロを凝視している。生ぬるい鼻息が、ネロにかかった。

全身の血が逆流した。ネロはこの猛獣を知っていた。ルドラ。ミナウスのジャングルに生息する肉食獣だ。背丈は、成獣で三メートルに達する。ミナウスが改造される以前から存在し、改造された後もまだ生き残っている環境適応性の高い動物だ。凶暴で夜間に行動し、動くものすべてを襲う。

ルドラとネロは、二メートルと離れていなかった。茶色の体毛がわさわさとすれる音までが、ネロの耳には聞こえた。

ルドラが吼えた。石と石とをこすり合わせたような、耳ざわりな叫び声だった。空気が震え、木々が揺れた。

ネロはマシンガンを乱射した。

が、間に合わなかった。ルドラの両腕が伸びた。ルドラの武器は、すさまじい力と長さ十数センチはある鋭い爪だ。

爪がネロの肩口に食いこみ、皮膚を切り裂いた。ネロは悲鳴をあげ、マシンガンを撃ちつづけた。血がほとばしった。

「見るな」

ジョウは、アルフィンの頭をかかえた。

ルドラがネロを引き裂いた。ネロの上体が、縦ふたつに割れた。鮮血にまみれた内臓が、弾け飛ぶように宙に舞った。

「ぎゃああああああ」

断末魔の絶叫がジャングルのしじまを破り、けたたましく響き渡った。

ルドラは、肉塊と化したネロのからだを無造作に投げ捨てた。獲物はまだいる。こいつを食べる前に、そいつらを逃がしてはいけない。ルドラは、そう判断した。

ジョウは、ハンドトーチを取りだし、点火した。火を恐れるかと思ったのだ。しかし、ルドラはトーチの火を気にもとめなかった。ジョウは手榴弾を投げた。手榴弾は、ルドラの顔前で爆発した。ルドラは顔を押さえた。鮮血が散る。ルドラは怒った。激怒した。傷は負ったが、ダメージはない。

ルドラは左腕でジョウを狙った。ジョウは、それをかわした。巨木が爪に引っかかった。木は砕けた。ジョウは横に跳び、ライフルを拾った。アルフィンをかばいながら後退し、ライフルを連射する。

弾丸が、ルドラの胸を射抜いた。だが、ルドラの突進は止まらない。また、二、三本の木がこなごなになった。ジョウは、さらに撃った。今度は緑に光るひとつ目を狙った。眼球が破裂した。ルドラは視力を失った。それでも、まだ前進しようとする。恐ろしい生命力だ。これだけ銃弾を浴びても、力は少しも衰えていない。

ジョウは逃げた。アルフィンの手を把り、夜のジャングルを走った。目をふさがれたルドラは、あとを追えない。その場にとどまり、闇雲に両腕を振りまわしている。

ふいにアルフィンが転んだ。手が、ジョウから離れた。何かにつまずいたのかと思って、ジョウは振り返った。

アルフィンの左足が、木の根にはさまっていた。とげのある異様な形状の木の根だ。根が、アルフィンの左足首にからみついている。

ジョウは駆け寄ろうとした。

そのとたんに、木の根が動きだした。アルフィンを引きずり、闇の奥へと沈んでいく。

ジョウは愕然《がくぜん》となった。それは木の根ではない。蠢《うごめ》く植物だ。蔓《つる》の一種、いや、触手と呼ぶべき代物《しろもの》である。

触手は大きくうねり、宙に躍りあがった。アルフィンのからだが、地面を離れた。人ひとりを軽々と持ちあげる。触手は、二本三本と増え、アルフィンの全身に巻きついた。

本体があらわれた。紫色の触毛に覆われた口を持つ食肉植物だ。蔓が変形した触手を使って夜になると動きだし、獲物をあさるので、ミナウスでは〝ナイトウォーカー〟と呼ばれている。

アルフィンは本体へと運ばれた。本体の口は、もうぱっくりとひらいている。消化液が、口からだらだらとしたたっている。あの口に放りこまれたら、一巻の終わりだ。

ジョウはライフルで本体を撃った。数発撃ったところで、弾丸が尽きた。ジョウはライフルを投げ捨て、腰のホルスターからレイガンを抜いた。

触手の一本が、うねってジョウのもとにきた。ジョウは、それに飛びついた。触手にまたがって本体に近づき、レイガンでそれを灼こうとする。しかし、べつの触手がジョウの首に巻きついた。

「ジョウ」

泣き叫ぶアルフィンは、もうナイトウォーカーの口もとまで運ばれている。

「アルフィン」

レイガンの狙いが定まらない。ジョウの腕が触手に押さえつけられている。ジョウは必死であがいた。

アルフィンが、ナイトウォーカーの口の中に呑みこまれる。

閃光がきらめいた。

夜空から垂直に走った。火の柱だ。

閃光は、ナイトウォーカーの本体を灼き貫いた。

大口径のレーザービームだった。一撃で、ナイトウォーカーは身をよじった。本体が燃えあがった。火が噴きだし、口の触毛を焼いた。触手は苦痛にのたうちまわっている。炎が本体から触手へと広がった。

ナイトウォーカーは獲物を放りだした。最初にジョウが、つづいてアルフィンが、地面に落ちた。ジョウは、したたかに打った腰を押さえ、頭上を振り仰いだ。

大型のVTOLが、ジャングルを覆う木々の隙間を抜け、降下してくるのが見えた。VTOLの先端にはレーザーガンが装着されている。光条はそこからほとばしった。

「ジョウ」

左手首の通信機から声が飛びだした。

「タロスか？」

ジョウの顔が明るくなった。

「ぎりぎりセーフってとこですな」

タロスは言った。アルフィンが這《は》うようにして、ジョウの横にやってきた。ジョウはアルフィンの肩を抱いた。

「ここは化物の巣だ。早く引きあげてくれ」

ジョウは、アルフィンと顔を見合わせて言った。アルフィンの顔も、いまはほころんでいる。

「了解」タロスは言った。

「すぐに助けてあげますぜ」

ＶＴＯＬは、着陸できなかった。機体が大きすぎた。ホバリング状態で静止し、下面のハッチがひらいた。椅子のついたワイヤーが、そこから降りてくる。ジョウは、それにアルフィンを乗せた。

数分で、ふたりはＶＴＯＬに回収された。ＶＴＯＬは上昇し、夜空に舞いあがった。

爆音が、ジャングルに轟いた。

その爆音が、崖下で突っ伏すノーマの意識を覚醒させた。ノーマは、うつろな目で爆音の源を追った。木の間ごしに、ＶＴＯＬが見えた。翼端のライトが点滅している。その点滅する光が、判然としないノーマの意識にＶＴＯＬの存在を刻みこんだ。

「あの機体は……」

ノーマはつぶやいた。クラッシャーが何ものかに救出されたのは明らかだった。やつらは救助信号を発信していた。

また意識が朦朧《もうろう》となった。

ＶＴＯＬの中では、ジョウとアルフィンが毛布にくるまっていた。ジョウは上体を起こしているが、アルフィンはシートを倒して、そこにぐったりと倒れている。髪が乱れ、顔色もよくない。顔は泥だらけだ。

「大統領？」

ジョウは眉をひそめた。タロスが、いきさつを話し終えた直後だった。

「そうなんでさあ」ＶＴＯＬを操りながら、タロスは言った。

「俺たちのことを知ってやしてね、こいつを貸してくれたんです」

「どういうことだ？」

ジョウはリッキーを見た。リッキーはジョウにコーヒーカップを差しだした。

「よくわかんないけど、秘書は大統領が会いたがっているって言ってたぜ」

「〈ミネルバ〉の突貫修理も引き受けてくれましてね」タロスがつづけた。

「なんか、おかしな雲行きです」

「どうすんだい？」

リッキーが訊いた。

「借りができた。会わなきゃならんだろう」

ジョウは言った。

「そいつは、そうですな」

タロスも同意した。

「しかし、気になる」

ジョウはアルフィンに視線を移した。アルフィンは目を閉じて、首をわずかに傾けている。ジョウは右手で乱れたアルフィンの金髪を直してやった。アルフィンはジョウの手に頬を寄せ、微笑んだ。夢を見ているような表情だ。ジョウはコーヒーを飲んだ。苦く、熱いコーヒーだった。

第三章　ベゴニアス・アイランド

1

タロスの操縦するVTOLは、パブロポリスの郊外に着陸した。

空港でもなんでもない。ただの空地である。そこに小さなライトが丸く置かれ、着陸ポイントの目印になっていた。

VTOLのエンジンが停止した。

キャノピーをあけ、地上に降りると、一台のリムジンがやってきた。リムジンはヘッドライトでジョウたちを照らした。ふたりの男がリムジンからでてきた。男は、ジョウたちにリムジンに乗るよう身振りで示した。ジョウたちは指示に従った。ふたりの男はクラッシャー四人と入れ違いにVTOLへ乗った。

リムジンのドアが閉まり、走りだした。その背後で、エンジンを再始動させたVTO

Lが空に舞いあがった。

ジョウたちは、運転席に視線を向けた。運転席には筆頭秘書のコルテジアーニがついている。助手席には誰もいない。

「どこへ行くんだ？」

ジョウが訊いた。リムジンの後部シートは二脚が向かい合わせにしつらえられている。コルテジアーニに背を向けて、中央席にリッキーとタロス。最後席にはジョウとアルフィンが並んで腰を降ろしていた。

「市内です」

しわがれた声で、コルテジアーニは答えた。

「市内？」

「大統領閣下が待っておられます」

「官邸か？」

「いえ」

「どこだ？」

「…………」

コルテジアーニは口を閉ざした。ジョウは、かぶりを振った。問いつめても埒《らち》はあかない。

ハイウェイにのった。

一時間ほどで、市内に入った。市内は、思ったよりもにぎやかだった。高層ビルが林立し、照明も華やかだ。メインストリートの周辺は、人通りも多い。

「案外、きれいな町ねえ」

アルフィンが言った。ＶＴＯＬの機内で少し眠ったせいか、元気を取り戻していた。

「俺は好かない」

ジョウは聞こえよがしに言った。運転席でコルテジアーニが顔をしかめた。コルテジアーニは運転をやめていた。レバーだけが、オートで勝手に動いている。

官邸がある小高い丘を過ぎ、トンネルをくぐった。リムジンの進路はメインストリートから外れた。ビルが消え、風景が一変した。裏街にでた。

裏街は、寄せ集めのバラックでできていた。道路は穴だらけで、ストリートガールや、腹を減らした犬がそこらじゅうをうろついている。リムジンは道路にはみだしていたゴミ箱をひっくり返した。スタビライザーが凸凹の道路に適応できず、リムジンは激しく揺れる。リッキーがバランスを崩して、アルフィンに抱きついた。アルフィンの右フックが炸裂《さくれつ》し、リッキーを自分の座席へと戻した。

ジョウは物憂《う》げに窓外を見ている。

「どこへ行くのかしら」

アルフィンが独り言のようにつぶやいた。

リムジンが、尾行を恐れてまわり道をしているのは明らかだった。しかし、一国の大統領の使いが、いったい何を恐れているというのか。

まわりまわって、リムジンは大きな野外シアターへと入った。立体映画の劇場だ。

ジョウは、ここもカムフラージュで立ち寄ったのだと思った。ここを籠抜《かごぬ》けし、べつの場所に向かう。そう読んでいた。

だが、それは誤りだった。

リムジンは、スクリーンに向かって駐車しているエアカーの列の隙間に、するりともぐりこんだ。この野外シアターでは、立体スクリーンに映る映画をエアカーの車内から鑑賞する。もっとも、かかっている映画は鑑賞という言葉にはほど遠いB級アクション映画だ。殺戮《さつりく》と破壊だけが売物の安っぽい冒険活劇である。

リッキーとアルフィンがスクリーンを前にして身を乗りだし、目を輝かせた。ふたりとも、この手の映画には目がない。ジョウは肩をすくめた。

「閣下が、おでになります」

おごそかに、コルテジアーニが言った。

フロントウィンドウの上方に、小型のスクリーンがはめこんであった。後方視界スクリーンである。そこに映像が入った。四十代前半の男のバストショットが映った。男は口ひげをはやしており、金糸の縁取《ふちど》りがある黒い服を身につけている。眉が濃く、風体《ふうてい》にふさわしい威厳を身につけていた。

「クラッシャージョウとそのチームの諸君だな」スクリーンの男は言った。「勝手に呼びだした非礼をお詫《わ》びしよう。わたしがラゴール大統領、デュプロ・マルドーラだ」

「…………」

ジョウは厳しい目で、マルドーラを見返した。会いたいと言っておきながら、スクリーンに映る映像であらわれたのが気に入らなかった。

「諸君の災難には、まったく言うべき言葉もない」ジョウの視線を気にもかけず、マルドーラは言を継いだ。

「対応が遅れたのは申し訳ないが、不愉快な思いは、ひとまず水に流してくれたまえ」

画面の中のマルドーラは、カクテルグラスを手に把《と》った。と同時に、リムジンの後席中央がひらき、ジョウたちの前にワゴンがせりあがってきた。ワゴンにはカクテルグラスが三つと、ジュースのグラスがひとつ載っている。リッキーが、さっそくジュースのグラスを把ろうとした。それをタロスが顔をしかめて制した。リッキーはあわてて手をひっこめた。

「俺たちを襲ったやつの見当がついているようだな」ジョウが言った。

「何ものだ?」

「建国の意気に燃えるこの国を食い物にしようとする宇宙海賊がいる。たぶん、その一味だろう」

「やつらは、こっちが地上に降下する途中を狙った。明らかに俺たちの行動を監視していたということだ。ステーションのごたいそうなシステムは、海賊のためにあるのか?」

ジョウは皮肉を言った。コルテジアーニがいやな顔をした。

「そんなことはない」マルドーラは毫《ごう》も動じなかった。

「しかし、いたるところに海賊の手が伸びていることは、たしかだ。だからこそ、わたしもきみたちとの会見の場所に、わざわざこんなところを選ばざるを得なかった」

「おまけに映像だぜ」

「まことにもって、残念だ」

マルドーラは両手を広げ、小さく肩をすくめた。

「で、俺たちになんの用だい?」

ジョウが訊いた。

「ぜひとも、きみたちに伝えておきたいことがある。きみたちがオーパスで遭遇した、例の事件に関する話なのだが」

マルドーラは真顔に戻った。

「…………」

ジョウは、ポーカーフェイスを保った。

「あれは、ここに巣食っているマーフィ・パイレーツのしわざだ。宇宙海賊の中でも、もっとも名高いビッグ・マーフィとその一味が仕組んだ。やつらは、冷凍睡眠装置と昏睡状態の女性をひとり、この星に運びこんだ。あれは、きみたちがミッコラに運ぼうとしていたものだ」

「ずいぶん詳しいな？」

「わたしには独自の情報網がある」

「そんなに、はっきりと事情がわかっているのなら、どうして早く連合宇宙軍に通報しないのだ」

「それができれば、苦労はないのです」

コルテジアーニが、口をはさんだ。

「マーフィは、われわれを脅迫している」マルドーラがつづけた。

「連合宇宙軍が一歩でも、この星に踏みこんだら、即座にミナウスを破壊すると」

「…………」

「ラゴールは、まだ若い国だ。国軍の力は弱く、惑星改造も完全ではない。マーフィ・

パイレーツの力をもってすれば、破壊はあまりにも容易い」

「読めたよ。大統領」ジョウは言った。

「俺たちに海賊退治をやれ。そう言いたいんだろ?」

「きみたちは、腕のいいクラッシャーだ。いささか向こう見ずなところもあるが」

「へえ、当たってら」

リッキーが感心した。

「バカ」

アルフィンに、ぶたれた。

ジョウたちの乗るリムジンの横に、もう一台、リムジンが滑りこんできた。ロールスロイスだ。窓にはカーテンが引かれている。

「俺たちはヨーゼフ・ドッジって野郎を探して、ここにきた」ジョウは言った。

「あいつを捕まえて、海賊呼ばわりされた汚名をそそぐためだ。やつらと戦争をする気はない」

「同じことだよ」マルドーラは左手を軽く振った。

「そうするには、海賊と事を構えねばならん。結局、戦うことになる」

「………」

「ジョウ」アルフィンが、ジョウの肩をつついた。

「あれ」

となりに入ってきたロールスロイスをアルフィンは指差した。窓のカーテンがひらき、人影が見えた。マルドーラだ。礼儀を重んじたのか、ちゃんと会見の場所にやってきたらしい。

「だめだな。マルドーラ大統領」ジョウは、かぶりを振った。

「いくら向こう見ずのクラッシャーでも、大海賊を相手に喧嘩するのはむずかしい」

「もっともだ」マルドーラはうなずいた。

「わたしも、そこまで期待しているわけではない。ただ、われわれは、きみたちに有用な情報を提供することができる。むろん、物質的援助も惜しまない。それらをどう活用しようが、きみたちの自由だ。しかし、そうするには、われわれにも相応の覚悟が要る。ただでというわけにはいかない」

「だろうな」ジョウは薄く笑った。

「で、条件は？」

「ビッグ・マーフィの首だ」

「ふむ」

ジョウは横目でロールスロイスを見た。窓ごしにマルドーラの顔が見える。何を考えているのかは、わからない。

「いいだろう」ジョウは言った。

「ただし、殺し屋のマネはできない。捕まえて、あんたに引き渡す。これでどうだ？」

「異存はない」マルドーラはうなずいた。

「しかし、くれぐれも言っておくが、これは、きみたち自身の名誉のためにやることだ。ラゴール政府は、いっさい関知しない」

「ず、ずるいぜ」

リッキーが言った。

「わたしは、ラゴールの大統領だ」マルドーラは声を荒らげた。

「国家と国民を守る義務がある」

「けっこうだ」ジョウは平然と応じた。

「黙って言いなりになってやる。だから、だしてくれ。情報ってやつを」

てのひらを広げ、左手を前に突きだした。

2

〈ミネルバ〉は、海上を航行していた。

巨大な六基のフロートが、それを可能にした。フロートは、貨物船のコンテナを改造したもので、推進装置は備わっていない。〈ミネルバ〉本体のエンジンを使い、タキシングの要領で海面に浮く〈ミネルバ〉を航行させる。そういうシステムだ。

パブロポリスをでてから、すでに十四時間が経過していた。

ジョウたち四人は、〈ミネルバ〉の修理が完了するまで、市内のアパートの一室を与えられた。二間つづきの、ベッドとシャワーとトイレしかない部屋だった。コルテジアーニは、呼びだしがあるまで、けっしてここから外にでないでくれと念を押した。

四人は、シャワーを浴びてベッドに倒れこんだ。ベッドを移動させ、アルフィンがひとりで一間を使った。誰も文句を言わない。全員へとへとなのだ。安らかに寝られるのなら、もうどこでもいい。

寝るぞ、と決めたとたんに意識が失せた。横になった記憶もなかった。

気がつくと、ドアがノックされていた。毛布をかぶって無視したが、ノックは執拗《しつよう》につづく。やむなく、ジョウはのたのたと起きた。ドアをあけると、コルテジアーニが廊下に立っていた。まだ、夜は明けていない。

「修理が終わりました」コルテジアーニは言った。

「すぐに出発してください」

五時間しか寝ていなかった。もう一度ベッドに戻りたかったが、それはできない相談だった。準備ができれば、行くしかない。アルフィンを起こすのが一騒動だった。リッキーが右目のまわりにあざをつくった。ジョウの頰には、三本のみみず腫《ば》れが残った。

コルテジアーニに連れられて海岸に行き、そこで四人は目を剝いた。

まさか〈ミネルバ〉にフロートがついているとは夢にも思わなかった。

詳しくはこれを見てくれ、とコルテジアーニは、一枚のビデオカードを渡した。

タロスが修理の仕上げが悪いと文句を言った。マーフィ・パイレーツの目を盗んで五時間で完了したのが奇跡だと思ってほしい、というのがコルテジアーニの返事だった。

肩をすくめて納得するほかはない。

四人はボートで〈ミネルバ〉に乗りこみ、夜明けの直前に出発した。コルテジアーニに言われるまでもなく、こんな姿の〈ミネルバ〉を他人に見せたくはなかった。

ブリッジで、コルテジアーニから渡されたビデオカードを見た。

説明する声は、マルドーラ自身のものだった。

メインスクリーンに、映像が広がった。画面が、赤く染まる。人工衛星から撮影した、リモートセンシングによる特殊な映像だ。

「島だな、こいつは」

タロスが言った。シートをリクライニングさせ、両足をコンソールに投げだしてくつろいでいる。

タロスの言葉に答えるかのように、マルドーラの説明が入った。

「これが、ベゴニアス島だ」

海図《チャート》が映り、位置を示してから、また島の映像に戻った。

「パブロポリスから南南西に千六百キロあまりの海洋上にある。火山島で中央に巨大なカルデラがあり、ミナウスでは、比較的大きい島のひとつだ」

映像がつぎつぎと切り換わった。どれも同じベゴニアス島の映像だが、色が違う。キャッチした波長によって色を変えてある。これだけで、ベゴニアス島の状況が、専門家ならばある程度のレベルまで推察できる。

「マーフィ・パイレーツは、この島に目をつけた。勝手に住みつき、島全体をまたたく間に要塞化してしまった」

「宇宙港に、道路も完備か」

ジョウがつぶやいた。島の東部にある宇宙港は、パブロポリス宇宙港よりも規模が大きい。このぶんなら、武器や戦闘機などの装備も、ラゴール宇宙軍のそれを上回っているだろう。

「マーフィ・パイレーツの本部は、島の北部の第二クレーターの中にある。そこはマーフィ・タウンと呼ばれており、中央の高層ビルが、ビッグ・マーフィのいわば居城というわけだ」

マーフィ・タウンのきわめて不鮮明な映像が映った。しかし、中央に聳《そび》えるタワービルは、はっきりと見てとれる。

「ビッグ・マーフィも、きみたちの探している男も、このマーフィ・タウンにいる。それは間違いない。だが、ベゴニアス島に潜入するのは、至難の業だ。空から行ったのでは、たちまち撃墜される。幸いにも、ミナウスには船が存在しない。わたしは、そこに可能性を見いだした」

航空機の発達により、船はその実用性を完全に失った。趣味だけが、船の存続を支えた。とくに大型船舶は、銀河系に数えるほどしかない。ほとんどが、海洋リゾート惑星のホテル兼観光用として使われている。開発途上にあるミナウスに、一隻の船も存在しないのはむしろ当然のことであった。

「それにしても、一言の相談もなしに〈ミネルバ〉にフロートをくっつけるとは、いい度胸だ」

タロスが言った。

「宇宙船で海を走ったクラッシャーは、俺《おい》らたちがはじめてじゃないかい？」

リッキーがうれしそうに言った。

「千六百キロを一日がかりよ」アルフィンが言った。

「自慢にもならないわ」

「まったくだ」

タロスが相槌《あいづち》を打った。

映像が終わった。

「アイデアとしては、悪くない」ジョウが立ちあがった。

「あとをドンゴにまかせてこの位置に待機させておけば、いざというときの時間ロスを省ける。それに……」

ジョウはアルフィンを見た。

「長時間の航行で、寝不足も解消できたし」

「ふん」

アルフィンは、そっぽを向いた。リッキーが、わざとらしく右目のあざを押さえた。

ジョウは時計に目をやった。

「一時間後にでる。準備にかかろう」

〈ミネルバ〉は航行を停止し、波間を漂っていた。陽は三時間前に落ちている。すでに闇が濃い。

船尾ハッチの扉がひらき、パネルの先端が海中に没している。ライトのほとんどを消していて、明るいのはそのハッチの一角だけだ。タロスが、そこで作業をしている。ハッチの端にかがみこみ、水中を覗《のぞ》きこむ。ややあって立ちあがり、船内に向かって手を振り、声をかけた。

「ジン・ベイ、降ろしました」

「オッケイ」

船内からジョウがでてきた。潜水マスクをかぶり、背中にはクラッシュパックを背負っている。右手にはレギュレータ。このレギュレータは、海水から直接、酸素を抽出《ちゅうしゅつ》する。

「そっちはどうだ？」

ジョウは、首をめぐらした。

「いいわよ」

「大丈夫」

リッキーとアルフィンがドンゴを伴い、船内から姿をあらわした。タロス、リッキー、アルフィンも、ジョウと同じ潜水用の装備を身につけている。

ジョウはクラッシュジャケットの衿《えり》を閉めた。クラッシュジャケットは簡易宇宙服に使えるほど、機密性が高い。もちろん、潜水服の代わりにもなる。

四人が、ハッチの上に並んだ。

「ドンゴ、あとを頼んだぜ」

ジョウが言った。

「キャハ」

ドンゴがマニピュレータを振った。

レギュレータをくわえ、四人は海中に飛びこんだ。

水を蹴り、もぐった。

水深五メートルの位置で、一台のマリンジェットが半径七、八メートルの円を描いて旋回していた。〈ミネルバ〉の倉庫から引きずりだしてきたジン・ベイである。細長い魚雷型をしており、左右に二本ずつ短い翼が張りだしている。搭乗者はその翼のグリップにつかまり、操縦をおこなう。強力な水流ジェットエンジンを搭載しているので、スピードは速い。

四人は、ジン・ベイにぶらさがった。ジョウがスロットルをあけた。ライトが暗い水中に長く走り、ジン・ベイは、ベゴニアス島に向けて、静かに進みはじめた。

ベゴニアス島までは、五時間とかからなかった。

岩場でジン・ベイを捨てた。

打ち寄せる波にさらわれないように注意しながら、四人は岩場を登った。潜水マスクは、暗視ゴーグルに替えた。ノクトビジョンと同じ原理で、わずかな星明りさえあれば、闇の中でも十分にものが見える。

ジョウを先頭に、四人は岩場から内陸部へと踏みこんだ。火山島だけに、溶岩が露出している。崖も多い。

小さな崖に達したところで、ジョウがストップの合図をだした。四人は岩蔭に身をひそめた。

かすかな金属音が聞こえた。

ほんの十数メートル先に、何かがあらわれた。砲塔を備えた、ロボットとも戦車ともつかない異様な機械装置だった。車輪で走行している。

「ハンターだ」

ジョウが小声で言った。ガード用の戦闘ロボットである。認識票を持たない人間を無差別に攻撃する。

しばし息をこらし、ハンターをやりすごした。

ハンターがいなくなった。行動を再開した。マルドーラの情報によれば、この近くに発電所のモニタールームがあるという。とりあえずの目標は、そこだった。

3

モニタールームは、すぐに見つかった。

小さな、箱のような建物だった。主要部分は地下にあるのだろう。入口を探した。裏手に大型の十輪装甲車があった。これはあとで使える。

入口があった。警報器の有無をチェックし、電源の一部を断ち切ってから、ドアを灼《や》きひらいた。

侵入する。

殺風景な、コンクリート剝きだしの通路があった。暗視ゴーグルを外し、ガスマスクをかぶった。通路は地下へとつづく階段につながっている。

階段を下った。また通路が長くつづいていた。予想どおり、地下のほうが広い。しかし、殺風景なのは、階上と大差がない。

慎重に通路を進んだ。人の姿、気配は、どこにもない。

ドアがあった。

小さな窓がある。覗くと、ふたりの男の背中が見えた。男たちの前には立体テレビがあり、プロレスをやっていた。プロレスは銀河系でもっとも人気のあるスポーツで、熱狂的なファンが多い。ふたりの男も興奮の極にあった。手を振り、足を踏み鳴らしている。どうやら、この部屋がモニタールームの中枢らしいが、ふたりは任務を完全に忘れていて、何も見ていない。通路を映しているモニターテレビもあって、ジョウたちは侵入の際、確実にその画面に映ったはずだが、男たちは何も気がついていなかった。

ジョウはカッターでガラスを切った。穴があくと、実況中継の声が、すさまじいボリュームであたりに響き渡った。なるほど、これではモニターできないはずだ。非常警報が鳴っても、これでは間違いなく聞こえない。

ジョウは、タロスのクラッシュパックから小型のガス弾を取りだした。

ピンを抜いて、部屋の中に投げこんだ。

破裂した。ピンクの麻酔ガスが勢いよく噴出した。

ふたりの男は、興奮したそのままの恰好と表情で気を失い、椅子ごとうしろにひっくり返った。これでもう三十時間は目を覚まさない。

ロックを灼き切って、ジョウたちは部屋の中へと入った。ピンクのガスが、霧のように室内にたなびいている。

「ぞくぞくするなあ、おもしれえ」

リッキーが肩を震わせて言った。

「調子にのるな。馬鹿」

タロスが、リッキーの頭をこづいた。

「あったわ」

制御卓を調べていたアルフィンが、手を挙げた。三人は、あわててアルフィンのまわりに集まった。

「電力供給状況のチェック用立体図よ」

アルフィンがスイッチを入れた。マーフィ・タウンの配置図や、タワービルの内部構造が、立体映像でつぎつぎに映しだされた。

「マーフィ・タウンも、そのへんの都市と同じように居住区とそれ以外の場所に分かれている」

タロスが言った。

「こいつが、マーフィの居室じゃないかな？」

ジョウが、タワービルの上のほうを指差した。

「情報はすごく正確ね」アルフィンが言った。

「マルドーラの言ったとおりにすべてが当てはまるわ。かなりのセンシング技術があるみたい」

「とんだ古ダヌキだぜ、あいつは」

タロスが言った。ガスが消えたので、マスクを外した。全員が、それに倣《なら》った。

立体図の確認が終わった。

「よし行こう」

四人はモニタールームを飛びだした。

裏手にまわり、装甲車に乗った。溶岩台地を全速力で突っきった。岩を踏みしだき、装甲車は派手にバウンドする。ここから先は、時間の勝負だ。とにかく迅速《じんそく》に動かねばならなかった。

時間に追われているのは、キリーも同じだった。

マーフィ四人衆のひとり、アイスハート・キリーは我慢の限界にきていた。

怒りに顔をひきつらせ、キリーはメディカル・ルームに入った。メディカル・ルームは監視センターと治療室に分かれていて、両者は一枚板のガラスで完全に仕切られている。キリーが入ったのは、監視センターのほうだった。

仕切りガラスの前にキリーは立った。治療室には三人の医師とふたりの看護師がいた。ともに白衣を身につけ、マスクをしている。医師と看護師は、必死で作業をしていた。初老の医師が指揮をとり、四人は何か言われるたびに右へ左へとあわただしく動いた。

治療室の中央に治療台があった。治療台の上には患者が横たわっていた。患者のからだは反重力装置と温風圧によって、二十センチほど宙に浮いている。

患者は、全裸の女性だった。二十一、二歳の美しい女性である。プロポーションも申し分ない。何十本というコードが、からだのそこかしこに取りつけられている。

彼女は、バレンスチノスがエレナ・スコーランと呼んだ女性だった。ジョウがミッコラへ運ぼうとした〝眠れる美女〟である。

エレナは、まだ眠っていた。冷凍状態は解除されていたが、意識は未だに闇の彼方にあった。医師たちは、彼女を目覚めさせようとやっきになっていた。

初老の医師が、はっとなった。

おもてをあげ、監視センターを見た。冷ややかに治療室を見つめているキリーと、目が合った。医師は直立不動の姿勢をとった。

「まだ、あがいているのか？」

キリーは口をひらいた。

「処置に誤りはありません」おどおどと医師は言った。

「たしかに成功しています」

「ならば、なぜ目を覚まさん。いったい何時間かかっていると思う」

キリーの声が荒くなった。医師は首をすくめた。

「呼吸も体温も正常です。それなのに意識だけがもとに戻りません。脳も調べました。異常は皆無です。薬物だけでなく、強力な暗示がかけられているような気がします」

「だから、どうだと言うのだ。言い訳はやめろ」

キリーの眉が高く吊りあがった。

「最善は尽くしているのです。どうかもう少し時間をください」

「時間だと。時間など、すでに腐るほど費やしたわ。ビッグ・マーフィも先から待ちくたびれておられる。いいか、これ以上遅れるようだったら、きさまらを——」

キリーの言葉は、最後までつづかなかった。ドアのあく甲高い音が、キリーの声をさえぎった。キリーは、人の気配を感じて首をめぐらした。

「キリー様」

ひらいたドアの中央に、ひとりの男が立っていた。キリー直属の部下だ。

「なんだ？」

キリーは、いぶかしんだ。部下は、こわばった表情をしていた。

「至急おいでください。キリー様」うわずった声で、部下は言った。

「ただいま、キャッツアイ・ノーマが……」

「ノーマだと」

キリーは一歩、前にでた。

「重傷を負って、帰還されました」

「どういうことだ？」

「急ぎ、自分のもとにおいでくださるようにとのことです」

「ふむ」キリーは、鼻を鳴らした。

「案内しろ」

「はっ」

部下が案内したのは、幹部が使うサロンのひとつだった。

ノーマはそこで、ソファに寝かされていた。まわりに数人の平兵士がつきそっている。そして、いそいそとノーマの世話を焼いているのは、これも四人衆のひとりであるモンスター・ロキだ。ロキは身長が二メートル二十センチを超える巨漢である。体重は二百キロ近い。顔は一面のあばたで醜く崩れているが、力と度胸だけで点数を稼ぎ、マーフィ・パイレーツの大幹部まであがってきた男だ。

その大男が、ソファに横たわるノーマのかたわらにひざまずき、せっせと傷の手当てをしてやっている。美女と野獣とでも言おうか。あまりにもアンバランスな光景だ。

キリーが部屋に入ってくると、平兵士だけでなく、ノーマやロキにも緊張の色が浮かんだ。キリーはマーフィの信任が厚く、四人衆を束ねる立場にある。性格は非情で、容赦がない。

「いったいどうしたというのだ。ノーマ」

ノーマの怪我に目もくれず、キリーは高飛車に訊いた。

「キ、キリーかい」ノーマは上体を起こした。ロキがあわてて手を貸した。

「くやしいよ。ネロがやられちまった。あ、あたしも、このとおりさ」

ノーマは、目を伏せた。からだのいたるところにすり傷や打ち身があり、左腕は肩から二の腕までがプラスチック・ギプスで完全に固められている。

「ネロが？」

キリーは、眉をひそめた。殺しの腕にかけては、ネロは一流だった。いささか自信過剰のきらいもあったが、戦闘機を操らせたり、艦隊の指揮をとらせたりすると抜群の技量をみせた。

「とんだドジを踏んだよ」ノーマは言った。

「マーフィ四人衆の名に傷をつけちまった」

ロキが立ちあがり、巨大な拳を右のてのひらに叩きつけた。

「ノーマをこんな目にあわせたやつは、ゆ、許さねえ」

額に青筋が浮かびでた。

「詳しく話せ」

キリーが言った。冷徹な声に、同情の響きはかけらもない。

「ステーションで、クラッシャーを見かけたんだ」

ノーマは言った。

「クラッシャー？」

「れ、例のちょいと利用した連中だ」

苦しげに話すノーマの代わりに、ロキが口をはさんだ。

「やつらが、ここへきたのか？」

「ヨーゼフが怯えるから、始末しようとしたのさ。ネロとふたりでね」

「それで、そのざまか」

キリーの口の端に冷笑が浮かんだ。

「ちくしょう。あんなガキどもに」

ノーマは、右手で拳を握った。拳は激しく震えた。

「無断で動いたのは、おまえたちの責任だぞ」

「その言い方は、あんまりだ」

ロキがキリーに食ってかかった。

「てめえは黙ってろ」

キリーは、ロキを叱りとばした。ロキは奥歯を噛みしめ、口を閉じた。

「決着は、きっちりつけるよ」

ノーマが言った。

「勝手なマネはするな」キリーはノーマを見た。

「ボスに報告する。クラッシャーはどうなった？」

「へんなVTOLに、救助されたわ」

「VTOL？」

「臭いよ、キリー。ラゴールに仲間がいるんだ。誰かが、やつらを手引きしたに違いない」

「まさか、この島に……」

「可能性はあるよ」

「ふむ」

キリーはしばし黙考した。それが事実なら、打つべき手を打たねばならない。

「ロキ」大男を指差した。

「ノーマと組んで島内をくまなく洗え。そいつらが、ここにもぐりこんでいるかもしれん。ハンターを総動員してでも徹底的に探せ」

「…………」

ロキは答えなかった。だが、キリーはロキの返事を待つ気はなかった。きびすをめぐらした。

「わたしは、マーフィの部屋にいる」

そう言い捨てて部屋からでていった。平兵士たちも、あわててそのあとを追った。ロキとノーマだけが、サロンに残った。ノーマが苦痛に耐えて立ちあがろうとした。ロキはそのからだをやさしく支えてやる。ロキの目には憎悪があった。燃えるような憎悪が、去っていったキリーに向けられていた。

「く、くそっ」ロキはつぶやいた。

「でけえ面《つら》をしやがって」

4

マーフィ・タウンの外縁には、四角い倉庫のような建物が、びっしりと連なっていた。外壁は特殊合金でできており、高さは二十メートルあまり。どうやら、マーフィ・タウンの防御壁を兼ねさせているらしい。倉庫の群れは、道路でいったん断ち切られるが、その部分にはゲートがあって、レーザーガンが埋めこまれている。道路にも、街路灯と一体になった迎撃システムが、一定の間隔を置いて、マーフィ・タウンの居住区まで並んでいる。

ジョウたちは、ゲートにほど近い倉庫の蔭にひそんでいた。装甲車を暗がりに置き、タロス、ジョウ、アルフィンが、銃を構えて周囲の様子をうかがっている。リッキーは、装甲車のコクピットにもぐりこんで、何やら蠢《うごめ》いていた。

ややあって、リッキーが顔をだした。右手でオーケイのサインをつくった。

「じゃあ、行くぞ。いいな」

ジョウは、タロスに囁いた。

「目いっぱい、暴れてやります」

タロスは、にやりと笑った。

「やりすぎずに、適当なところで失せるんだぞ」

「集合地点は、反対側のポイントBでしたね」

「迷うなよ」

「そちらこそ。マーフィを忘れてこないように」

「お互いさまだな」

ジョウは、タロスの肩を軽く叩いた。タロスはうなずき、装甲車のリッキーに合図を送った。

装甲車のエンジンが始動した。エンジン音は、急速に高まった。リッキーが、飛び降りた。

猛烈な勢いで、装甲車はダッシュした。スロットルは全開だった。砂利を跳ねあげ、道路にバウンドしてのった。

ゲートめざして、全速力で突っこんでいく。

センサーが反応した。ゲートのレーザーガンが、装甲車を撃った。フロントガラスが穴だらけになった。しかし装甲車は停止しない。スロットル全開でそのまま疾駆《しっく》する。

ゲートを突破した。

迎撃システムが作動し、レーザービームが装甲車に、光の雨のように降り注いだ。

装甲車の外鈑《がいはん》が灼け、ずたずたに裂けた。だが、厚い装甲のおかげで、ビームは中まで届かない。システムは狙いをタイヤに移した。システムのステイが折れ曲がり、斜め横から装甲車のタイヤを撃った。

十輪のうち、四輪がバーストした。ちょうど道路がゆるいカーブにさしかかったところだった。コントロールを失い、装甲車は道路から飛びだした。

居住区に属するビルが、道路の脇にあった。暴走した装甲車は、そのビルに突っこんだ。装甲車のトランクスペースには、高性能の火薬が詰めてあった。

装甲車が、ビルの外壁に激突した。同時に炎が丸く膨れあがった。

爆発した。

大爆発だった。ビルが根こそぎ吹き飛び、瓦礫《がれき》が四方に飛んだ。火が流出した燃料に燃え移り、あたり一面が炎の海になった。

ジョウを先頭に、四人がマーフィ・タウンへと潜入する。

リッキーが小型バズーカでゲートのセンサーを破壊し、レーザーガンを黙らせた。四人は二手に分かれた。

ジョウとアルフィンは左、タロスとリッキーは右。左手正面には、タワービルが聳え立っている。

防御壁を兼ねた倉庫の群れは、一層ではなかった。もう一層が、マーフィ・タウンを囲んでいた。ジョウとアルフィンは、迎撃システムを撃ち抜いて、倉庫と倉庫の隙間にもぐりこんだ。例によってジョウは無反動ライフル、アルフィンはレイガンを手にしている。
倉庫を抜けた。爆発音が轟いた。あまり遠くはない。しかし、すぐ近くというわけで
もない。わずかに地面が震えた。
「もう、はじめやがった」
アルフィンと並んで走りながら、ジョウは苦笑していた。タロスとリッキーは、何十
発という手榴弾をかかえている。それをさっそく使いだした。あのふたりのことだ。窓
を見つけたら、手当たり次第にそれを投げこんでいるのだろう。
火の手があがった。アートフラッシュも使ったらしい。アートフラッシュは、クラッ
シュジャケットの上着にもついている飾りボタン型の強酸化触媒ポリマーだ。これをは
がして投げれば発火し、周囲は猛火に包まれる。タロスとリッキーは、その携帯用のも
のをいくつか用意していた。携帯用のアートフラッシュは、ボタン型よりも大きく、反
応時間が長い。
大火災になるな。
ジョウは、マーフィ・タウンに住む海賊たちに同情した。
サイレンが鳴り響いた。建物から海賊たちが飛びだしてきた。何人かは武装していた
が、多くは平服で、中にはパジャマ姿の者もいた。

ジョウとアルフィンは、物蔭に隠れてかれらをやりすごし、そのあとで低い建物の屋上へと登った。ここからタワービルまでは、平均三階建て程度のビルや倉庫がつづいている。人目を避けて進むには、おあつらえ向きのコースだ。

ビッグ・マーフィは、上機嫌にはほど遠かった。キリーの報告は、きわめて不快なものだった。マーフィ・パイレーツは、うまくやっていた。一度として連合宇宙軍にしてやられたことはなかった。ミナウスに本部を置いてからは、下っ端《ぱ》の構成員ですら、逮捕されたことがない。

それがいま、ミナウスにやってきたクラッシャーに、大幹部のひとりが返り討ちにあったという。おまけに、かれらは誰かの手引きを受け、ベゴニアス島に侵入する可能性もあるという。

マーフィは、愛用のアーム・チェアに身をうずめ、クルップの背中を撫でながら、キリーの報告を聞いていた。アズマジロのクルップは、マーフィの機嫌とは裏腹に目を細め、よだれを流してマーフィの膝の上でくつろいでいる。ときおりしっぽが伸びたり丸まったりするのが、少しだけ愛らしい。

キリーの報告が終わった。キリーは直立不動の姿勢のまま、マーフィの言葉を待った。

「クラッシャーか」

低い声で、マーフィは言った。馬鹿にした響きがあった。それが、クラッシャーに向けられたものか、戦って敗れたネロとノーマに向けられたものかは、キリーにはわからない。

「気に入らんな」

マーフィはつづけた。

「と、申しますと」

「ラゴールに仲間がいるというのが、気に入らん」

「銀河連合のスパイでしょうか？」

「違う」

マーフィは断定した。

「は？」

「そんなやつに、VTOLが使えるのか？　このラゴールで」

「それは、たしかに、そうですが」

「あいつのことを考えろ。のうのうとしているあいつのことを」

「まさか」キリーはこわばった笑いを浮かべた。

「あの臆病者《おくびょうもの》に、そんなマネが」

「あなどるなよ。キリー」

「はっ」

「まさかと思うやつが、いちばん危険なのだ」

「はあ」

「いいか……」

チャイムが鳴った。緊急通話の呼びだしチャイムだった。マーフィの居室への直接通話は禁じられている。用があればキリーに伝え、それからキリーが居室まで報告に出向く。マーフィの居室は、かれが集めた絵画や彫刻などの美術品で埋まっていた。マーフィはそこでクルップとともに孤独の時間をゆったりと過ごす。それを妨げる者は、それ相応の覚悟をせねばならなかった。

マーフィは、通話装置のスイッチをオンにした。壁にかけられた絵が、スクリーンに変わった。ベゴニアス島防衛部隊の士官の顔が映った。士官は緊張でかちかちになっていた。

「どうした？」

マーフィに代わって、キリーが訊いた。

「第四地区に爆発が起こりました」硬い声で、士官は言った。

「何ものかがマーフィ・タウンに潜入した模様です」

「どんなやつだ？　数は？」

「わかりません。不意を衝《つ》かれ、我がほうは混乱しています」

「キリー」マーフィが言った。

「行って、ネズミを捕まえてこい」

「はっ」

「そうすれば、裏切者の正体も、そいつらに訊くことができる」

「はっ」

キリーは一礼した。

スクリーンがブラックアウトして、また一幅の絵画に戻った。

キリーはマーフィの居室を辞した。

メイン・コントロールルームに向かった。

メイン・コントロールルームは、島全体の管制室である。数十面のスクリーンが、島の各所を映しだし、専任の士官と兵士が、これを監視している。ミサイル、戦闘機、ハンターの制御がおこなわれるのも、ここだ。

ドアがひらき、メイン・コントロールルームに、キリーは入った。何人かの士官がシートから立ってキリーを出迎えた。キリーは一段高い、すべてのスクリーンを見ることのできる指揮官席についた。

「状況は？」

士官のひとりに訊いた。マーフィの居室にコールしてきた士官だ。

「侵入者はふたりです。しかし、動きが速くて捕捉できません。未確認ですが、クラッシュジャケットを着用していたという報告が入っています」

「被害のほうは？」

この問いかけには、べつの士官が答えた。

「第四地区は壊滅状態です。火災は第五地区にも広がりつつあり、ルート6とルート9が切断されました。火災は強酸化触媒ポリマーによるものと思われ、通常の消火剤では火を消すことができません」

「フォックスをだせ」

キリーは言った。

「はっ」

士官が応じた。

「侵入者を追いつめろ。ハンターも使え。とにかく逃すな」

「わかりました」

士官は、通信機に向かった。

キリーは、スクリーンに目をやった。どのスクリーンにも、燃えさかるマーフィ・タウンが映しだされている。たったふたりの侵入者が、わずか数分で、これだけのことをした。〝こわし屋〟というクラッシャーの語源が、キリーの脳裏をちらとかすめた。

「こしゃくな」キリーはうなった。

「クラッシャー風情が」

5

タロスとリッキーは、居住区の外れにいた。この先は、建物が密集しなくなる。つまりは身を隠す場所がないということだ。

タロスとリッキーは、破壊の限りを尽くしてきた。タワービルから遠ざかりながら、とにかく目立つことを心懸けた。海賊の関心がかれらに集まれば集まるほど、ジョウたちのタワービルへの侵入がたやすくなる。

瓦礫の隙間に入りこみ、タロスはレーザーガンを乱射した。横ではリッキーが立ちあがって、包囲しようとする海賊兵士めがけ、手榴弾を投げまくっている。海賊は反撃を試みるのだが、逆に翻弄《ほんろう》され、爆発から逃れるのに必死になった。

「ざまあ見ろ」

動くに動けない兵士をリッキーが嘲笑った。

「調子にのるな」

タロスが怒鳴った。リッキーは段取りがうまく運びすぎるので有頂天になっている。ミスは、こういうときに犯しやすい。とくにリッキーはクラッシャーとしての経験が浅い。〈ミネルバ〉に密航してクラッシャーになってからまだ三年。年齢も十五歳と若い。おまけに性格的におっちょこちょいだ。

「ちっ」

とつぜん、タロスが舌打ちした。爆発音と射撃音の洪水の中で、タロスは迫りくるエンジンの響きを聞きとった。どうやら、向こうも戦闘態勢がととのったらしい。奇襲にあわてふためく隙を衝き、わずかふたりで敵をかきまわすことのできた夢のような時間は、もう終わろうとしている。

「さがれ」

腕を伸ばし、タロスはリッキーを瓦礫の蔭へと引きずりおろした。

たったいままでリッキーが立っていた場所に火線が集中した。コンクリート塊が砕け、こなごなになった。小火器ではない。威力が違う。

だしぬけに、破壊されたビルの向こう側が光った。強力なライトの光だ。あたりがまぶしいくらいに明るくなった。ライトはひとつではない。つぎからつぎへとあらわれた。戦闘用エアカーだ。光は、そのヘッドライトである。海賊たちがフォックスと呼んでいるタイプだ。十二・七ミリ低反動砲を装備している。ヘッドライトの明りが、瓦礫の隙間にひそむタロスとリッキーを煌々《こうこう》と照らしだした。

リッキーは、バズーカでフォックスを狙った。タロスもレーザーガンで応戦した。しかし、こうなっては逃げる以外に手はない。

タロスの左手首で通信機が鳴った。タロスは耳を近づけ、音を確認した。誂《あつら》えたようなタイミングだった。ジョウが侵入成功を知らせてきた。となれば、もはやここでがんばる必要はない。

「潮時だ。引くぞ」

タロスはリッキーを振り返った。リッキーはバズーカを撃ちまくっている。

「オッケイ」

リッキーは返事をした。しかし、からだが動かない。撃つほうに気をとられている。

タロスは、リッキーをかかえあげた。リッキーはタロスにかかえられたまま、バズーカを乱射した。

バズーカの弾丸が尽きた。リッキーは砲身を投げ捨てた。敵の火線がタロスの足もとを灼き、えぐる。

タロスは、リッキーをかかえたまま、ビルを登った。途中で屋上に向かって、リッキーを放り投げた。リッキーはからだを丸めて、ひらりと着地した。

タロスが屋上にやってきた。

「冷や汗をかかせやがって」

頭をこづいた。リッキーは舌をだした。

ビルの端へと走った。敵は一時的にタロスとリッキーを見失っている。

光が見えた。左手だ。少し距離がある。フォックスのヘッドライトに間違いない。

「ちょうどいいや」タロスは言った。

「あいつをもらって、おさらばしよう」

「うん」

リッキーは腰のホルスターからレイガンを抜いた。

フォックスが近づいてきた。タロスたちを探すために速度を落としている。ビルの屋上にいるとは思っていないようだ。

真下にきた。

タロスが飛び降りた。フォックスにはふたりの兵士が乗っていた。ひとりが操縦を受け持ち、もうひとりが砲座を受け持っている。タロスは砲座のほうに落ちた。兵士を圧《お》しつぶし、エネルギーチューブの切れたレーザーガンで、そのあごを殴《なぐ》った。あわてた操縦者が、銃を構えようとする。そこへリッキーが落ちてきた。

ふたりの兵士は袋叩きにあい、フォックスから投げだされた。

リッキーが操縦レバーを握った。タロスはレーザーガンを捨てて砲座についた。

「いやっほう」

リッキーがスロットルを全開にした。フォックスは弾かれるように加速した。

行手に海賊兵士が集まっていた。十人以上いる。銃を構え、通路をふさいだ。

リッキーが操縦レバーをひねった。側面噴射を目いっぱいきかせた。フォックスは横倒しになり、壁を登った。

想像を絶するフォックスの動きに、兵士たちは唖然となった。口をあけ、撃つのを忘れている。

かわりに、十二・七ミリ砲をタロスが乱射した。何人かの兵士が銃弾に薙《な》ぎ倒された。さらに数人は、そのショックで腰を抜かした。

リッキーはレバーを戻した。

兵士たちの頭上を飛び越えて、フォックスは道路に戻った。タロスは、右に左にと銃弾をばらまいている。

ゲートが見えた。

ここを突破すれば、ポイントBは近い。とにかく脱出し、追っ手をまく。

兵士が、わらわらとでてきた。タロスとリッキーのフォックスに気がつき、ゲートの扉を閉めはじめた。

「突っこめ」

タロスが叫んだ。

「あいよっ」

リッキーは、フロント・プロテクターの蔭に、身をひそめた。

半分ほど閉じたゲートに、まっすぐ突入した。ねじ曲がった扉ごと兵士が吹き飛んだ。

タロスとリッキーを追ってきた五台のフォックスが、さらにゲートへとなだれこんできた。ゲートはぐちゃぐちゃになった。地上歩行型ハンターのオストールがフォックスにつづいてやってきて、不幸なゲートにとどめを刺した。兵士が三人ほど踏みつぶされた。

「荒地に入れ」

追っ手に気づいたタロスが言った。フォックスは道路を離れた。溶岩でできた火口を、リッキーの操るフォックスはひた走る。

オストールが、五台のフォックスを追い抜いた。オストールは三体いた。長い脚で大地を蹴り、じりじりとフォックスに迫ってくる。

タロスは十二・七ミリ砲を撃ちまくった。オストールもレーザービームを激しく放つ。

十二・七ミリ砲のトリガーから手応えが消えた。弾丸が尽きた。

「ちくしょう」

タロスは呻いた。三体のオストールはもうすぐそこまできている。なのに、武器はレイガンしかない。

タロスは頭にきた。

十二・七ミリ砲に抱きついた。力をこめ、砲身を台座から引きちぎった。

オストールが追いつく。

「くらえっ」

十二・七ミリ砲を、先頭に立つオストールの長い脚に叩きつけた。

銃身が、オストールの脚の間に入った。

オストールのバランスが崩れた。脚がもつれ、からまった。

ひっくり返った。

うしろの二体が、そのオストールにつまずいた。跳ねあがり、宙を舞った。三体のオストールが重なり合って、ぐしゃりとつぶれた。

タロスは、レイガンを抜いた。

役には立たないとわかっていたが、オストールの残骸《ざんがい》をかわして追ってくるフォックスに向け、撃ちまくった。

轟音が聞こえてきた。

タロスははっとなった。

空を振り仰いだ。

三機の黒い影があった。VTOL攻撃機だ。血の気が引いた。機首に伸びるビーム砲の太い銃身が、はっきりとこちらを狙っている。あれが相手では、いかなる奇策も通じない。

反射的にからだが動いた。

操縦しているリッキーのからだをつかみ、フォックスから飛び降りた。

ほとんど同時にビーム砲から、青白いエネルギービームがほとばしった。

一撃で、フォックスが爆発した。

フォックスは、崖にさしかかっていた。タロスは爆風にあおられた。背中から地面に落ちた。とがった溶岩が、からだに食いこむ。

リッキーが、タロスの手から離れた。ふたりはばらばらになって崖を転がった。タロスは途中で止まった。リッキーは大きく跳ねて顔面から落下した。

「ううう」

呻きながら、リッキーは身を起こした。激しい痛みで、かえって意識を失わなかったらしい。

目をあけた。眼前に足があった。巨大な足だ。太さは、リッキーの胴ほどもある。

思わずリッキーは身を引いた。見上げて、足の持ち主を探した。モンスター・ロキの醜怪な顔が、そこにあった。

ホルスターに手をやった。レイガンを抜こうとした。足が飛んできた。レイガンが吹き飛んだ。悲鳴をあげる間もない。うなりとともにパンチがリッキーの顔面で炸裂《さくれつ》した。

今度は、リッキーが吹き飛んだ。

とがった溶岩の上に落ちた。うしろにレーザーガンを構えた兵士を二十人ほど引き連れている。リッキーは激痛にのたうちまわった。

ノーマがあらわれた。左腕にプラスチック・ギプスをはめたノーマは、右手に長いムチを握っていた。

リッキーが上体を起こそうとした。そのタイミングを狙って、ノーマはムチを揮《ふる》った。

ムチの尖端が、リッキーの右顔面をとらえた。血へどを吐き、リッキーは倒れた。ちょうどタロスの目の前だった。さすがのリッキーも、この一撃だけでぴくりとも動かない。

「リッキー」

タロスが駆け寄った。

その前に、ロキが立ちはだかった。

うなり声をあげて、ロキはタロスと対峙《たいじ》した。あばた面が、怒りと昂奮とでひどく歪んでいる。

「すげえ」タロスは息を呑んだ。

「俺よりひでえ顔」

ノーマがきた。ムチを鳴らした。ただでさえ鋭い双眸の端が、さらに高く吊りあがっている。ずらりと並んだレーザーガンは、ひとつ残らずタロスを狙う。

ロキがタロスとの間合いを詰めた。両腕を前に伸ばした。

タロスはロキと手を合わせた。両者の筋肉が、二倍ほどに膨れあがった。ロキの鼻息が荒くなる。

タロスが、じりじりと押しこまれていった。

「つ、つええ」

タロスはあきれた。全身の八割をサイボーグ化したタロスが、力負けしている。人間のパワーとは思えなかった。

6

マーフィ・タウンは、まるでカーニバルの夜だった。

爆発音が轟き、怒声が飛び交い、炎が夜空を染める。華やかなライトにも事欠かない。

タワービルの屋上から陸続とＶＴＯＬが出動する。そのサーチライトの光が、街を明るく照らす。ビルに灯った赤や黄色の光は、いってみればイルミネーションのたぐいだ。

よく見れば、その連なりが何かの形に似てないこともない。

しかし、ジョウはそれらの喧騒《けんそう》に背を向けて、黙々とタワービルの壁を登っていた。腕に真空登攀器《とうはんき》をはめこみ、壁にへばりついて、アルフィンとともに、一歩また一歩と高度を増していく。

ずいぶん大胆な行動だったが、ふたりの姿は、誰にも発見されなかった。一度などは、三十メートルほどのところをVTOLが飛行していったが、それでも壁に張りついていたふたりは見つからなかった。

タワービルの五分の四くらいまで登ったところで、ジョウは動きを止めた。右手に非常口のハッチがある。シャッターが降りているが、それは気にしない。窓には警報装置があっても、こういうところにはついていないことが多い。

横に進んで、ハッチにたどりついた。右手の登攀器を外し、ホルスターからレイガンを抜いた。火力を絞って、ハッチを丸く灼き切った。

タワービルの中に侵入した。予想どおり警報は鳴り響かない。ジョウは左手首の通信機で、タロスに信号を送った。侵入はひとまず成功した。

ジョウとアルフィンは足音をひそめ、通路を進んだ。角ごとに、人の気配をたしかめた。天井が発光パネルになっているので通路は明るいが、人影はない。

途中から、アルフィンが先行した。ジョウは、ときどき止まって壁の下のほうに直径三センチ強の超小型リモコン爆弾を貼りつけた。この爆弾は、ジョウのてのひらについているコントローラをオンにすれば爆発する。

アルフィンが、立ち止まった。角を覗きこんでから振り向き、ジョウに手信号を送った。誰かいるらしい。

ジョウも、そっと覗きこんだ。

三人の男がいた。オーバーオールの作業服を着こみ、天井のパネルを外して、何やら修理をしている。ジョウはアルフィンと顔を見合わせてうなずいた。ジョウはクラッシュパックから、丸いボールを取りだした。直径二十センチくらいで、両手で持つのにちょうどよい大きさだ。

タイミングをはかり、修理をしている三人の前に、ジョウとアルフィンは、いきなり飛びだした。

三人は、ぎょっとなった。その中のひとりに、ジョウはボールをひょいと投げ渡した。男は、思わずそれを受け取った。

とたんに電撃が走った。男は硬直し、ひっくり返った。

気絶した。これで数時間は、意識が戻らない。

残ったふたりに、ジョウとアルフィンは、レイガンを突きつけた。

「ビッグ・マーフィは、どこにいる？」

ジョウが訊いた。

「し、知らない」

男はかぶりを振った。ジョウは黙って銃口を男の頭に向け、トリガーボタンを押した。光線が男の髪の毛を灼き、壁に小さな焦げ穴をあけた。

「ひっ」

男は目を剝いた。恐怖で顔全体が歪んだ。

「つぎは額の真ん中だ」

ジョウは低い声で言った。銃口を額に押しあてた。

男はあっけなく吐いた。

「ご、ご自分の居室におられます」

「どこだ？」

「もう一階上です。そ、そこの階段を登って右へ行くと、中央に豪華な扉があります」

男の声が、かすれた。恐怖で舌がひきつっている。

「素直で、けっこうだ」

ジョウはレイガンを持った右手で鼻と口とを覆い、男の眼前で小さなカプセルを割った。アルフィンも同じことをした。

ふたりの男は、気を失ってくずおれた。

ふたりの作業服を脱がせ、クラッシュジャケットの上に着た。クラッシュパックを背中から降ろし、左手に提げた。

階段を登った。すぐ脇にエレベータもあったが、使用は控えた。エレベータが動いたら、怪しまれる可能性もある。

一階上にでた。

通路を右に歩いた。そこにも爆弾を貼りつけるのは忘れなかった。

作業服の男が言ったとおりだった。通路のほぼ中央と思われるあたりに、天然の銘木《めいぼく》を彫《ほ》りあげた、豪華な扉があった。とくに衛兵らしい姿はない。

壁や床を点検しているふりをして扉に近づいた。耳をあて、中の様子をうかがう。静かだ。物音らしい物音は、まったくない。マーフィ・タウンの大騒ぎが嘘のようだ。

ロックの有無を調べるため、扉に手を伸ばした。

そのときである。扉が内側に向かって、するりとひらいた。

はっと思って後方に身を引いたが、もう遅い。

扉の向こうは、ホールだった。ロココ様式の贅沢《ぜいたく》な造りのホールで、天井にはシャンデリアが下がり、壁は高価な美術品でほぼ完全に埋め尽くされている。しかし、そういったものは、ジョウの目には入らなかった。

ジョウとアルフィンが見たのは、ホールにずらりと並んだ、海賊の兵士たちだった。兵士たちの先頭には、アイスハート・キリーが立っている。長い銀髪。細く鋭い目。そして神経質そうな表情。

　背後で、けたたましく足音が響いた。通路に集まってくる海賊兵士たちの足音だった。兵士たちは銃を構え、それをジョウとアルフィンの背中に突きつけた。ふたりは、ホールの中へと押しこまれた。

「よくきたな。クラッシャーの諸君。血の気の多い坊やと、すてきなお嬢さんというのは意外な組み合わせだったが、それはそれとして、とにかく歓迎しよう」

　キリーは言った。

　ジョウは唇を嚙み、キリーを睨みつけた。

「まあ、お手並みは悪くなかった」勝ち誇ったように、キリーはつづける。

「だが、それだけだ。いささか幼稚にすぎたきらいがある。あまり、われわれを甘くみてほしくなかったたな。表であれだけの騒ぎをやらかせば、誰だって陽動作戦だと見当がつく。たったふたりではクラッシャーのチームにはならない。狙いはビッグ・マーフィと悟れば、待ち伏せも簡単だ」

「そうかね」

　ジョウは笑った。口の端に皮肉な笑いを浮かべた。

「何がおかしい」

　キリーはかっとなった。笑われるとは思っていなかった。クラッシャーは、泣いて許しを乞うはずだった。

「おあいにくだな」ジョウは言った。

「チームが、たった四人だと思ったら大間違いだぜ」

「なに？」

「俺たちもおとりさ。本隊はべつにいる」

「でたらめを言うな」

キリーは銃を抜いた。壮麗な彫刻に飾られた細身のニードルガンだ。銃身が黄金の輝きを放っている。

「武器を捨てて両手を挙げろ」

キリーは、ニードルガンをジョウの顔面に向けた。ニードルガンは、何千本という微小な針を高速で射ちだす。この針に貫かれると人体であろうが金属であろうが、ぐずぐずに崩れ、原型をなさなくなる。銀河連合は、ニードルガンの製造と所持を禁じていた。そのニードルガンをキリーは手にしている。

クラッシュパックとレイガンを捨て、ジョウとアルフィンは両手を挙げた。ジョウの笑いは、まだ口もとから消えていない。

「いいのかな？　こんなことをしていて」ジョウは言った。

「そろそろ攻撃の時間だぜ」

ジョウの中指が、てのひらにセットされたコントローラを押した。

爆発音が耳をつんざいた。突きあげるような振動が床を揺らした。階下に仕掛けたリモコン爆弾が爆発した。

「うあっ」

キリーはバランスを崩した。連鎖反応のように爆発はつづく。

爆発は階段を登り、いまジョウたちがいる階の通路へと達した。

爆風が通路を吹き抜けた。通路にいた海賊兵士が足をすくわれ、ひっくり返った。

「いまだ」

ジョウとアルフィンは身をかがめ、レイガンを拾った。

キリーがニードルガンを発射した。

針は、かがんだジョウの背中をかすめ、ジョウの真うしろに立っていた兵士の胸もとを貫いた。兵士の上体が、挽肉《ひきにく》になった。鮮血が霧のように飛び散る。ジョウの着ていた作業着がずたずたに裂けた。

ジョウは、クラッシュパックをキリーに投げつけた。キリーは、それをかわそうとしてよろめいた。

ジョウとアルフィンが、身をひるがえした。通路に倒れている兵士を乗り越え、エレベータに向かって走った。

耳もとをビームがかすめた。ジョウはオーバーオールを引き裂き、胸のアートフラッシュをむしりとった。

振り向きざま、背後に投げる。

空中でアートフラッシュは燃えあがった。炎の塊が追いかけてきた兵士を包んだ。炎は壁や天井に移った。

エレベータの前にも兵士たちはいた。先行したアルフィンが、やはりオーバーオールを裂いて、アートフラッシュを投げつけた。

炎が、兵士たちを薙《な》ぎ倒した。

顔をかばい、炎の中に突っこんだ。作業着が燃えた。しかし、クラッシュジャケットには影響がない。

エレベータの扉をあけ、中に飛びこんだ。屋上に向かうようボタンを押した。タワービルの屋上には、ヘリポートがある。

だが、エレベータは屋上まで行かなかった。五層ほど上昇して、止まった。

扉がひらいた。

「ちっ」

舌打ちして降りた。階段を探したが、それもなかった。

「どうなってんだ」

ジョウとアルフィンは、通路の真ん中で立ち尽くすことになった。

7

ドクター・ゴメッツは、絶望の淵《ふち》にあった。アイスハート・キリーは、かれを責めている途中で呼びだしにあい、それきり戻ってこない。しかし、いつかはまたここへ顔をだす。それまでにゴメッツは、なんらかの成果をあげていなければならない。ところが、スリーピング・ビューティは、未だになんの反応もみせようとはしない。ゴメッツはあせっていた。もしも、つぎにきたときに彼女が目覚めていなかったら、キリーは必ずゴメッツを殺す。そして、どこかで新しい医師を攫《さら》い、ここに連れてくる。

ゴメッツの額に冷や汗が浮かんだ。殺されたくはなかった。処置はうまくいっている。ただ、何かがまだ不足している。あとひとつ、何かの要因が見落とされている。それさえ発見できれば、スリーピング・ビューティは必ず目覚める。

「もう少し、電圧をあげろ」

ゴメッツは怒鳴った。メーターの数字は限界を示している。だが、いつまでも限界にこだわっていては、なんの進展も見られない。

「だめです」医師のひとりが反対した。

「これ以上の刺激は神経組織を破壊するだけです」

　すでに、スリーピング・ビューティのからだは、局部的に痙攣《けいれん》を起こしていた。精神は闇の世界にあっても、肉体は目覚めている。そのギャップが、筋肉に負担をかけていた。

「やりたまえ」ゴメッツはヒステリックにわめいた。

「やらなきゃ、いつまでたっても意識は戻らん」

「し、しかし」

　医師はためらった。

　ゴメッツは、装置の前に歩み寄った。電圧をあげるべく、コンソールに手を伸ばした。

　ガラスの割れる、けたたましい音が、ゴメッツのその動きをさえぎった。

　ゴメッツはびっくりして跳びあがった。あわてて、うしろを振り返った。

　監視センターと治療室とを仕切るガラスが砕けていた。破片が飛び散り、巨大な一枚ガラスは、その中央にパックリと口をあけている。

　口の向こうに、人影があった。

　ふたりの男女だった。ともに、クラッシュジャケットを身につけていた。男のほうの上着はブルー。女のほうの上着はレッド。どちらも、右手にレイガンを構えている。ジョウとアルフィンだ。標示に従って通路を進んだら、ここへきた。

「ジョウ」

アルフィンが、治療台の上のスリーピング・ビューティを指差した。うろたえた医師が誤ってスイッチを切ってしまったのだろう。治療台の反重力装置が効かなくなり、宙に浮いていたスリーピング・ビューティのからだが台上に落ちた。からだはエアー圧で大きくバウンドし、髪が反動でなびいた。

「エレナだ」

目を丸くして、ジョウはつぶやいた。その女性は、たしかに冷凍睡眠装置の中で眠っていたエレナ・スコーランだ。

「な、なんだ。きみたちは」

我に返ったゴメッツが叫んだ。

「やかましい」

ジョウとアルフィンは、治療室に躍りこんだ。

ゴメッツの鼻先にレイガンを突きつけた。

ゴメッツは怯《おび》えて、両手を挙げた。

「この人はもらっていく」ジョウはエレナを指し示した。

「文句はないな」

ゴメッツはせかせかとうなずいた。文句などあるはずがない。

アルフィンが、治療台に駆け寄った。かたわらの医師の白衣を剝ぎとって、エレナの裸体に着せた。医師は、まったく逆らわない。

ジョウがエレナを抱きあげた。アルフィンが、かわってゴメッツにレイガンを突きつけた。

「屋上にヘリポートがある」ジョウが言った。

「どうやったら行ける？」

「こ、この部屋の左手に、か、患者専用のエレベータがある」

ゴメッツは舌をもつれさせながら答えた。

「案内しろ」

ジョウはゴメッツに向かい、あごをしゃくった。

ゴメッツは素直に言うことをきいた。

ドアをあけ、細い通路を進むと、エレベータがあった。その先には階段もある。

エレベータの扉がひらいた。同時に階段のほうが騒がしくなった。

海賊兵士たちがあらわれた。エレナを抱いたジョウが、エレベータに乗った。アルフィンがレイガンを階段に向けて乱射しながら、それにつづいた。

扉が閉まった。ゴメッツは通路に取り残された。海賊たちが、レーザーガンを撃ちまくる。

れた。


「やめてくれ！」

殺到する光線が、ゴメッツを射し貫いた。ゴメッツは焦げ穴だらけになって、床に崩れた。

エレベータは、すぐに屋上に達した。

扉がひらくと、目の前がヘリポートだった。

ジョウとアルフィンはエレベータから降りて、走った。

しかし、ヘリポートは、がらんとしていた。肝腎《かんじん》のヘリがない。タロスとリッキーを追って、すべてのVTOLとヘリが出動してしまい、一機も残っていない。

「なんてケチくさいヘリポートだ」

ジョウはあきれた。

「ジョウ、あれ」

アルフィンが言った。ヘリポートの隅を示している。屋上のいちばん端のところだ。

そこに、ぽつんと超小型ヘリが置かれていた。組み立てキットで売っているスポーツ用のふたり乗りのタイプだ。シートにエンジンとローターをくっつけただけの代物である。誰かが遊びでつくったのだろう。

「よし。あいつをいただく」

ジョウは言った。

「でも、ふたり乗りよ。あれ」

「飛び降りるより、マシだ」

ジョウは駆けだした。不安はあったが、迷っているひまはなかった。じきに海賊の兵士が、ここまでやってくる。

ヘリの前にきた。

アルフィンが後部シートにすわった。その膝の上に、ジョウはエレナを横たえた。

「いたぞ」

声がした。エレベータのほうからだ。

撃ってきた。銃弾と光線がヘリポートをえぐり、灼いた。ジョウは素早く操縦席に飛び乗った。アルフィンが、レイガンで応戦した。

エンジンを始動させた。

ぱらぱらという頼りない音とともに、ローターがまわった。スロットルをあけると、次第に回転は速くなる。

回転音が、金属音に近くなった。

ふわりとヘリが浮いた。

「しっかり、つかまってろ」

ジョウは叫んだ。銃火が激しい。

ヘリは上昇した。恐ろしくのろい上昇だった。エンジンが異音を発した。レーザーの光条が機体をかすめた。煙が噴きだした。

ヘリが大きく揺れた。アルフィンが悲鳴をあげた。ヘリはゆらゆらと不安定に前進する。速度も、うんざりするほど遅い。上昇は二メートルほどで止まった。パワー不足が明らかだ。

ヘリポートが終わった。

ここから先は、屋上がない。切り立った壁だ。ジョウは目いっぱい、スロットルをあけた。

しかし、ヘリは飛ばなかった。

落下した。機首を下に向け、地上めがけて急降下していく。

アルフィンの悲鳴が、さらにひどくなった。

「いやっ。これ、定員オーバーよ」

そんなことをわめいている。

「黙ってろ。エレナを離すな」

ジョウは必死でヘリを操った。

地上は、もうすぐそこだ。海賊兵士が群がっている。撃つのを忘れて、落下してくるヘリを指差し、何ごとか叫んでいる。

「ちくしょう」

ジョウは目をつぶった。地上まで、あと二十メートル。

機首があがった。わずかだが持ち直した。

地上では、兵士が逃げまどっている。ヘリの機首はじりじりとあがっていく。

あと五メートル。

水平飛行に入った。風圧で、逃げ遅れた兵士が薙《な》ぎ倒された。

上昇に移った。ジョウは目をあけた。すぐそこに、丸い柱がある。

その円柱をぎりぎりでかわした。ビルの屋上から撃ってくるビームが、円柱を黒焦げにした。

高度はさほどあがらないが、ヘリはなんとか飛行している。

屋上ではキリーが怒り狂っていた。冷静さはどこかへ消え、感情を剥きだしにしている。クラッシャーを逃がしたばかりでなく、スリーピング・ビューティまで奪われた。

「追え。くそ、なんということだ。逃がすな。ＶＴＯＬはどうした。ヘリはどこだ」

ひとりの兵士が、おそるおそる前にでた。

「さっきの騒ぎで全部出払ってしまいまして」

「馬鹿もん！」キリーは爆発した。

「あのヘリを追跡しろ。なんとしても捕まえるんだ」

指令が飛んだ。マーフィ・タウンの端に行っていたＶＴＯＬ攻撃機が戻ってきた。攻撃機は編隊をなして、超小型ヘリが去った方角へと向かった。ハンターも総動員された。

超小型ヘリは、よたよたと飛んでいた。高度が一定せず、十メートルほどの間隔で上下している。いつ墜落しても不思議ではない。


「タロスとリッキーは？」

ジョウが訊いた。

「応答しないわ」アルフィンが言った。

「捕まったのかもしれない」

「…………」

ジョウは口をつぐみ、地上に目をやった。ポイントＢは、このあたりだ。

「大丈夫さ。どちらも死ぬような連中じゃない」

ややあって、自分に言い聞かせるようにつぶやいた。

「そうね」アルフィンも言った。

「あのふたりだもん」

またエンジン音が、おかしくなった。

噴きだす煙が、ひどくなった。エンジンがオーバーヒートしているのはたしかだ。

小高い岩山をぎりぎりで越えて、ヘリは飛行をつづけた。

とにかく、こいつがもつ限り、飛ぼう。

ジョウは、そう思った。

8

そこは、拷問《ごうもん》のための部屋だった。

もともとは営倉《えいそう》として使われていたのだが、マーフィが囚人用に磔《はりつけ》台《だい》をつくらせたので、拷問室に変わってしまった。磔台は細い円柱を横倒しにした形状をしており、その先端に金具で囚人を留めるようになっていた。金具は両手首と両足首を押さえ、囚人は大の字になって吊り下げられる。こうしておくと、拷問にも訊問にも、都合がよい。

リッキーとタロスは、磔にされていた。

磔台に吊り下げられ、その前にキリーとロキが立つ。さらにそのうしろには、ふたりの海賊兵士が控えている。ノーマはいない。

リッキーもタロスも、意識はあった。リッキーの顔はあざだらけで、そのうえに腫れあがっていた。が、訊問のために簡単な治療を受けたので、一応、口をきくことはできた。タロスのほうは、とくにダメージがない。だめだ、と悟った時点で、すぐに降伏したからだ。多少、殴られたが、そんなものはへでもなかった。

キリーが、一歩、前にでた。

「お仲間は、きみたちを見捨てて逃げた」見下すように言った。

「もちろん、すぐに捕まえる。しかし、たった四人でここへ奇襲をかけるとは、またいそうな度胸じゃないか」

「へん」リッキーが鼻を鳴らした。

「おまえら三流海賊が相手じゃ、四人だって多すぎらあ」

「そのぶざまな恰好で、言うせりふかね」

「あんまりあっけないんで、気を抜いちまったんだい」

リッキーは、そっぽを向いた。

「口の減らない坊やだ」

「へっ、違いねえ」

タロスが、まぜっ返した。

「黙れ！」

キリーは髪を逆立てた。ここへ吊るされて、これほど平然としている連中ははじめてだ。それどころか、口答えまでする。

「おまえたちが、ここまで侵入できたのは、誰かの手引きがあったか、有力な情報を仕入れていたからだ」キリーは言った。「情報を誰にもらった。協力者は誰だ。言え」

　タロスは口笛を吹いた。

「情報なんか、要《い》らねえよ」

「そうだ」リッキーも言った。「こんな鶏小屋みたいなケチアジト」

「どうやら、このわたしを甘く見ているようだな」

　キリーの眉が吊りあがった。

「けっ。甘いってツラかよ」

　リッキーは、舌をだした。

　キリーは絶句した。

「キリー」

　ロキが、キリーを押しのけた。

「なんだ？」

　キリーは、いぶかしんだ。

「少し痛めつけてやろう」ロキは言った。

「こいつをくらえば、ちったあ口のきき方を覚えるぜ」

ロキは、太いゴムの棒を見せた。直径はおよそ八センチ。長さは五十センチ近い。

「……………」

キリーは蒼ざめた。ロキにまかせることへの不安が、ちらと頭をかすめた。

「なんだかんだ言っても、人間てやつは、苦痛に弱い。それも死ぬ一歩手前までの苦痛だ」

ロキはゴム棒を振りまわした。甲高い、風切り音が響いた。

ロキはリッキーのあごに、ゴム棒を押しあてた。リッキーの顔から、血の気が引いた。

「助かるぜ」横からタロスが言った。

「肩がこって弱ってたんだ」

「そうかい」

ロキが振り向いた。怒りで顔つきが変わっていた。目が異様に光っている。

いきなり、タロスの顔をゴム棒で張り飛ばした。

「ぐふっ」

タロスがのけぞった。もう一発、殴った。さらに一発。タロスの首が、前に倒れた。

そこへ正面から一撃を加えた。

いやな音がした。何かがつぶれる音に似ていた。タロスの口から、血が塊になって飛びだした。顔が変形し、タロスのからだから力が脱《ぬ》けた。

リッキーは真っ青になった。からだがわなわなと震え、歯の根が合わなくなった。

「どうだね」ロキがリッキーに向き直った。「口の減らねえ坊や。気は変わったかな」

ロキの表情にグロテスクな笑いが浮かんだ。

「待ちな」

タロスの声が割って入った。いささかかすれているが、はっきりとした口調だ。

「俺のほうは、もうおしまいかい？」タロスはつづけた。「こんなんじゃ、肩こりだって治りゃしないぜ」

タロスは、首を振った。血が吹き飛び、もとの顔に戻った。

ロキは茫然としている。

「もっと気を入れてやりな」

タロスは挑発した。ロキに殴られたら、リッキーは死ぬ。それだけは、やらせるわけにいかない。

「ぴりっとやるんだ。この三下が！」

大声で怒鳴った。

「うおっ」

ロキが吼《ほ》えた。全身の血が逆流した。ただでさえ少ない思考能力が、完全にゼロになった。怒りと本能だけが、ロキの行動を支配した。

ロキは、タロスに飛びかかった。キリーが止めるヒマもない。ゴム棒を振りかざし、タロスにそれを叩きつけた。

見境のない乱打になった。鼻息荒く、ゴム棒を揮《ふる》う。右、左、上、下。とにかくタロスをひたすらに殴った。生死は気にしない。死んでいても、死体を殴りつづけたはずだ。それほどにロキの暴走は容赦がなかった。

キリーがうろたえる。こうなることを恐れていた。

「やめろ！」叫んだ。

「そのくらいにしろ。ロキ。だめだ。殺すな」

むろん、ロキにキリーの声など届かない。

「おい」キリーは、背後の兵士に声をかけた。

「やめさせろ」

「はっ」

ふたりの兵士が止めにはいった。ゴム棒が、そのふたりを弾き跳ばした。ふたりは悲鳴をあげて床に転がった。

「やめろ！　やめろと言っているんだ」

キリーは絶叫した。

「いい加減にしねえか」

低い声が響いた。重みのある、支配者の声だった。

キリーは硬直した。のたうっていた兵士も跳ね起きて、直立不動の姿勢をとった。

そして、ロキも、その一言で動きを止めた。

汗が噴きだした。頭に昇っていた血が、音をたてて引いた。ロキの顔に、怯えが走った。

どうなってるんだ。

と、タロスはぼんやりとした頭で思った。滅多打ちにされていたはずなのに、いつの間にか打撃がこない。俺は死んじまったのか、と心配になり、薄目をあけてみた。

目はひらいた。してみると死んではいないらしい。

かすんだ視界が、わずかに鮮明になった。

男の姿が見えた。入口のステップの上だった。小男だ。黒い、ゆったりとした服を着ている。若くはない。五十前後か。髪の毛が一本もない頭と顔は、その表面が傷だらけだ。肩に小動物をのせている。かわいいというにはほど遠い、グロテスクな外観の動物だ。目玉ばかりが、やたらに大きい。

硬直していたキリーが、ようやくのことで口をひらいた。

「ビッグ・マーフィ」

そうか。こいつがボスのマーフィか。

タロスは納得した。けっこう貫禄《かんろく》があるじゃねえか。

マーフィは、ゆっくりと拷問室の中へと入ってきた。キリーが道をあけた。マーフィは、キリーとロキとの間で止まった。

「こんなことだろうと思ったぜ」苦々しげに言った。

「そろいもそろって、あほうばかりだ」

「はっ」

キリーは、うなだれた。

「し、しかし、ボス」ロキが訴えるように言った。

「この野郎、俺のことを」

「くそ馬鹿者」

マーフィはロキを一喝した。ロキは首をすくめた。

「殺しちゃ、なんにもならねえ。どういう理由で生け捕りにしたと思っているんだ。この間抜け」

「あ、ああ」

ロキはへたりこんだ。全身が萎縮《いしゅく》している。

「まったく図体ばかりで、からっきし考えのねえ脳なしだ。この役立たず」

マーフィは、ロキの罵倒をつづけた。

ロキは、怯えながらも言った。

「で、でも、キリーはあとのふたりを逃した。俺は、俺はこいつらを捕まえた」

「段取ったのはキリーだ。てめえじゃねえ」

「ボ、ボスは、いつだって俺をバ、バカにする」

ロキはむきになった。

音をたててマーフィの杖が飛んだ。杖は、ロキの頬を切り裂いた。血が一筋、したたった。

「ひっ」

ロキはすくみあがった。

「ぐだぐだ言うな。見かけ倒し」マーフィは吐き捨てるように言った。

「あまり逆らうと、平《ひら》に戻すぞ」

「…………」

ロキは震えて、一言もない。

「キリー」

マーフィは、キリーに向き直った。

「は、はい」

キリーは、また硬直した。

「きさまもきさまだ。だらしがねえ。いったいいつになったら、一人前になれるんだ」

「はい」

キリーは目を伏せた。

「つづきは、あとのふたりを捕まえてからだ」マーフィは言った。

「でかいのには、水でもかけておけ」

「はっ」

マーフィは、きびすを返した。肩のクルップが、きいきいと啼《な》いた。

入口のステップにのった。ステップはエレベータになっていて、そのまま上方にせりあがっていった。

マーフィの姿が消えた。

キリーは、ほっとため息をついた。

「す、すげえ」

リッキーがつぶやいた。小男のマーフィが、なぜ〝ビッグ〟と呼ばれるのか、その理由がいまわかったような気がした。

第四章 マーフィ・タウン

1

ノルンが中天にあった。

巨大なガス状惑星は、夜空の過半を占め、ベゴニアス島の湿地帯を睥睨《へいげい》している。茶褐色の渦巻くガスは、ノルンの瞳だ。見つめていると、引きこまれていきそうな、妖《あや》しい感覚に捉われる。

穏やかな夜だった。先ほどまでの死闘が、夢のようだ。闇は薄く、やわらかな光があたりに漂っている。反射率の低いノルンは、恒星ラゴールの強烈な光を静かに受け止め、夜をやさしくする。

湿地帯は、ベゴニアス島の北部にあった。マーフィ・タウンのある第二クレーターからは、西北西の方角にあたる。距離は直線でおよそ十キロ。とにもかくにも、超小型へリはここまで飛行してくれたのである。

ヘリは、湿地帯の沼地に落下した。高度も速度も低かったので、ショックはほとんどなかった。それよりも、沼地から脱出するのが一苦労だった。ジョウとアルフィンだけならば泳げばよい。しかし、エレナがいた。

沼地の中に、小さな島があった。下草と灌木《かんぼく》に覆われているその島まで、ジョウはエレナを背負って泳いだ。アルフィンが横について彼女を支えた。わずか十数メートルを移動するのに、かなりの時間を費やした。

ジョウは、エレナを灌木の茂みの蔭に横たえた。アルフィンはもう一度、沼地に半分ほど沈んでいるヘリのところまで泳いでいき、その燃料タンクを外してきた。タンクの蓋《ふた》をあけ、そこに燃料をしみこませた布を入れて火をつける。小さな明りができた。ふたりはその火をはさんで、腰を降ろした。灌木の茂みが上方の視界をさえぎってくれるので、隠れ場所としては悪くない。

ジョウは膝をかかえて、エレナの顔を見つめていた。

ふと、自問するように言った。

「エレナ・スコーランじゃないとしたら、この人は、いったい誰なんだ」

バードの報告では、エレナ・スコーランなる人物は実在しないということだった。ヨーゼフ・ドッジが勝手につくりあげた架空の名前だ。バレンスチノスという名が、そうであったように。スコーラン家の当主は、アーノルド・スコーランで、かれには娘がいない。ジョウは彼女をエレナと呼んできたが、本当はエレナではないはずだった。

「ジョウ」

アルフィンが、ひそめた声で呼んだ。

「え？」

「爆音よ」

顔を近づけ囁《ささや》いた。

ジョウは耳をそばだてた。鳥や獣の声に交じって、遠い、うなり声にも似た爆音が聞こえた。VTOLのエンジン音だ。

砂をかけて火を消し、ジョウはエレナをかかえて茂みの奥に入った。アルフィンも、身を寄せてきた。火器は、アルフィンのレイガンが二挺に、ジョウのレイガンが一挺。これでは迎撃はできない。せめてバズーカでもあれば、通報する余裕も与えずに撃墜できるのだが、クラッシュパックはマーフィ・タウンのタワービルに捨ててきた。

VTOLがきた。大きく旋回して、沼地の方へとまわりこんでくる。高度が低い。三、四十メートルといったところだ。

VTOLはスクラップと化して沼地に墜落している超小型ヘリを発見した。機首のビーム砲が動いた。いきなり、閃光がほとばしった。断続的なビームが、ヘリの残骸を灼き、切り裂いた。

ヘリは、あっという間にばらばらになる。

アルフィンが、ジョウにしがみついた。低空で飛ぶＶＴＯＬには、名状しがたい威圧感がある。

ＶＴＯＬが急旋回して、小島のほうへと向かってきた。

今度はビーム砲ではなく、下面に突きだしている二門の機銃で小島を掃射した。ヘリの残骸が沼の中にあれば、そこからいちばん近い陸地を狙うのは当然の成り行きである。

銃弾が地面を貫いた。射撃音が耳を聾《ろう》した。灌木が砕け、枝葉が飛び散った。大地が弾け、えぐられる。先ほどまで、エレナが横たわっていた場所だ。アルフィンは激しい音と恐怖に怯えて目をつぶり、耳を覆った。ジョウはエレナとアルフィンを抱き寄せ、その上に自身の上体をかぶせた。

「ジョウ」

アルフィンは震えている。

「しっ」ジョウは言った。

「ヘリを見つけたから、このあたりにいると思って、でたらめに撃っているんだ。騒げば、向こうの思うつぼになる」

「ええ」

アルフィンは小さくうなずいた。

ＶＴＯＬの機銃掃射は、しつこくつづいた。何度も旋回し、沼や灌木の茂みを撃ちまくった。一度などは、灌木を貫いた銃弾がジョウの背中をかすめた。幸い、クラッシュジャケットが身を守ってくれたが、それでもジョウは呻き声をあげるところだった。

ジョウは、目を閉じ、歯を食いしばって、焼けるような痛みに耐えた。

銃撃のたびに、ううううという短い声が聞こえてくる。

ジョウはそれをアルフィンの声だと思っていた。まさか、エレナが発しているとは思わなかった。エレナは覚醒のきざしを見せていた。まぶたが小刻みに痙攣し、わずかだが、あごが動いている。しかし、ジョウは、それにも気がつかなかった。ただひたすら頭を下げ、エレナとアルフィンをそのからだでかばっていた。

ＶＴＯＬが諦めた。いくら撃っても、反応がない。

機銃の掃射をやめ、飛び去っていった。どうやら、ここにはいないと判断したらしい。

爆音が、完全に聞こえなくなるのを待って、ジョウは身を起こした。アルフィンがジョウから離れ、ほっとため息をもらした。ジョウもエレナを抱きしめたまま一息ついている。

「あら？」

アルフィンは、エレナがジョウの腕の中にいるのを見た。

反射的に血が昇った。ジョウがアルフィン以外の女性、それも美人、しかも素肌に薄い白衣をまとっただけの女性をひしと抱きしめている。

許せる状況ではなかった。

あせって、ふたりの間に割って入った。

「ちょっとぉ、離れなさいよ」

ふたりを引きはがそうとした。

アルフィンと、エレナの目が合った。

目が合う？

アルフィンの動きが止まった。ジョウも、そのことに気づいた。

エレナが目をあけている。

二、三秒は、思考が混乱した。ややあって、我に返った。エレナが、まばたきした。

紫色の瞳が見えた。その瞳に、光が宿っている。鈍い、ぼんやりとした光だ。

「う……あ……」

小さく呻いた。苦痛をこらえるかのように、エレナは身をよじった。目を閉じ、またひらいた。

「！」

とつぜん、息を呑んだ。瞳が焦点を結んだ。

アルフィンを。そして、つぎに紫色の瞳はジョウを見た。

「あ──」消え入りそうな声が漏れた。

「ここは？」


エレナが落ち着くまでには、十五分近い時間が必要だった。ジョウではなく、アルフィンが彼女の相手をした。

最初のうち、エレナはひどく警戒していた。怯え、心をひらこうとしなかった。

アルフィンは、なだめるように、これまでのことを繰り返し話して聞かせた。エレナの心は、次第に静まっていった。記憶が蘇り、いろいろと思いあたることができてきたのだろう。アルフィンの語る言葉に対し、ひとつひとつうなずくようになった。

うなずきながら、エレナは泣いた。

アルフィンとジョウは、顔を見合わせた。三人は草地に腰を降ろしていた。ジョウとアルフィンが並び、その前にエレナがいる。

「そう」エレナは涙をふき、嗚咽《おえつ》をこらえ、囁くような声で言った。

「あなたがた、そうまでして、あたしを助けてくださったのね。あたし、なんと言っていいのか……」

「そんなんじゃない」ジョウが、あわてて手を振った。

「俺たちは疑いを晴らしたかっただけだ。だから、そんなに気にするな」

「そうよ。それだけなのよ」

アルフィンも言った。

「あたしは、エレナなんて名じゃない。ジョナ・マチュア。オーパス総合大学の重力物理学研究所で、ドクター・バルボスの助手をつとめていました」

「ジョナ・マチュア」

ジョウは、つぶやいた。

「それが、あなたの本当の名前なのね」

アルフィンが念を押した。

「ええ」

エレナと呼ばれていたマチュアは、小さくうなずいた。

「科学者だったのか」

ジョウは信じられないといった表情で、かぶりを振った。女優とか、ファッションモデルとか名乗ってくれたほうが、まだ自然に思える容貌だ。

「それが、どうして海賊なんかに?」

アルフィンが訊いた。

「海賊が、ドクターの研究テーマに目をつけたの」

「テーマ？」

「ドクター・バルボスの研究テーマは」マチュアは、ためらいがちに言った。「新型ワープ装置の開発だったんです」

「新型ワープ装置」

ジョウのまなざしが、かすかに鋭くなった。

「ええ」

マチュアは説明した。

従来のワープ装置には、いくつかの欠点があった。些細《ささい》なことだが、ワープ酔いもそのひとつである。慣れていないと、ワープ時に嘔吐《おうと》や不快感を伴う。ひどいときには失神する者もいる。また、ワープができる場所も限られていた。恒星や惑星などの大質量の近くでは、ワープできない。重力波の影響でワープ空間が歪み、そこに閉じこめられてしまうことがある。それに、ワープの到達距離にも問題があった。一回のワープでジャンプ可能な距離は、最大でも千五百光年程度である。したがって、二、三万光年の移動ともなれば、莫大なエネルギーと時間が必要とされた。エネルギー消費効率も、けっしてよくなかった。

ドクター・バルボスが開発をめざしていたワープ機関は、それらすべての欠点を克服できるという画期的な装置だった。

「ドクター・バルボスは」マチュアは言った。

「完成した理論をもとに実験機をつくり、テストを繰り返しました。そして、その結果、実験に使った装置には、思いもかけなかった恐ろしい機能が備わっていることがわかったのです」

「思いもかけない機能？」

ジョウは身を乗りだした。

「どんなの？」

アルフィンが訊いた。

「とても信じられないでしょうけれど、その装置は、一定範囲内にあるすべてのワープ機関を外部からコントロールすることができたのです」

「外部から？」

「そうです。自由に他の宇宙船のワープ機関を操ることができました」

「馬鹿な」ジョウはあっけにとられた。

「なんて、装置だ」

「ジョウ」アルフィンが叫んだ。

「〈ミネルバ〉のあの事故は」

「それだ」ジョウは小さくあごを引いた。

「マチュア。その装置を使って海賊たちは、俺の船からあんたをさらった」

「え？」マチュアの顔から血の気が引いた。

「まさか海賊が、あの装置を！」

マチュアの表情が崩れた。泣き顔になり、瞳から涙があふれた。

「マチュア？」

「どうした」

「あれを使ってはだめ」マチュアは、叫ぶように言った。

「実験機を奪われたんだわ。きっとデータも研究所から持ちだしている」

「しっかりしろ。マチュア」

ジョウはマチュアの肩を軽く揺すぶった。

「海賊は、恐ろしいことをする」放心したように、マチュアは言葉をつづけた。

「ドクターは、あれを改良したの。でも、それは改良なんかじゃなかった。あれは、もっと恐ろしい装置になった。ワープ機関は、もう要らない。空間そのものにワームホールをつくり、そこに物体を落としこんで、移動させてしまう。そういう装置が完成した。海賊たちは、そのデータもきっと実験機と一緒に手に入れている。ああ、だめ。あの不完全な装置を海賊たちがつくってしまう」

「マチュア」

肩に置いたジョウの手に、力がこもった。

「…………」

マチュアは、ふっと口をつぐんだ。

一瞬の静寂が訪れた。

水音が、そのしじまを破った。

はっとして、ジョウとアルフィンは身構えた。直感が危険を知らせた。

沼を覆う闇の中に、赤く光る目があった。目は、ひとつふたつではなかった。数十をかぞえた。

「ハンターだ」ジョウは言った。

「まずい。包囲されている」

2

ジョウは、レイガンを抜いた。アルフィンは、二挺あるレイガンのうち、一挺をマチュアに渡した。マチュアはジョウのうしろについた。

ジョウは耳を澄ませた。さまざまな機械音が、四方から響いてきた。水音が激しい。キャタピラ音も聞こえる。ハンターは、少なくとも十数体はいるらしい。

いきなり、サーチライトを浴びせかけられた。沼に浮かぶハンターだ。目がくらんだ。ジョウは顔を横にそらし、狙いもつけずにトリガーボタンを押した。レーザービームがハンターを直撃する。ライトが消え、つぎの瞬間、そのハンターは爆発した。

閃光の中に、いろいろな形状のハンターの姿が浮かびあがった。いっせいに攻撃してきた。

ジョウはマチュアを連れて、後方に飛びすさった。

上空から飛行型のハンターがきた。ジョウは振り向きざまに、それを撃った。爆発した。

炎と爆風を避け、ジョウは沼に飛びこんだ。マチュアも一緒だ。ジョウは沼の中をもぐって移動した。

水面にでた。目の前に水上滑走型のハンターがあらわれた。ジョウはすかさずこれも屠《ほふ》った。相手のビームが、右肩をかすめた。

「アルフィン！」

マチュアが叫んだ。ジョウは首をめぐらした。

アルフィンがハンターに追われ、沼のほとりまできていた。大きめの灌木の蔭に入り、ひとりで応戦している。

「飛びこめ。アルフィン」

ジョウは怒鳴った。数体のハンターが、アルフィンを狙っている。

アルフィンは大きくジャンプした。同時に灌木がずたずたに裂けた。

水しぶきがあがり、アルフィンが沼に入る。灌木の破片がアルフィンの頭上に降ってきた。アルフィンは水中にもぐった。ジョウは、アルフィンを襲ったハンターをレイガンで始末した。

アルフィンが水面に浮かびあがった。

「髪がいたんじゃう」長い金髪を気にしている。

「そっちは？」

ジョウに向かい、訊いた。

「どうってことはない」

肩口を押さえて、ジョウは言った。

ハンターは、ぞくぞくと集まってきていた。どうやら無線で仲間を呼んでいるらしい。

ジョウは片はしからハンターを撃った。アルフィンも、つぎつぎと仕留めた。マチュアも撃ったが、これはあまりダメージを与えていない。レイガンのような小火器では、重要な部品に命中しないと致命傷にならない。

マチュアの眼前に、いきなりクモ型ハンターがあらわれた。マチュアは水中で棒立ちになった。ジョウはマチュアに飛びつき、彼女を押し倒しざま、トリガーボタンを絞った。クモ型ハンターが爆発する。レーザーガンの銃座が水に落ちた。ジョウはマチュアとともに水中にもぐった。銃座が、沼の中で爆発した。すさまじい水流がふたりを襲った。泥で水中の視界がない。ジョウは水面に飛びだした。すぐ横に、マチュアの顔もでてきた。髪も顔も、泥だらけだ。アルフィンが、意外に近くにいる。ジョウの背後にきた。

「目をつぶれ」

ジョウは叫んだ。三人がひとつに固まったので、ほとんどのハンターが、かれらの周囲にいる。これは、かえって好都合だ。

ジョウは内ポケットから光子弾を取りだした。光子弾は、強力な光を放つ。この淡い闇に光量を合わせているハンターの電子アイが、光子弾の閃光にいきなりさらされたらどういうことになるか？　試してみる価値は十分にあった。

ジョウは卵形の光子弾を頭上に投げあげた。

目を覆った。

光子弾が、光を放った。丸い光のボールが生まれた。覆っていても、目がきりきりと痛む。とつぜん、沼の上に太陽が生じたかのような光だ。真っ白に輝き、すべての風景がその光の中に溶けこんでいく。

ハンターの電子アイが、ブラックアウトした。ハンターは機能を停止した。電子アイを失ったハンターにはセイフティが働く。そうでなければ、同士討ちをしかねない。

光のボールが収縮し、やがて消滅した。

ジョウは、目をあけた。周囲は暗く、静かだった。攻撃してくるハンターは一体もない。すべてのハンターが、電子アイを失って、動くに動けなくなっていた。

「大丈夫だ」マチュアに声をかけた。

「おおかた片づけた」

「エネルギーチューブが空になったわ」

アルフィンが言った。

「こっちもだ。光子弾も使っちまった」

ジョウは、レイガンをホルスターに戻した。

「ジョウ、あれ」

マチュアが叫んだ。頭上を指差している。ちょうど、ノルンの真ん中あたりだ。

黒い影があった。それは、ノルンの表面に浮かんだしみのようにも見える小さな長楕円形の影だ。十数個、見てとれる。

「VTOLだな」ジョウは言った。まだかなり遠い。エンジン音も聞こえない。たまたまノルンを背にしたため、早く発見できた。

「こっちに向かってきている」

「ハンターが知らせたのね」

　アルフィンが言った。

「逃げるのも、戦うのも無理だ」

「どうする？」

「さて、どうしよう」ジョウはマチュアに向き直った。

「さっきの装置のことを、もう少し詳しく訊きたい」

「え？」

「あんたの取り乱しようは、ふつうじゃなかった。海賊たちが、あんたの言う超ワープ装置を手に入れていたら、何が起きるんだ？」

「恐ろしいことよ」

　マチュアは言った。

「具体的に教えてくれ」

「宇宙が裂けるわ」

「宇宙が裂ける？」

　ジョウは眉をひそめた。信じがたいという表情《かお》になった。

「結局、ドクターの研究は、意味がなかったの」マチュアは言を継いだ。

「ワームホールを無制限につくったら、空間のバランスは、あっけなく崩れてしまう。修正しようのない歪みが生まれ、宇宙はずたずたに裂けていく。その結果は想像もつかないけれど、最悪の場合は、あたしたちのこの宇宙が熱核プラズマ状態となって消滅してしまうかもしれない」

「そんなあ」

アルフィンが、両の拳《こぶし》で口もとを覆った。

「たかが、ワープ装置ひとつでか？」

ジョウが訊いた。

「ええ。マーフィ・パイレーツが、研究データのすべてを入手し、あれをもしも完成させていたら、それは現実のものになる」

マチュアは、ジョウをまっすぐに見た。真摯《しんし》な目だった。その目の奥の決意を、ジョウは読んだ。

「探らないといけないな。マーフィが本当にそれを完成させたのかどうかを」

「ジョウ、何を言ってるの」

アルフィンが身を乗りだした。

「もうひとつ、訊きたい」アルフィンの問いかけを無視して、ジョウは言葉をつづけた。

「海賊はどうして、あんたを必要としたんだ？　なぜ、ここへ連れてこなければならなかった？」

「その答えは、はっきりしています」マチュアは言った。

「研究所にあったデータは、完璧なものではないの。ドクター・バルボスか――」

そこでマチュアは、ふと言いよどんだ。

「ドクター・バルボスか？」

「あたしがいなければ、装置は、さらに不完全なものになる」

「どういうことだ？」

「作動と同時に、制御がいっさいきかなくなるの」

「ちっ」

ジョウは舌打ちした。マチュアの言うとおりなら、宇宙はいま、未曾有《みぞう》の危機の直前にあるということになる。

「ジョウ。〈ミネルバ〉を呼ぼうよ」アルフィンが、ジョウの腕を把《と》って言った。

「ここなら、数分でくるわ」

「いや」

ジョウは空を振り仰いだ。VTOLが、すぐそこまで迫っている。いまではその平たい形状も見てとれるし、エンジン音もはっきりと聞こえる。十二機、いた。

「プランCをとろう」

ジョウは言った。

「プランC！」

アルフィンの碧い眼が丸くなった。

「投降して、チャンスを待つ」

「どうして？　そんなことをしたら……」

「マチュア」ジョウは首をめぐらした。

「海賊がその装置を完成させていたら、あんたはそれを破壊できるかい？」

「あたしにはできる」硬い声で、マチュアは言った。

「コントロールすることも、永久に作動しなくなるようにしてしまうことも」

「ジョウ！」アルフィンが、ヒステリーを起こした。

「リッキーとタロスは、どうするの？」

「ふたりは、ポイントBにいなかった」ジョウは言った。

「呼びかけに応答もない。捕まったことは、ほぼ確実だ。仕事を遂行し、かれらを助けだすためにも、プランCをとるべきだと思う」

「でも、本当は、マチュアさんに協力してあげたいだけなんでしょ？」

「馬鹿言え」

ジョウは赤くなった。

「つーん」

アルフィンは、そっぽを向いた。

「あたしのことなら、いいのよ」マチュアは言った。

「装置のことは、あたしひとりでなんとかする。あなたがたは逃げて」

「そんなマネができるか」ジョウは、声を荒らげた。

「この一件、すべては俺のどじからはじまってるんだ」

「いいわよ。ジョウ」ふいにアルフィンが口をはさんだ。

「プランC、付き合うわ」

「なに？」

「状況を、悟った、の」アルフィンは一語ずつ言葉を区切って言った。

「リッキーとタロスのことも、マチュアさんのことも、プランCのことも、そしてあたしがいつもジョウと一緒だってことも。だから、ぜーんぶ付き合うわ。絶対に離れない。ジョウは好きなように、なんでもやって」

そして、アルフィンは、ジョウの右肩を思いきりつねった。そこは、先ほどハンターのビームが擦過《さっか》したところだった。

「！」

ジョウは激痛に跳びあがった。

VTOLが、編隊を組んだまま、ホバリングに入った。

下面のハッチがひらき、そこからイオノクラフトがでてきた。一機にひとりずつ搭乗している。

二十機のイオノクラフトが、降下してきた。先頭に立っているのは、左腕をプラスチック・ギプスで覆ったノーマだ。

「いやなやつが」

ジョウは唇を噛んだ。

ノーマの双眸が、憎悪に燃えていた。

3

マーフィ・タウンに連行された。

VTOLの中で、ジョウはノーマにさんざんにムチ打たれた。コクピットが狭いので、ノーマはムチを四つ折りにして、弾くように、ねちねちとジョウの顔面を殴打《おうだ》した。

アルフィンとマチュアは顔をそむけ、きつく目を閉じている。

VTOLは、タワービルのヘリポートに着陸した。

エレベータで地下まで降りた。三人はうしろ手錠をかけられた。途中でマチュアが降ろされた。ふたりの兵士が、彼女を連行した。マチュアはエレベータから連れだされるとき振り返り、ジョウを見た。紫の瞳の奥に万感の思いがあった。この先に何が待っているかは、わからない。だが、彼女はジョウを信じ、その後の行動のすべてを、ジョウのプランに委《ゆだ》ねた。ジョウは、わずかにあごを引いて、その瞳に応えた。

扉が閉まった。

エレベータは、さらに降下した。

小型のカートに乗せられ、通路を走った。

小部屋に連れこまれた。狭い、箱のような部屋だった。

兵士が、ジョウとアルフィンを突きあたりの壁に叩きつけた。

ムチを手にしたノーマが、冷たい微笑を浮かべて、床に転がるふたりの前に立った。微笑をそのままに、物も言わずノーマはムチを揮《ふる》った。今度はジョウだけではなく、アルフィンも打った。アルフィンが悲鳴をあげた。首筋の白い肌にムチが食いこみ、みみず腫《ば》れになった。アルフィンは、苦痛のあまりコンクリートの床に突っ伏している。

ジョウが、そのからだの上に自身の上体をかぶせ、かばった。

ノーマの表情から微笑が消えた。ジョウに他人をかばえるだけの体力と気力が残っているのが腹立たしかった。

呼吸があがり、全身が汗まみれになるまで、ノーマはふたりをムチ打った。

ジョウとアルフィンは、折り重なって壁ぎわに倒れている。

肩を激しく上下させながらノーマはムチを戻し、くるくると巻きあげた。

「いまのはほんのお遊びだよ」倒れて動かないジョウとアルフィンに向かい、ノーマは言った。

「本番は、あとでたっぷりと味わわせてやる。楽しみに待っといで」

左手を挙げ、合図した。兵士のひとりが、壁のパネルに並ぶスイッチをひとつ弾いた。

ジョウとアルフィンが倒れている一画が、下に沈みはじめた。床が矩形《くけい》に切りとられ、ゆっくりと降下していく。

壁がなくなった。沈んでいく床と壁の間に、ぱっくりと口がひらいた。

壁に体重を預けていたふたりは、支えを失って、その口の中に落下した。

鈍い音がした。小さな悲鳴が聞こえた。

「いててててて」

呻きながら、ジョウは上体を起こした。ショックで、薄れていた意識が戻ってきた。手錠をかけられているため、床に手がつかない。腫れあがった目をわずかにあけた。

三メートルほど上方に四角い口がひらいており、そこにノーマがいた。ノーマは吊りあがった目で、ふたりを見おろしている。

ノーマの立つ床が上昇し、口が閉まった。

一瞬、周囲が闇に包まれた。

目はすぐに闇に慣れた。

「う、うーん」

アルフィンが気がついた。

頭を振り、身を起こそうとする。ジョウは足を曲げて、そのからだをうしろから支えてやった。

アルフィンは、床の上に膝を折ってすわった。美しい金髪がばらばらに乱れ、口の端には血が赤くにじんでいる。

「ひどい連中」あえぎながら、アルフィンは言った。

「いったいレディをなんだと思っているのかしら」

「美人はいじめられる運命にあるのさ」

ジョウはくぐもった声で言った。口がうまく動かない。

「あたしって、幸せ薄いのね」

アルフィンは悄然《しょうぜん》となった。

「ジョウ」

闇の奥から、太い声が響いた。

「兄貴」

甲高い少年の声が、それにつづいた。

ジョウとアルフィンは、びくっとなっておもてをあげた。

それは、まぎれもなくタロスとリッキーの声だ。

あわてて、首をめぐらした。

闇の向こうに、円筒が横倒しになって飛びだしてきたような、磔台がふたつ並んでいた。どうやら拷問用にわざわざつくらせたものらしい。

その先端にタロスとリッキーが吊り下げられていた。両手首と両足首とを大型の金具で留められていて、見事な大の字を呈《てい》している。

ジョウとアルフィンは、よろめきながらふらふらと立ちあがった。

「やれやれ、また勢揃いですかい」

タロスが他人事のように言った。

「なんだよ。助けにきてくれると思ってたのに、情けないなあ」

リッキーは口をとがらせた。

「なによお」アルフィンがむくれた。

「あんたたちだって、そんな恰好してるじゃない」

「面目ねえ」タロスが素直に頭を下げた。

「結局、作戦はまるまる失敗ってわけですかい？」

「そんなことはないさ」

おぼつかない足どりで、ジョウがやってきた。腫れあがったジョウの顔を見て、タロスの頬がぴくっと動いた。しかし、タロスは何も言わない。ジョウは歩き、ちゃんと口をきいている。ならば、心配は無用だ。

ジョウは、タロスの耳もとに口を寄せた。

「エレナの正体がわかった。マチュアという科学者だ」

小声で囁いた。

「え？」

ジョウはマチュアが目覚めるまでのいきさつをかいつまんで説明した。

「……だから、俺は彼女の歯の裏側に発信フィルムを貼りつけた。マーフィは必ずマチュアと一緒にいる。脱出して追いつめれば、その装置に頼ろうとするはずだ。そのとき、マチュアが装置を破壊する。俺たちはマチュアを救出し、マーフィを捕まえる」

「なるほど」

タロスはうなずいた。成功率は高くないが、やってみるだけの価値はありそうな作戦だ。

「そうとなりゃあ、さっそく動きやしょう」

タロスは言った。

タロスは息を吸いこんだ。胸が大きくふくらんだ。

右腕に力をこめた。手首を留めている金具が、すさまじい力で手前に引っぱられた。

タロスの青白い顔が、赤黒くなる。金具が変形した。つぎの瞬間、甲高い音とともにこなごなに砕けた。左腕の金具も、同じ運命をたどった。

「ふえー」

リッキーが目を丸くした。

両足の金具は、もっとあっけなく引きちぎられた。

タロスはジョウとアルフィンの手錠もねじ切った。

「時間がねえ。奥の手を使いますぜ」

タロスは言った。奥の手を使えば、脱出はすぐ海賊に知られてしまう。だが、それ以外の方法となると、貴重な時間を浪費せざるをえなくなる。いまは安全よりも、時間のほうが重要だった。

「それしかないな」

ジョウは同意した。

タロスは右手で左手を握った。通信機を兼ねるブレスレットのスイッチを押してから、手首を強くひねった。

二回転して、左手首は外れた。ガトリング式機銃の五連銃身があらわれた。

「さがっていなせえ」

タロスが身構えた。ジョウとアルフィンは耳をふさぎ、うしろにさがった。

タロスは、ふたりが落ちてきた天井と壁との境目に、狙いをつけた。

機銃を連射した。耳をつんざく轟音が部屋全体に反響《こだま》した。

銃弾は、壁と天井をえぐった。ひとしきり撃ちまくると、人ひとりなら、なんとかくぐり抜けられそうな穴がそこに穿《うが》たれた。

「いいぞ」

ジョウが言った。

タロスは左手首をもとに戻した。

「早いとこずらかりましょう」

「ああ」

「待ってよお」

いまにも泣きだしそうな声が、行こうとする三人を止めた。

振り向くと、磔にされたままのリッキーが身をよじって暴れている。

「やだよお。俺らを忘れちゃだめだよお」

「はーん」

薄笑いを浮かべて、タロスがリッキーの顔を覗きこんだ。

「そういや、ひとり、足手まといが残ってましたね」

「いい加減にしろ。馬鹿」

「しかし、その恰好もお似合いですぜ」

「うるさい。あほう！」


狭い穴から、ジョウがまず這いだした。先ほど通過した小部屋には、誰もいない。アルフィンがでてきた。ジョウは手を貸した。

タロスが、そのあとにつづいた。腰が、穴のへりにつっかえた。じたばたするが、動かない。リッキーが、その脇をひょいとすり抜けた。小柄なリッキーは、小さな穴でも平気でくぐる。タロスは助けてもらおうとして、リッキーに手を伸ばした。

リッキーは腕を組んでにたにたと笑った。

タロスの表情がひきつる。

「す、すまん。リッキー」震える声で、タロスは言った。

「ひっぱってくれ。頼む、リッキー。リッキーのだんな！」

リッキーはそっぽを向き、口笛を吹いた。

「やだねえ。足手まといは」

嘲笑った。

4

ノーマのムチが、床を打った。火花が散り、鋭い音が壁に反響《こだま》した。

ノーマは、いらだっていた。望んでマチュアの拷問役を得たが、マチュアは予想外にかたくなだった。

いま、マチュアは天井から鎖で吊るされている。鎖の長さは、ぎりぎりで爪先立ちできるよう調節されていた。こうしておけば、金具をはめられた両手首と、体重を支えようとして支えきれない下半身とに、同時に負担を与えることができる。

マチュアにてこずるノーマを、ビッグ・マーフィとキリーが冷ややかな目で見つめていた。ロキだけが、不安そうな面もちで落ち着かない。ロキは、この部屋にくる前にノーマを止めた。失地を回復しようとする気持ちはわかるが、マチュアはキリーの獲物だ。口をだして、うまくいかなければ、傷口はよりいっそう広がる。

ノーマは、ロキの制止をはねのけた。いらぬお世話だった。ノーマは恥をそそぐことだけを考えていた。

マチュアの訊問は、それ専用の部屋でおこなわれた。ここは死刑の確定した人間を、執行までの間だけ留置しておくのにも使われている。

もう一度、ノーマはムチを床に叩きつけた。

「いい加減におし」ヒステリックに叫んだ。

「てこずらせると本当に痛い目にあうよ。こいつは、ただのムチじゃないんだ。高圧スパークが皮膚を灼き、肉を裂く」

ノーマは、ムチを鎖に巻きつけた。電撃が走り、手首の金具が激しいスパークを放った。マチュアは目を見ひらいて、大きくのけぞった。

「これが最後だ」ノーマは言った。

「返事は、どうなんだい？」

マチュアは唇を嚙み、嘲るような目でノーマを見る。

「それが返事か」

ノーマの黒髪が逆立った。ムチを振りあげ、マチュアに叩きつけようとした。

「待て。ノーマ」キリーが、ノーマの肩に手をかけた。

「傷はつけるな、と言ったはずだ」

「だって、キリー」

「こいつは、たいせつなお方だ。もっとスマートにお願いするのが筋だぞ」

「スマート？」

「見ていろ。わたしがやる」

キリーは、サブマシンガンを持ちだした。ノーマは何ごとかと、それを見ている。

「これがなんだか、わかるかな？　お嬢さん」

キリーは言った。銃口をマチュアに向けた。マチュアの表情がこわばった。

キリーは、無造作にトリガーを引いた。

けたたましい銃撃音が、耳をつんざいた。空気が震え、さらに部屋全体が震えた。床も壁も、びりびりと振動した。

キリーは発射と同時に、銃口をほんの少し下げた。吐きだされる弾丸はマチュアの足もとをかすめ、床をえぐった。

マチュアは悲鳴をあげた。身をよじって、この音から逃れようとした。耳をふさぎたい。これなら、いっそ射殺してほしい。そうすれば、もうこの不快な音が耳に届かなくなる。

キリーは撃ちつづけた。弾倉は十分に用意してあった。トリガーボタンを絞り、無数の弾丸を床に撃ちこんだ。

マチュアの脳裏に、あの日の忌《い》まわしい記憶が蘇ってきた。マチュアは、それを振り払おうとしてかぶりを振った。が、効果はない。絶叫し、目を閉じてマチュアは浮かびあがってくる記憶に抗《あらが》った。

侵入者がくる。武装した海賊兵士たちだ。マスクで顔を覆い、サブマシンガンを構えている。

血がほとばしった。友人が、仲間が倒れた。虫ケラのように射殺され、鮮血にまみれた肉塊になった。

マチュアは、ドクター・バルボスのもとに走った。

バルボスは、自分の研究室にいた。マチュアは、バルボスを呼んだ。バルボスが振り向いた。いきなり、ガスを嗅《か》がされた。

気がつくと、マチュアは裸で冷凍睡眠装置の中に寝かされていた。ぼんやりとしていたが、意識はあった。厚いガラスの蓋《ふた》が、彼女と外界とを遮断している。動こうとしたが、筋肉が反応しない。

ドクター・バルボスは、レイガンを構えて応戦していた。何ごとかわめいていたが、意味はよくわからなかった。

だしぬけに、サブマシンガンの連射音が響いた。

ドクター・バルボスが弾け跳んだ。胸が真っ赤に染まり、もんどりうった。血が、冷凍睡眠装置のガラスにも飛び散った。

ガスが噴出した。

冷凍ガスだった。むろん催眠ガスも含まれている。

ドクター・バルボスが立ちあがった。あえぎながら、装置の中を覗きこんだ。マチュアと目が合った。ガスが視界をさまたげる。

意識が遠くなった。耳の奥で、サブマシンガンの容赦ない射撃音が反響していた。バルボスの顔が、ふっと消えた。

ガスが渦を巻いている。周囲が暗くなった。まるで、闇が何もかもすべてを包もうとしているようだ。

射撃音だけが、強く残っている。

それも、やがて失せた。

闇の底にひきこまれた。

何も、わからなくなった。

「やめて」マチュアは叫んだ。なぜ叫んだのかは、自分でも定かではない。いや、叫んだことすら、しばらくは気がつかなかった。

「もうやめて」

朦朧《もうろう》とした意識の中で、マチュアは息もたえだえに、つぶやいた。

キリーが、トリガーから指を離した。

いきなり静寂が訪れた。キリーの背後では、ノーマとロキが茫然としている。反重力ソファに腰を降ろしたマーフィだけが、なんの動揺も見せていない。肩のクルップは、少しだが怯えていた。

「言うことをきくわ。なんでも」

静まり返った部屋の中で、マチュアの声が響いた。かすかなつぶやき声だが、それははっきりと聞きとることができた。

「ほお」

マーフィの表情《かお》が輝いた。

「やけに素直じゃない」

ノーマが、ふてくされたように言った。

「結局、こいつが決め手だったってことさ。藪医者どもの手に負えなかったわけだ」

キリーはマシンガンを左手で叩いた。

「どういう意味？」

「精神的外傷《トラウマ》だ」キリーは言った。

「襲撃のときのマシンガンの音が、お嬢さんの精神《こころ》に深い傷をつくった。そのトラウマが覚醒を妨げ、反抗的な態度をとらせた。だから、わたしは、逆療法をやってみた」

「みごとだぞ。キリー」

マーフィが言った。マーフィのすわる反重力ソファは、床から四十センチほど浮いていて、短距離ならばどの方向にも移動できる。

マーフィは、マチュアに近づいた。

右手の杖で、マチュアのあごを持ちあげた。

「それでは、あいつの完成に手を貸してもらおう」

「連れていって。装置のところに」

ため息にも似た声で、マチュアは言った。

「いいとも」マーフィは目を細めた。

「すぐに、とりかかっていただこうじゃないか」

マーフィは、ソファを回転させた。

そのときだった。

警報が鳴った。室内に、さっと緊張が走った。

天井のスピーカーから、うわずった声が飛びだした。

「緊急連絡。捕虜のクラッシャーが脱出しました。そちらに向かっております」

「なに」

一転して、マーフィの表情が険しくなった。

「やつらが？」

ノーマの双眸《そうぼう》が怒りに燃えた。血がたぎった。

ビッグ・マーフィと、キリー、ロキは、メイン・コントロールルームに入った。ノーマは、みずからの兵士を率いて、クラッシャーのもとへと向かった。

メイン・コントロールルームのスクリーンには、海賊兵士たちを薙ぎ倒して進むジョウたちの姿が映しだされていた。四人は、海賊兵士から奪ったレイガンと大型のレーザーガンとで武装していた。

「あの大男が、左手首にマシンガンを仕込んでいました」

ひとりの士官がタロスを指差し、指揮官席に腰を降ろしたマーフィに向かい、早口で報告した。

「なるほど」

マーフィはうなずいた。

「油断のならん連中です」

キリーは言った。

「しかし、こいつはとんだ余興だ」マーフィは余裕の笑いを口もとに浮かべた。「この映像をマーフィ・タウン全体に中継してやれ」

「それは、よいアイデア」キリーも笑った。

「ビッグ・ショーです。せいぜい熱演してもらいましょう」

スクリーンの中のジョウたちは、階段を駆け登っていた。タロスが先頭だった。行手には海賊兵士の集団が待ち構えている。

タロスがレーザーガンを乱射した。兵士の動きが一瞬、止まった。その隙を衝《つ》いて、ジョウとリッキーが前にでた。あっという間に兵士たちを蹴散らした。

ジョウは内ポケットから小さなカードを取りだした。特定電波の受信機だ。赤い光点がカードの端で点滅している。この光点が、マチュアだ。

通路の分岐点にきた。

「こっちだ」

ジョウは手を振った。

左に折れ、走った。

「！」

立ち止まった。タロス、アルフィン、リッキーがジョウに追いついた。

「ジョウ」

タロスが叫んだ。

「まずいぞ」

ジョウが言った。前方を指し示した。

「橋ですか。こいつは」

タロスがジョウの肩ごしに覗きこんだ。通路がすっぱりと断ち切られ、谷のようになっている。ここでひとつの区画が終わるらしい。断ち切られたところから十メートルほど先に、壁があり、そこにあらたな通路が口をあけている。向こうから見たら、こちらも同じようになっているのだろう。ビルの壁面に窓があるようなものだ。通路と通路は、金属の橋でつながれている。いわば通路の延長だが、左右に壁はない。吹き抜けになっている。横から狙われたら、それまでだ。細い手すりだけでは身を隠すことができない。

後方が騒がしくなった。新手の兵士がきたらしい。ビームと銃弾が飛来してきた。リッキーとアルフィンが応戦した。

「やばいぜ」

タロスが、ぼやいた。

「先に行く。援護しろ」

ジョウが言った。こうなったら進むほかはない。

「ジョウ」

アルフィンが心配そうに振り返った。

タイミングをはかり、ジョウは走りだした。光条や銃弾が脇をかすめた。

橋の上にのった。

予想どおり、左右にも橋があった。しかし、それほど近くはない。兵士がでてきて、ジョウを狙った。

ジョウはレーザーガンを左右に連射した。手すりや、足もとを光線が灼いた。

三分の一ほど走破したときだった。

だしぬけに橋が傾いた。

しまった、と思った。ジョウのすぐうしろで橋が割れ、ふたつにたたまれた。

折れ曲がる橋とともに、ジョウも落下する。

橋の上で一回転した。手すりをつかもうと、ジョウは左手を伸ばした。かろうじて指の先がひっかかった。肩が抜けるようなショックがきた。痛みをこらえ、手すりを握った。

宙吊りである。

「ジョウ」

頭上で声がした。

首をめぐらすと、壁にひらいた窓のような通路から、タロス、リッキー、アルフィンが上体を乗りだしている。

いきなり、通路が爆発した。

爆風が、三人を通路の外へと吹き飛ばした。

「うわっ」

「きゃっ」

悲鳴をあげて、三人が落下する。

アルフィンが、放物線を描いて、ジョウのほうに落ちてきた。ジョウはレーザーガンを捨て、右手を伸ばした。アルフィンも右手を頭上に突きだした。

数センチ、足りなかった。

手と手は接近し、離れた。

悲鳴の尾を引いて、三人は落下していく。人工の谷の底は、完全な闇だ。

「アルフィン!」

ジョウは叫んだ。

かすかに、水音が聞こえた。

海賊兵士が、橋の手すりにぶらさがるジョウを発見した。

撃ってきた。

このままでは射的場の標的《まと》と変わらない。ジョウは左手を離した。

まっすぐに落ちた。落下はすぐに終わった。壁に沿って、ベルトコンベアが走っていた。それに落ちた。ジョウはまわりを見た。ベルトコンベアは、ゴミとガラクタを運んでいる。

廃棄物処理システムだ。

「くそ!」

ジョウは、その場にもっともふさわしい悪態をついた。

5

壁は、ゆるやかにカーブしていた。それに沿って伸びているベルトコンベアは、当然、壁を追い、右のほうへとまわりこんでいく。が、やがて、コンベアは壁から離れた。

気がつくと、左右は岩盤が剝きだしになっていた。ところどころにトラスが組んである。どうやら、地下を掘り抜いたトンネルの真ん中を、このコンベアは走っているらしい。下を覗くと、コンベアはほかに何十本も伸びている。すべてが、ゴミとガラクタを載せているらしい。海賊のアジトもマーフィ・タウンなどと呼ばれるようになると、これだけの廃棄物処理システムを必要とする。

前方に、巨大なタワーが見えてきた。通路のようなものが口をあけており、コンベアは、その中へと入っていく。逃げようにも、下は奈落《ならく》だ。

ジョウは観念した。

入口をくぐった。

それは、ゴミの選別タワーだった。ゴミは金属ゴミと雑ゴミとに分別される。金属ゴミは高温炉に運ばれる。一瞬、金属ゴミに入れられるのではという恐怖にとらわれ、選別装置の中でジョウは暴れた。だが、機械には勝てない。ジョウは選別され、雑ゴミに入れられた。

雑ゴミを載せたコンベアは、高温炉の上をゆっくりと渡っていく。臭《にお》いがひどい。ジョウは顔をしかめた。

音が聞こえた。

処理機械の音ではない。むろんコンベアの作動音でもない。

低いうなるような音。ハム音に似ている。

イオノクラフトだ！

ジョウは直感した。イオノクラフトが……それも十機以上が、こちらへと向かってくる。

ジョウはコンベアの上で身をひそめた。もっとも、ひそめるといってもベルトに長く寝そべる以外、手はない。

イオノクラフトがきた。上方から、降下してきた。

イオノクラフトは、丸い円盤に手すりがついただけの単純な乗物だ。速度は遅いが、行動性に優れ、ハンティングなどのスポーツに主として使われている。ノーマはそれを人狩り用に使っていた。

部下の兵士を集めたノーマは、ジョウが廃棄物処理システムのベルトコンベアにのったと聞いて、すぐにイオノクラフトを用意させた。複雑に入り組んだ処理システムの中で人間ひとりを狩りたてるとなると、イオノクラフト以上にすぐれた乗物はない。

コンベアの上で身を伏せたジョウは、すぐに海賊たちに見つかった。

十二機のイオノクラフトが、いっせいに襲いかかってくる。

海賊兵士は、大型のレーザーガンを手にしていた。

撃ってきた。ジョウは、ゴミの袋で顔面をかばった。クラッシュジャケットを着ていれば、直撃でない限り、致命傷は免れる。

ビームがコンベアとゴミ袋を灼いた。腰や足をかすめたビームが、ジョウに激痛をもたらす。しかし、ジョウは我慢した。ジョウは徒手空拳《としゅくうけん》だ。反撃のすべを持っていない。

だが、耐えれば、いつかはチャンスがめぐってくる。

チャンスがきた。一機のイオノクラフトが、命中しないのに業を煮やし、不用意に接近してきた。

ジョウは立ちあがり、そのイオノクラフトの兵士にゴミ袋を叩きつけた。兵士はイオノクラフトごと、ひっくり返った。ジョウは、その手からレーザーガンをむしりとった。

兵士は、イオノクラフトと一緒に高温炉へと落ちた。

ジョウの反撃がはじまった。

群がるイオノクラフトめがけて、レーザーガンを乱射した。

一機のイオノクラフトが火を噴いた。

軽いイオノクラフトは、その勢いで回転しはじめた。

コントロールを失い、岩盤に激突した。

ジョウは、さらに四機を撃墜した。さすがにノーマは倒せなかった。逆に右足を灼かれた。

コンベアが、また狭い通路に入った。今度は雑ゴミの処理タンクにつづく通路だ。イオノクラフトは入れない。

ふがいない兵士たちのさまに怒り狂うノーマは、憤怒《ふんぬ》の形相もすさまじく、大声で叫んだ。

「非常ハッチをあけろ。あの中で始末をつけてやる」

処理タンクの中は、青い光で不気味に輝いていた。

ベルトコンベアは、ここで終点となる。ジョウは、タンクを丸く囲む床に立った。タンクにはエメラルドグリーンの液体が満たされている。金属に似た光沢を放つ液体だ。

ジョウは最初、タンク全体が青く輝いているのは、この液体の照り返しのせいだと思っていた。だが、実際はそうではなかった。よく見ると、空気そのものが青く輝いている。微小粒子が充満していて、それが青く光っているらしい。

「そういえば、この匂いは」

ジョウの目が、すうっと細くなった。

メイン・コントロールルームでは、マーフィをはじめとする海賊たちが、身を乗りだして、スクリーンに見入っていた。

「おもしろいところに入ったものです」

キリーが言った。

「ふむ」マーフィも、この成り行きを楽しんでいた。

「これは見ものだな」

だが、ジョウにしてみれば、見ものどころではなかった。この粒子の正体に思いあたった。

ハッチがひらいた。ジョウのほぼ正面だった。

兵士があらわれた。五人だ。最後にノーマが姿を見せた。例によってムチを手にしている。

兵士のひとりがレーザーガンを構え、トリガーボタンを押した。

ガンが爆発して、火の玉になった。

兵士は、黒焦げになって転がった。

「馬鹿」ノーマが、自分の部下の出来の悪さをなじった。

「RG《エルゲー》粒子の中でレーザーを使うやつがあるか」

「やはり」

ジョウはつぶやいた。

RG粒子は、グラストロンとデルシキッドβを用いた廃棄物の処理過程で生じる微粒子だ。廃棄物を熱エネルギーに転換する際、グラストロンが反応して、ごく少量のRG粒子が発生する。RG粒子には毒性がなく、大気内に拡散しても害を及ぼすことはないのだが、ある濃度を超えると熱エネルギーに敏感になり、爆発的に燃えあがる。燃焼は局部的で、それが充満した粒子全体に伝播《でんぱ》することはない。

兵士は、あわててレーザーガンを逆手に持った。レバーを押すと、ストックから刀身が飛びだした。銃剣の一種である。

「なるほどね」

ジョウも、それに倣《なら》った。

ノーマと四人の兵士が、ジョウのほうへと迫ってきた。横に広がり、包囲しようとしている。

ジョウは下がった。床にレールがある。そのレールにかかとが当たった。

はっとなった。

轟音が鳴り響いた。

猛烈な勢いで、レールにのって四角い筒《パイプ》が伸びてきた。

ジョウは、それをあわててかわした。パイプは、グラストロンとデルシキッドβを満たしたタンクの手前で停止した。ジョウはバランスを崩して、パイプにもたれかかった。

それを隙とみて、ひとりの兵士が斬りかかってきた。

ジョウは一歩、前にでた。銃剣を、横に薙いだ。

兵士を両断した。

鮮血が、ほとばしった。兵士はそのままつんのめり、壁に激突した。

残る三人の兵士が、いちどきにかかってきた。

ジョウは、二合三合と、激しく斬り結んだ。三対一は、分《ぶ》が悪い。じりじりとタンクに向かって追いつめられていく。

「うおっ」

ひとりの兵士が、まっすぐに突いてきた。

かわそうにも、ジョウはもうあとがない。

ジョウは横に跳んだ。先ほど伸びてきたパイプの先端が、タンクの上にわずかだが突出している。そのでっぱりに指をかけた。

仕留めたと思った相手が、ひらりと横によけたので、兵士は思わずたたらを踏んだ。勢いがついていて、足が止まらない。

ジョウがぶらさがっているパイプのほうに跳べばなんとかなるが、そんなことをすれば、ジョウに斬られてしまう。

兵士は、タンクに落ちた。

魂消《たまぎ》る悲鳴があがった。兵士はエメラルドグリーンに輝く液体の中で激しくもがいている。

からだが沈んだ。突きでた腕がドス黒く変色し、溶けはじめた。

パイプの先端にぶらさがって、それを見守るジョウの顔から血の気が引いた。

ノーマの兵士も仲間の無惨な死を見て、わなわなと震えている。

ムチを下げて、ノーマが前にでた。

「怖いかい」ひきつった笑みを浮かべ、ノーマは言った。

「ここは、こういうところなのさ。お死に」

ムチを振りあげた。

そのとたんに、パイプが動いた。すさまじい勢いで、タンク上に飛びだした。

タンクの反対側に、天井から下がるウインチがあった。

あれにつかまれば、向こうの床に跳び移れる。とっさに、ジョウはそう判断した。

パイプの勢いを借りて、ジョウは跳んだ。

ウインチのフックにつかまった。

ウインチの鎖が伸びる。

液面めがけて、ずるずると下がる。

息を呑み、目をつぶってジョウはからだを丸めた。レーザーガンが、手から離れた。

足の先が、あと数センチで液面に触れるという位置で、鎖の伸びは止まった。レーザーガンが液体の中に落ちた。しぶきがクラッシュジャケットにかかった。反応した熱が皮膚を灼く。

メイン・コントロールルームでは、海賊の士官たちが笑い転げていた。ジョウの悪あがきが、滑稽《こっけい》だった。

「クライマックスですな」

キリーが言った。

マーフィ・タウンも、笑いに包まれていた。テレビの前に集まった海賊たちは、酒を酌《く》み交わしながら、下品な笑い声をあげた。かれらにしてみれば、仲間の死もどじを踏んだだけのことで、酒の肴《さかな》以上のことではない。

ノーマとふたりの兵士は、パイプの上を歩いてきた。

からだを丸めて、ウインチのフックにぶらさがっているジョウを、ノーマは嘲笑った。

「いい恰好だね、坊や。さんざんてこずらせてくれたけど、これで終わりさ。おとなしく溶けておしまい」

ノーマはムチを揮った。フックをつかむジョウの手を狙った。スパークが飛んだ。チタニウム繊維の手袋が、裂けた。二撃、三撃。ジョウはこらえた。手の甲は、血まみれになった。

「ええい、しぶとい」

ノーマは激怒した。手を打つのをやめて、ムチをジョウの首に巻きつけた。ジョウの首が絞まった。ジョウは片手を離してムチをほどこうとした。しかし、皮膚深く食いこんだムチはとるにとれない。

「さあ、手を離すんだ」

「そうしたら、楽になれるよ」ノーマは言った。

ムチを手前に引いた。ふたりの兵士がノーマに力を貸した。三人がかりで、ジョウの首を絞めた。

「ちくしょう」

声にならない声で、ジョウは叫んだ。渾身《こんしん》の力をこめて、ジョウはからだを揺すぶった。

ノーマがよろけた。うしろで支えるふたりが必死でふんばった。そのとき、パイプが後退しはじめた。

ノーマは気づかなかったが、パイプの先端の蓋がひらいて、ゴミを吐きだしていた。それが終われば、また蓋は閉じられ、パイプが壁の奥に戻る。

「あっ。お離し」

パイプが動いては、ふんばりようがない。ノーマがムチを離せばよかったのだが、とつぜんのことで、それができなかった。

ノーマと兵士はひとかたまりになってパイプから落下した。

エメラルドグリーンの液体に頭から突っこんだ。

悲鳴が耳をつんざいた。

ジョウは正視できない。ムチが溶けてちぎれ、ゆるんだ。

ジョウは歯の根が合わなかった。恐怖で、からだがすくみ、しばらくは動けなかった。

メイン・コントロールルームは騒然となった。

とくにショックを受けたのは、ロキだった。ロキは茫然となった。目の前で、あのノーマが溶けてしまった。

「ノーマ」

腰が抜けた。

「よ、よくも」

全身を震わせて、キリーが立ちあがった。

「キリー」

指揮官席のマーフィが言った。

「は、はい」

キリーは振り返った。

「ビッグ・ショーが聞いてあきれる」

マーフィは冷ややかな視線をキリーへと向けた。

「はっ」

キリーはうなだれた。

「やつを地下通路からだすな。必ず殺せ。いいな」

キリーを睨みつけた。

「…………」

キリーは蒼ざめていた。

6

ジョウは、闇雲に走った。

処理タンクを脱してから、作業員用のリフトで上に登った。狭い通路にでて、勘を頼りに動いた。とにかく上に向かえばいいと思った。地上の光が恋しかった。闇はもうごめんだ。

上へ登るにつれて、通路がだんだん細くなっていった。

わけがわからなくなった。通路は荒れ果てている。壁が崩れ、あちこちに水が溜まっていた。

廃棄された通路だった。土砂が積もって、半分ほどふさがれてしまっている場所もある。闇はいよいよ濃くなった。光を放つコケが、照明の代わりになった。ときには、兵士の死体から拝借してきたレーザーガンを発射して、まわりを照らした。

ジョウは走った。とにかく走った。

出口はない。

体力が尽きた。当然だった。ベゴニアス島に潜入して以来、からだを休めるときがなかった。それどころか、沼を泳ぎ、ムチで打たれ、レーザーで灼かれた。

全身は傷と火傷で埋まっている。打撲傷も含めれば、まともな皮膚は一か所もないだろう。

息を切らして、ジョウは速度を落とした。すぐにでも止まりたかったが、はずみのついた筋肉は体力と関係なく、動いてしまう。よろめきながら、ジョウは前進した。

つまずき、足がもつれた。

あわてて壁に手を伸ばした。壁が、ずるっと崩れた。バランスを失い、うろたえてジョウは壁にしがみついた。今度は、壁が倒れてきた。

腐臭が鼻をついた。

淡い光の中で、ジョウは倒れかかってきた、それを見た。

それは壁ではなかった。

腐乱した、死体だった。

「！」

ジョウは跳びすさった。声がでない。全身の毛が逆立った。肌が粟立《あわだ》ち、足が震えた。けたたましい啼《な》き声が反響《こだま》する。

通路のそこかしこから、ひとつ目の齧歯目《げっしもく》が顔をだした。数百匹はいる。

ジョウは、周囲を見まわした。

死体はひとつではなかった。十体近い死体が、通路の左右に転がっていた。

その中の一体に、ジョウの目が釘づけになった。

知らぬ顔ではなかった。長身で風采のあがらぬ中年の男。その男は、ジョウの前にあらわれたときは、まったくべつの顔をしていた。口ひげをたくわえ、縁なし眼鏡をかけていた。

「バレンスチノス」

ジョウはつぶやき、絶句した。探し求めていた男が、いま目の前にいる。無惨な死体と化して。

ジョウは頭上を振り仰いだ。暗くてよくわからなかったが、たしかに穴があいているようだった。ここに倒れている人びとは、殺されて、あるいは生きたまま、この穴に突き落とされた。

　ジョウはうつろに笑った。精神が砕けそうだった。バレンスチノスは死んでいた。おそらくは、ジョウがラゴールまで追ってきたことの責任をとらされたのだろう。

　ジョウは頭をかかえた。まわりじゅうに、緑色に光る巨大な目がある。あらたな餌《えさ》に喜ぶひとつ目の群れだ。

　ジョウは叫んだ。

　わけのわからぬことを口ばしって、駆けだした。

　尽きた体力も、痛むからだも、関係なかった。本能がジョウを走らせた。恐怖。錯乱。そういったもろもろの感情が、ジョウを激しく追いたてた。止まっているのが怖かった。ひとつところにいるのに耐えられなかった。

　走って、走って、走り抜いた。

　光が見えた。

　まばゆい光だった。光りゴケの淡い明るさではない。まごうことなく、それは外の光だ。

　通路からでた。

　いきなり撃たれた。テレビアイからは見失ったものの、このあたりにあらわれるだろうと見当をつけて、兵士たちが待ち伏せていた。ジョウは反射的に身を隠し、レーザーガンで応戦した。頭は何も考えていなかった。ただ、からだが勝手に動いた。

爆発が起こった。

海賊兵士の背後だった。兵士は吹き飛んだ。黒煙が流れこんできた。ジョウはむせ返った。

「ジョウ」

煙の中から、人影があらわれた。ジョウは口を押さえ、左手でレーザーガンを構えた。

声が聞こえた。女の声だ。

煙が割れた。赤いクラッシュジャケットが、そこから躍りでた。

ジョウは、我に返った。

アルフィンが短い階段を駆けおり、両手を挙げている。そのうしろには、リッキーとタロスがつづく。

「ジョウ！」

アルフィンは、ジョウに抱きついた。

「アルフィン」

ジョウも、アルフィンを抱きしめた。

リッキーとタロスがきた。

「無事だったのか。みんな」

ジョウの声が弾んだ。卵の臭ったような匂いが鼻をついた。

「う、臭い」

ジョウは顔をしかめ、鼻をつまんだ。

「汚水槽に落ちちゃったの」アルフィンが言った。

「だから、助かったのよ」

「そ、そうか」

ジョウはつまんだ鼻を離さない。

「ジョウ」タロスが言った。

「包囲が厳重で、この先には行けません」

「〈ミネルバ〉を呼ぼう」ジョウは叫ぶように言った。

「こうなりゃ、プランCの総仕上げだ。これからが勝負だぞ。一気にかたをつけてやる」

「わかりやした」

タロスはうなずいた。

リッキーが通信機を操作した。

〈ミネルバ〉は海上に浮かんでいた。

ブリッジでは、ドンゴがのんびりとビデオを見ていた。『緑の扉の向こう側』という古い映画である。

そこへ呼びだしのチャイムが鳴った。

「キャハ」

ドンゴは、ビデオを止めて、通信機のスイッチを入れた。

指示が暗号で送られてきた。

「キャハ。アンマリ遅イカラ、全滅シタカト思ッタ。キャハ」

ジョウのシートに進み、ミサイルの発射トリガーを起こした。

島に照準を合わせ、トリガーボタンを押した。

ミサイルが発射された。十五基のミサイルが、炎の尾を引いて早朝の青空へと躍りあがった。

ドンゴは指示どおりの発射を確認してから、ビデオのスイッチを入れ直した。

また映画鑑賞に戻った。

激しい振動が、ブリッジを突きあげた。

キャタピラを固定していなかったドンゴは、みごとにひっくり返った。

「ミギャ？」理解できない振動だ。

「ナンデショウ」

考えた。

振動の源は、フロートにあった。マルドーラ大統領が取りつけさせたフロートが、ぱっくりと口をあけ、そこからミサイルランチャーがでてきた。搭載されているのは、大型の多弾頭ミサイルである。

ミサイルは、つぎつぎと発射された。その際のショックが、ドンゴを転倒させた。

フロートのミサイルが、海上に飛びだした。

急角度で上昇し、最大高度の直前で、弾頭をひらいた。一基のミサイルが、五十発の弾頭に分かれた。

弾頭の照準は、ドンゴが合わせた〈ミネルバ〉のミサイルの照準に合致していた。

数秒で、ミサイルはベゴニアス島の上空に達した。

タワービルのメイン・コントロールルームが、そのミサイルの光点をキャッチした。

オペレータが、顔色を変えた。

「ミサイルです。島の上空に！　お、落ちてくる」

キリーが、地上にでようとしているクラッシャーの包囲を指示しているさなかだった。

キリーもマーフィも、とつぜんの事態に言葉を失った。

ミサイルが降りそそいだ。

はじめは、ドンゴが発射した〈ミネルバ〉のミサイルだけだった。

十五基のミサイルは、マーフィ・タウンに広く散らばって落ちた。爆発した。

これだけでマーフィ・タウンは混乱をきたし、ジョウたちは安全に脱出できるはずだった。

ところが、そのあとに数百発の弾頭が降ってきた。

ミサイルは、マーフィ・タウンの、ありとあらゆる場所に落下した。

これは威嚇《いかく》ではない。ジェノサイドである。

居住区が壊滅した。降りそそぐミサイルは、ビルを破壊し、道路を砕いた。

警報の中を、海賊たちは逃げまどった。とつぜんのミサイル攻撃になすすべもなかった。

ミサイルは、タワービルをも襲った。屋上のヘリポートが真っ先にやられた。VTOLが爆発し、壁が崩れた。

銃撃の手を、ジョウたちは止めた。爆発音が聞こえた。海賊がうろたえている。

「きたわ」

アルフィンが言った。

地面が揺れた。足もとをすくわれるようなショックだった。

「わっ」

リッキーがひっくり返った。

激しい振動は鎮まらない。

「こりゃ、すごい」

タロスが眉をひそめた。

マーフィ・タウンは酸鼻《さんび》を極めていた。ミサイルは、つぎからつぎへと降ってくる。VTOLを離床させようとするが、そのVTOLが、飛び立つ前に爆発してしまう。

アンチミサイル・ミサイルもそうだ。照準を合わせている間にミサイルが命中して誘爆する。

火災がいたるところで発生していた。消火活動は、まったくなされなかった。誰もが逃げるのに必死だ。炎はマーフィ・タウン全体に広がりつつあった。タワービルも燃えている。爆発で変形し、窓という窓から火を噴きあげていた。

最後の弾頭が、タワービルの真ん中から上をこなごなに砕いた。

ジョウたちは瓦礫に埋まっていた。

予期せぬ爆発で、天井が崩れた。タロスが、三人をかばった。

瓦礫の中でコンクリート片が持ちあがり、放り投げられた。その下から、タロスが顔をだした。

タロスの頭上には、空があった。空は青いはずだったが、いまは炎の照り返しで異様に赤い。

「どうやら助かったぜ」

タロスは、さらに瓦礫を取り除いた。

リッキーが勢いよく外に飛びだした。

まわりを見て、ぎょっとなった。

あたり一面、瓦礫の山である。血まみれの兵士、黒焦げの兵士が、そこらじゅうに転がっている。タワービルも半分に折れた。その残骸が炎に包まれている。

居住区のほうは、もっとひどかった。炎と煙で、建物が見えない。まるで地獄図だ。

ジョウ、アルフィン、タロスが、リッキーの横にやってきた。

「ひでえ」

ジョウがつぶやいた。こんなはずではないという響きがあった。

「ちょ、ちょっとやりすぎだよ。これ」

リッキーが言った。

「おかしいぜ」タロスが言った。

「〈ミネルバ〉のミサイルだけじゃ、こうはならねえ」

リッキーとタロスはジョウを見た。

ジョウは、凝然と立ち尽くしていた。固く握った拳だけが小刻みに震えていた。

7

タワービルの通路を、ビッグ・マーフィが黙々と進んでいた。

そのうしろにはキリーとロキが従っている。

通路にはめこまれたスピーカーが、悲鳴のような報告をつぎつぎと流す。

「発電所がやられました」

「送電回線、九割が破損」

「宇宙港の状況はいま現在、完全に不明です」

マーフィは、無表情に足を運んでいた。

「どちらへ？」

キリーが追いつき、恐る恐る尋ねた。

「ゴモラだ」

マーフィはうなるように言った。

「えっ」

キリーは息を呑んだ。

マーフィは振り向き、ロキに向かって怒鳴った。

「女を連れてこい」

「へ、へい」

ロキはあわててきびすを返し、走り去った。

「あれを使うのですか？」

キリーが訊いた。

「それは、わからん」マーフィは言った。

「X—483には、艦隊も置いてある。すべては状況次第だ。ここは放棄する」

窓があった。マーフィは外に目をやった。マーフィ・タウンが燃えていた。このタワービルも上のほうが崩れ、猛火に包まれている。居住区は、ほぼ全滅という報告を受けていた。

その居住区の外れに、ジョウたちはいた。地上にでて、炎を避けて移動したら、自然にここまできてしまった。

正面には用途不明の巨大なビルがある。居住区をはさんで、ちょうどタワービルと正反対の位置だ。ミサイル攻撃は、居住区とタワービルに集中したので、こちらのほうはほとんど被害を蒙《こうむ》っていない。それだけに、海賊兵士の生き残りが大勢いる。ジョウたちは戦闘を余儀なくされた。戦わざるをえなかった。

武器はある。地面にいくらでも捨ててあった。ジョウはレーザーガンを拾った。タロスは大型のハンドブラスターをかかえていた。

銃撃が、いくらか鎮まった。

ジョウたちは前進した。

「タロス。右にまわれ」

ジョウが叫んだ。重量八十キロのハンドブラスターをかかえ、タロスは全力で走った。

アルフィンとリッキーが、ひそんでいた場所から飛びだした。

リッキーの足もとに着弾があった。弾丸は跳ねて、リッキーの額をかすめた。リッキーは仰向けに倒れた。

「リッキー」アルフィンが駆け寄った。

「大丈夫？」

「平気さ」リッキーは立ちあがろうとした。

「あちちちち」

額を押さえた。その指の間から血がしたたった。

ジョウが飛んできた。アルフィンとふたりでリッキーをかかえあげた。

右へ向かったタロスは、リッキーの負傷を知らない。ひとりで、周囲を見まわしている。

ふと、予感をおぼえた。

内ポケットから電波受信カードを取りだした。赤い光点が浮かびあがった。予感は的中した。光点はすぐ近くを示していた。


小型のカートが、タワービルを発進した。乗っているのは、マーフィとキリー、それにロキとマチュアだ。キリーが操縦レバーを握っている。ロキはマチュアを押さえ、その口をふさいでいた。マチュアはくすんだ赤のスペースジャケットを着せられている。

カートは、マーフィ・タウンを横切る直線道路を疾駆した。この道路もミサイル攻撃でずたずたになっていたが、小型のカートは崩れたところを避け、なんとか前に進んだ。

カートが炎上する居住区を過ぎた。トンネルに入った。正面のビルが、目的地だ。

トンネル内には被害が及んでいなかった。キリーはカートの速度をあげた。

そのとたんに、トンネルの壁が爆発した。十メートルほど先だったが、爆風は小型のカートをあおり、これをひっくり返した。

爆発と同時に、トンネル内の安全装置が作動した。このビル周辺には独自の発電施設があり、それがまだ生きている。

道路の端から高圧のガスが噴出し、転倒したカートと、そこから放り出された四人をやさしく受け止めた。

壁が崩れてできた大穴から、ハンドブラスターをかついだタロスがあらわれた。

「こんなところに、いやがった」

タロスはうれしそうに言った。

「野郎」ロキが立ちあがった。

「また、やられてえのか」

「さあて、そいつはどうかな」

タロスは不敵な笑いを浮かべた。

マチュアの悲鳴が聞こえた。

マーフィとキリーが、マチュアを連れ去ろうとしている。

タロスは一瞬、そちらに気をとられた。

「があっ」

ロキが殴りかかってきた。

「ちっ」

タロスは、ハンドブラスターを振りまわした。

それが、ロキの顔面にヒットした。

ロキは吹き飛び、背中からトンネルの壁に激突した。

タロスは、ハンドブラスターを投げ捨てた。このトンネルの壁を破ったため、エネルギーチューブは空になっている。

「きな！」拳を握った。

「さっきのお返しだ。たっぷり利子をつけてやる」

「るせえ」

ロキが立ちあがった。前歯が砕けている。

右ストレートを放った。

それをひょいとよけ、タロスはロキのボディにアッパー気味のブローを叩きこんだ。

「ぐえっ」

ロキはうめいた。ボディブローを、タロスはたてつづけに五発、ぶちこんだ。

ロキは、グロッギーになった。

「もうひとつ、どうだ」

とどめに、ストレートを顔面へと打ちこんだ。

ロキはダウンした。

と同時に。

タロスは背後から銃撃を浴びた。レーザービームが、タロスのジャケットをかすめた。

「やべえ、調子にのりすぎた」

タロスは身をかがめる。

その間にロキは起きあがり、トンネルの奥に向かってあたふたと駆けだした。恐るべきタフネスぶりである。

ロキは走った。半べそをかきながら走った。力と力で対決して、こんな惨敗ははじめてだ。

マーフィとキリーは、巨大なゲートの前に達していた。

ゲートがひらいた。マチュアが目を瞠《みは》った。

ゲートの中に入った。内部は明るく、モーターのうなりによく似た音が大きく鳴り響いている。キリーは、すぐにゲートを閉じようとした。

「待ってくれ。置いてかないでくれ」

ロキが飛びこんできた。

キリーはあきれた。

「なんだ、そのツラは。だらしのない」

ロキがタロスに叩きのめされたことは明らかだった。

キリーはあわててゲートを閉じた。

この判断は正しかった。

ゲートは、迫ってきたタロスの目の前で閉じた。タロスが体当たりする。しかし、高さ十五メートルもあるゲートが、それでどうにかなるはずもない。

「くそ、肝腎《かんじん》なところで」

タロスは唇を嚙んだ。

マーフィが逃げこんだビルは、スペースシャトルのサイロだった。

内部には発射台があり、赤く塗装されたシャトルが大型ブースターをかかえて、いつでも発進できる態勢にあった。

搭乗用タラップが水平に伸びた。マーフィ、キリー、ロキ、マチュアが乗っている。

タラップは、シャトルのコクピットに四人を送りこんだ。

シャトル打ちあげのためサイロがひらきはじめたとき、ジョウたちは、まだ撃ち合いをつづけていた。リッキーも包帯を巻いて、戦闘に戻っている。

「ジョウ、あれ」

まるで花弁のように割れて、ゆっくりとひらいてゆくサイロに気がつき、アルフィンは大声をあげた。

ジョウとリッキーが振り返った。

「うっ」

目を剝いた。まさか、こんなものが残っているとは思いもよらなかった。

サイロがひらききった。真っ赤なシャトルがあらわになった。

ジョウは電波受信カードを取りだした。赤い光点は、まぎれもなく、あのシャトルにマチュアが乗っていることを示している。

「しまった」

ジョウはシャトルを睨んだ。

「ジョウ」サイロのほうから、タロスが走ってきた。

「マーフィがシャトルで逃げる。マチュアも一緒だ」

大声で叫んだ。

シャトルが噴射した。

ジョウたちは瓦礫の蔭にもぐりこみ、熱風と砂塵を避けた。

シャトルが発進した。

轟音と炎と振動が、あたり一面を揺るがした。すさまじい熱が周囲を襲った。大型ブースターが、シャトルを一気に上昇させる。

シャトルは、たちまち小さくなった。

「ちくしょう」ジョウは立ちあがった。

「〈ミネルバ〉はまだか?」

「あそこだ」

リッキーが蒼空の一角を指し示した。

ゆっくりと垂直降下してくる〈ミネルバ〉の姿があった。

人工衛星のカメラが、ベゴニアス島から上昇する赤いスペースシャトルを捉えた。

その映像は、大統領官邸の大統領執務室のスクリーンに、大きく映しだされている。

マルドーラ大統領が、その映像を血の気の引いた顔で、食い入るように見つめていた。

マルドーラは、ソファから憤然と立ちあがった。怒りで全身がわなわなと震えた。すぐ脇で、秘書のコルテジアーニがおろおろとしている。

マルドーラはわめいた。

「馬鹿め。最悪だ。せっかく首尾よくいっていたものを。なまじ捕らえようなどとするから、こうなるのだ」

頭をかかえた。

「マーフィは例の女を連れて、ゴモラへ行こうとしています」

コルテジアーニが言った。

「あれを使う気でいる」

マルドーラは、壁を殴った。

「マーフィは無敵になります」

「そんなマネはさせん」マルドーラの形相が、悪鬼のごとく歪んだ。

「あれを使われたら、われわれは破滅する」

「〈ミネルバ〉があとを追いました。クラッシャーはマーフィを捕獲するつもりです」

「もういい。あんなやつら」マルドーラは、吐き捨てるように言った。

「連合宇宙軍に、出動を要請しろ」

「えっ？」

「連合宇宙軍だ。連中はマーフィ目当てに、ここの星域外縁を何日もうろついている。呼べば、すぐにくる」

「しかし、それでは、あれが」

「かまわん」マルドーラは怒鳴った。

「マーフィを叩くのが先だ。もうわしは、何も要らん。あれも要らん。マーフィさえ死ねばいい。あいつが死ねば、ラゴールの実権はわしのものになる。もう傀儡《かいらい》はまっぴらだ」

「わかりました。すぐに出動を要請します」

「急げ」

「はっ」

コルテジアーニは、執務室を飛びだした。

マルドーラは窓の外を見た。明るい陽光の下に、パブロポリスが広がっている。その上には澄みきった青い空があり、さらにその先には、ゴモラがいる。

「ゴモラ」

マルドーラはつぶやいた。

背筋を冷たいものが流れた。

8

コワルスキーは、苛立《いらだ》っていた。

バードにそそのかされて、ラゴールの星域外縁までいそいそとやってはきたものの、成果は何ひとつあがっていない。むなしく近辺の周回を重ねているだけだ。クラッシャーを泳がすどころか、ふらふらと宇宙空間を泳いでいるのは自分のほうである。

いっそ、星域内へ進入して海賊を挑発してやろうか。そんな考えまでが、コワルスキーの頭には浮かんだ。

そこへ、バードの〈ドラクーン〉から通信が入った。〈ドラクーン〉は貨物船を装っているから、いつでもミナウスにもぐりこむことができる。現に、いまもミナウスに行っていた。通信は、これからそちらへ向かうという内容の素っ気ないものだった。

コワルスキーはブリッジの艦長席で腕を組み、バードを呪《のろ》う言葉を二時間あまりぶつぶつとつぶやいていた。

副長が〈ドラクーン〉の接近を告げた。

コワルスキーは、メインスクリーンに、その映像を入れさせた。黄色いカラーリングの、スマートにはほど遠い船体が、ノルンを背景にぽつんと映った。

「百二十センチブラスターでぶち抜いてやってもいいな」

コワルスキーは独り言を言った。

通信がきた。

バードからだった。

通信スクリーンに映した。

額の広いバードの顔が、大映しになった。コワルスキーは顔をしかめた。こいつにのせられたのが失敗だったとコワルスキーは反省した。

「やあ大佐。待たせたな」

バードは陽気に言った。

「待ちくたびれたわ」コワルスキーは目を吊りあげた。

「いったいいつになったら、俺の出番がくる？」

「かりかりしなさんな。じきおもしろいことがはじまるぜ」

「おう、しかと本当だな？」

コワルスキーは、身を乗りだした。

「俺がなんのために戻ってきたと思っている。ラゴールに動きがあったからだ。俺を信じろ」

「信じられるか」

「艦長」

副官が、コワルスキーを呼んだ。

「なんだ」

コワルスキーはうしろを振り返った。

「緊急通信が入りました」

「なにい?」

「ラゴール大統領からの特別要請です」副長はスクリーンの文字を読んだ。

「海賊の襲撃を受け、戦闘中。星域近辺を航行中の連合宇宙軍艦船は、至急救援にこられたし。ポジションは、APP—1038・N—204。軌道ステーション〈ゴモラ〉。以上です」

「ななな……」

コワルスキーは震えだした。顔がにたにたと崩れた。先ほどの反省が、一瞬にして吹き飛んだ。

「なにくそちくしょう。本当に出番だ!」

「言ったとおりだろ」バードは笑った。

「じゃ、俺は行くぜ。お先に失礼」

　バードが手を振り、通信スクリーンはブラックアウトした。メインスクリーンの〈ドラクーン〉が転針を開始する。

「あ、こら、きさま」コワルスキーがあわててわめいた。

「俺の獲物を横取りしたら、承知せんぞ」

　コワルスキーは、また振り返った。

「副長、大至急発進だ。戦闘配備につけ」

「はっ」

「機関全開。あんなポンコツに先をこされたら、宇宙軍の笑いものになるぞ」

〈コルドバ〉の船腹がひらいた。

　突撃艇が発進した。八十メートル級の小型戦闘艇だ。突撃艇は陸続と飛びだし、宇宙空間に身を躍らせていく。

　コワルスキー大佐の率いる第三特別巡視隊は、ミナウスに向け、その全艦船を展開させた。

〈ミネルバ〉は、ミナウスの衛星軌道にのった。

レーダーが、マーフィのシャトルの航跡を捕捉している。シャトルの行手には、巨大なステーションがあった。

ジョウはメインスクリーンにミナウスとステーションの模式図を映しだし、それにシャトルの軌道を重ね合わせた。

シャトルの予想針路とステーションの軌道とが合致した。

アルフィンが、ステーションのデータをチェックした。

「シャトルが向かっているのは、ラゴールの第六ステーションよ」アルフィンは言った。「コード名はゴモラ。質量と用途は不明」

「不明？」

ジョウの表情が曇った。

「例の装置ですかい？」

タロスが訊いた。

「可能性はある」

「兄貴」

リッキーが、レーダーパネルを指差した。パネルの中心ではない。隅のほうだ。

「追っ手よ」アルフィンが叫んだ。

「X―483から。ざっと四十隻。こちらに向かってくる」

「団体さんか」

ジョウはレーダースクリーンを一瞥《いちべつ》した。

「迎撃しますかい？」

タロスは、ジョウを見た。反転は、いつでも可能だ。

「シャトルが先だ」ジョウは言った。

「ぎりぎりまで追うんだ」

「了解」

タロスは、操縦レバーをぐいと握った。〈ミネルバ〉は、さらに加速した。シャトルとの距離は、さほどひらいていない。だが、ゴモラもすでに目と鼻の先に近づいている。

スクリーンに、ゴモラの映像が入った。

はじめは、小さな光の点だった。すぐ手前にシャトルの赤い船体がある。マチュアが乗っていなければ、ミサイルの一斉攻撃で瞬時にガスへと変えられる。しかし、いまはそれができない。

光の点が大きくなった。

じきにそれは点ではなくなった。影が伸び、光と分かれて、異様な形状をとった。それは十字架に似ていた。中央に円盤があり、その上下に何本もの先の尖《とが》った塔が突きだしている。円盤の直径は、およそ五千メートル。X―483のようなモジュール接続型のステーションを除けば、銀河系でもまれにみる巨大な軌道ステーションだ。

円盤の外縁に、円筒型のドッキング・ポートがあった。シャトルはドッキング・ポートをめざしていた。

シャトルがドッキング・ポートに達する前に〈ミネルバ〉が追いつけば、まだ打つ手はある。だが、逃げこまれてしまったら、それまでだ。〈ミネルバ〉は、この巨大なゴモラと背後から迫りつつある四十隻の海賊艦隊とを同時に相手にしなければならなくなる。

ドッキング・ポートからシャトルに向かって、誘導灯がついた。ドッキング・ポートのハッチが、ゆっくりとスライドした。

シャトルが制動をかけた。〈ミネルバ〉は、追いつけない。

シャトルが、ドッキング・ポートに進入した。

ゴモラは、すでに〈ミネルバ〉の眼前にある。フロントウィンドウは、ゴモラの威容で完全に占められている。

ドッキング・ポートのハッチが閉まった。

シャトルの光点が、ゴモラの光点に重なって消滅した。

速度を減衰しきれない〈ミネルバ〉は、ゴモラをかすめて、大きく外側にまわりこんだ。

「くそ。逃げこまれた」

タロスが、コンソールを殴りつけた。

ジョウは、血をたぎらせてゴモラを睨みつけている。

「これが、ゴモラか」

「こいつは、ステーションなんかじゃねえ」メインスクリーンに映るゴモラの細部を見て、タロスが言った。

「要塞ですぜ」

そのとおりだった。いたるところに砲塔があり、装甲は通常のステーションの五倍はあろうかというものものしさだ。

「こいつが、マーフィの切札か」

苦々しげにジョウは言った。〈ミネルバ〉一隻で相手になる代物ではなかった。


大型のエアロックがひらいた。

マーフィが、キリーとロキを従えて、ゴモラのターミナル・ホールに堂々とあらわれた。ロキはマチュアを横抱きにかかえている。

声が湧きあがった。マーフィを讃える声だった。マーフィは重々しく周囲を見渡した。

ゴモラに配備されていた海賊の士官と兵士が総出で、かれらのボスを出迎えていた。

白い制服を身につけた二百三十人あまりの海賊たちは、口ぐちにマーフィの名を呼ぶ。声は大きなうねりとなり、ターミナル・ホール全体を揺るがせた。マーフィは満足げに右手の杖を高く掲げて振った。左肩のクルップが胸を張った。

マーフィは落ち着いた足どりでターミナル・ホールを進んだ。ここまでくれば、クラッシャーの追撃など、ものの数でもない。だが、油断は禁物だ。どんな要塞にも弱点はある。

「ドッキング・ポートを固めろ」

歩きながら、マーフィはキリーに言った。ドッキング・ポートは、もちろん堅固につくられていたが、他の部分の装甲に較べれば、扉が開閉するだけにやや弱い。狙われるとすればここだった。

「おまえが指揮をとれ。破られることはないと思うが、万が一に備えろ」

「はっ」

キリーは立ち止まり、背筋を伸ばした。

マーフィの前に、小型のエア・カートがきた。

マーフィは前部シートに乗った。マチュアをかかえたロキは後部シートにもぐりこんだ。

カートが発進した。

複雑にうねる専用通路をカートは疾駆した。

かなりの距離をカートは走った。ゴモラの中央部に向かっていた。

通路が終わった。行き止まりである。大きく〝OFF LIMIT〟とサインがでているドアの前で、カートは停止した。

マーフィは、カートから降りた。ロキもそれにつづいた。

ドアにはめられた小さなパネルに、マーフィは右のてのひらを押しあてた。パネルが輝き、ドアがひらいた。ドアは二重になっている。中に入った。

さほど広い部屋ではなかった。むしろこぢんまりとしていた。壁をぎっしりとメーターパネルが埋め、正面には、横に長い窓と小さなコンソールデスクがある。

そして窓の向こう側には、グロテスクな形状のタワーとも、何かのモニュメントともつかぬ巨大な装置がそそり立っていた。

マチュアの顔色が変わった。ロキのぶ厚いてのひらに覆われた口の中で、くぐもった叫び声をあげた。

マチュアには、それが何かわかった。これほど大型のものを目にするのははじめてだったが、最初につくった実験モデルと、その基本構造は、ほとんど違っていない。完成させていた。やはり。

マチュアは唇を噛んだ。恐れていたことが現実になった。

それは、ドクター・バルボスの新型ワープ装置だった。

第五章　バトル・イン・スペース

1

　ゴモラは、〈ミネルバ〉を始末にかかった。

　砲塔が旋回し、〈ミネルバ〉の動きを追った。

〈ミネルバ〉はゴモラを偵察するように接近し、その表面を走査している。弱点を探すためだ。内部に進入さえできれば、かきまわすことはいくらでもできる。しかし、いまのままではだめだ。手のだしようがない。

　砲塔が火を噴いた。パルス・ビームが〈ミネルバ〉を狙った。ゴモラは砲塔の塊である。死角はほとんど存在しない。

〈ミネルバ〉は反転した。うねるように逃れ、ミサイルを発射した。

　ミサイルが、ゴモラの表面でつぎつぎに爆発した。広大な砂漠で、ガラスのかけらが陽の光を浴びてささやかに燦《きらめ》く。そんな感じだ。いくつかの小砲塔が吹き飛んだ。が、それだけだった。大勢にはなんの変化もない。ゴモラは、依然としてゴモラである。

「だめだ。相手がでかすぎる」

リッキーが絶望的な叫び声をあげた。

「ドッキング・ポートだ」ジョウが言った。

「あそこしかない。破壊できる可能性があるのは。集中攻撃する。あそこに何もかも叩きこむ」

豪雨のように降りそそぐ火線の隙間を縫って、〈ミネルバ〉はドッキング・ポートへとまわりこんだ。むろん、牽制《けんせい》のためのミサイル攻撃は忘れない。ゴモラの攻撃が激しいので、いったんその表面から離れ、転針して正面からドッキング・ポートに突っこんだ。

すべてのランチャー、すべてのビーム砲をスタンバイの状態に置く。

トリガーボタンをひとつにまとめた。照準スクリーンに円筒状のドッキング・ポートが入ってくる。その周囲の砲塔から放たれるビームは、まるで輻《や》のようだ。いまはタロスの操船技術だけが頼りである。唯一の弱点、ドッキング・ポートはさすがに守りが固い。ただでさえ砲塔の多いゴモラだが、このあたりの密度はもう尋常ではなかった。ジョウはドッキング・ポートのまわりが砲塔だけでできているのではないかと思った。

それでも、ジョウは耐えられるだけ耐えた。

光線が〈ミネルバ〉の外鈑を激しく擦過しはじめた。

タロスの操船技術をもってしても、これが限界というところまできた。

「行け！」

ジョウはトリガーボタンを押した。

数十基のミサイルと、大出力レーザーの光条が、ひとつになってドッキング・ポートに集中した。

爆発する。炎と閃光がドッキング・ポートを包む。

間髪を容《い》れずに、〈ミネルバ〉は方向を転じた。船体のカメラが、その攻撃の結果を探った。

光が失せ、炎が散った。

ない。

ドッキング・ポートに変化はない。

メインスクリーンには攻撃前と同じ、ゴモラの姿があった。厳密にいえば、ドッキング・ポートに付属していた小砲塔がいくつか破壊されたのだが、そんなものは戦果でもなんでもなかった。

〈ミネルバ〉はゴモラの敵ではない。〈ミネルバ〉の火器では、ゴモラにかすり傷ひとつつけられない。

「ちくしょう」

ジョウはスクリーンに向かって怒鳴った。紅潮した頬とは逆に、固く握った両の拳が真っ白になった。

ゴモラが撃ってきた。

タロスが、それをかわす。ジョウは反撃できない。無数の砲塔にいちいち応戦していたら、あっという間に〈ミネルバ〉は攻撃能力を失ってしまう。

ジョウはおのれの無力を痛感していた。敵を前にしながら、何もできない。ただ眺めているだけだ。

ゴモラの中にはマチュアがいる。ジョウはマチュアに協力すると言った。だが、いったいどうやって？

再走査を開始した。ドッキング・ポートに代わる弱点、あるいは〈ミネルバ〉の進入路。何かを発見しなければならなかった。勝つための何かを。

あがく〈ミネルバ〉を、マーフィは、ワープ管制室のメインスクリーンで見ていた。〈ミネルバ〉は接近し、離れ、また反転してくる。しかし、攻撃の決め手を欠いていることは、誰の目にも明らかだった。

マチュアにすら、〈ミネルバ〉がゴモラを攻めあぐねていることは見てとれた。マチュアは顔をそむけ、目を伏せた。

「蟷螂《とうろう》の斧《おの》だな」

マーフィがせせら笑った。マーフィがスクリーンに映像を入れたのは、マチュアに救援がこないことを教えるためだった。その効果は十分にあった。

「もうよかろう」マーフィは杖で、マチュアをこづいた。

「そろそろ装置のほうに取りかかってもらおうじゃないか」

マチュアは振り向き、マーフィを睨んだ。憎悪に燃える紫の瞳が、海賊のボスを鋭く見つめた。が、マーフィは何も感じない。憎悪はかれにとって日常だ。誰もが、かれに憎悪を向けている。四人衆も、そして、あの男も。憎悪はかれに対して他人が抱く、ごくありきたりの感情にすぎなかった。

「データを入手すると同時に、建造途中だったこのゴモラを設計変更させた」マーフィは杖で窓の向こうのワープ装置を指し示しながら言った。

「突貫工事で作らせたが、悪くない出来だ。わしが集めた学者たちも馬鹿ではなかった。実験機という恰好のモデルもあったしな」

「実験機はどうしたの？」

マチュアは訊いた。実験機は、オーパスの衛星軌道上に置かれていた。

「まずいことに、壊れてしまった。あんたをここへ連れてくるときだ」

「壊れた?」

「クラッシャーの船のワープ機関を横からコントロールしてやったのだが、その直後に動作しなくなってしまった。おかげで、あんたとヨーゼフたちを回収するのが精いっぱいだった。かえすがえすも、あのときクラッシャーを始末できなかったのが口惜しい」

マーフィは、スクリーンをちらと見た。〈ミネルバ〉はまだしぶとくゴモラに食いさがっている。

「それで、あたしに何をしろと?」

「これをつくった連中が言いおった。完成はした。したが、しかし、これは不完全だ、と」マーフィは、鼻を鳴らした。

「実験でわかったが、制御が不安定になる。実験機と同じで、いつ壊れてしまうかわからない。へたをすると暴走しはじめる恐れがある。そんなことを山のように言いおった」

「相当に優秀な人材だったのね」

「誘拐してきたのだ。そこらの大学から。いまはベゴニアス島でチャグの餌《えさ》になっている」

「なんてことを」

マチュアは絶句した。顔が蒼ざめ、全身が震えた。

「あんたも、その美しいからだをチャグに齧《かじ》られたくなかったら、わしに逆らわないことだな」

マーフィは、口の端に薄い笑いを浮かべた。左肩のクルップも歯を剝いた。

「ジェイスが教えてくれた」マーフィは言を継いだ。

「データ以上のことを知っているのは、ドクター・バルボスとその助手のあんただけだと」

「ジェイスが」

マチュアは凝然となった。ジェイスは研究所の同僚だった。小柄で目立たない男だったが、性格は真面目で、基礎実験のデータをとらせると、きわめて堅実な仕事をした。

「ジェイスが、なぜわれわれに身を売ったか、理由を聞かせてやろうか？」

「聞きたくない」

マチュアは耳をふさいだ。

「つまるところ、ものごとはなんでも金だ」マーフィは声をあげて笑った。

「しかし、まあ聞きたくないのなら、仕方がない。本題に戻ろう」

マーフィは、コンソールデスクに向き直った。

「わしは、こいつを完全なものにしたい」窓の外の装置を見上げて言った。

「これがあれば、わしは怖いものなしだ。連合宇宙軍も敵ではない。刃向かってきたら、戦艦を恒星の中心にでも放りこんでやる。豪華船なら、逆にここへ引きずりこめばいい。力も富も、すべてがわしのものとなる」

「…………」

「まずは、調べてみてくれ。わしの装置を」マーフィは、横目でマチュアを見た。

「それから作業だ。いまとなっては、こいつを知り抜いているのは、あんたひとりだ。なんとかしてもらおうじゃないか」

「…………」

マチュアは答えなかった。唇を噛み、立ち尽くしている。

「どうした？」

「ボス」

ロキがマーフィを呼んだ。

「なんだ？」

「あれを」

ロキはスクリーンを指差した。

海賊の戦闘艦隊が映っていた。X―483から発進した艦隊だった。

「ようやくきたか」マーフィは満足げにうなずいた。

「お遊びは終わりだな。これでうるさいカトンボがいなくなる」

そして、マチュアのほうに振り返った。

「あとは、あんたの協力を得るだけだ。それで、すべては完璧となる。違うかね？」

低い声で、言った。

2

「ジョウ」

アルフィンが叫んだ。

「敵がくるわ。8B991」

サブスクリーンに映像を入れた。

海賊の戦闘艦隊が映しだされた。まっすぐにゴモラへと向かってくる。

「はさみ討ちだな、こいつは」

他人事のようにタロスが言った。前にゴモラ、うしろに艦隊だ。上下左右に動けば、逃げられないこともない。

「全部で四十二隻。へたな戦艦クラスまでいるぜ」

リッキーが言った。

「どうする？　ジョウ」

アルフィンが訊いた。

「いまさら逃げられるか」ジョウは言った。「戦闘配置だ。迎撃するぞ」

「やっぱりね」

リッキーが肩をすくめた。

床が沈んだ。

戦闘ブリッジに降りた。

ランプがつき、戦闘スクリーンに映像が入った。

バーニヤを噴射して、〈ミネルバ〉は急角度で転針した。

ゴモラの火線から離脱する。

タロスは加速をあげた。これだけの艦隊が相手となると、〈ミネルバ〉のスピードと運動性だけが頼りだ。相討ちを誘い、あわよくば海賊艦隊にゴモラを攻撃させる。タロスにはジョウの狙いがよくわかった。それは無謀なやり方だった。利口なやつなら逃げるほうを選ぶだろう。だが、ジョウもタロスも利口ではなかった。かれらは馬鹿に徹して生きてきた。いまになって生き方を変えるわけにはいかない。

ジョウは両手でトリガーレバーを握った。

海賊艦隊は広く展開しようとしていた。展開されれば、〈ミネルバ〉が不利だ。

ジョウはタロスを見た。タロスは親指を立てた。

さらに加速を増した。

艦隊のただなかに突っこんだ。

ミサイルを発射した。

同時に、四方八方へビームを放った。

小型の戦闘艦を切り裂いた。

ミサイルが爆発した。数基が一隻の大型艦に命中し、残りのほとんどはかわされてただの火球になった。

海賊が撃ってきた。

タロスは、戦闘艦と戦闘艦の間へ〈ミネルバ〉を滑りこませた。

誘うだけ誘って、だしぬけに反転する。

三隻が同士討ちになった。ジョウはあらたなミサイルを発射した。

ミサイルは、同士討ちしている戦闘艦をカムフラージュに使って、べつの戦闘艦のサイドにいきなり飛びだした。

爆発する。

「やったぜ」

リッキーが指を鳴らした。あっという間に六隻を撃破した。

艦隊の隊形が乱れた。そこがまたつけ目だった。乱れに乗じて、素早い転針を繰り返す。むろん、ビームとミサイルをばらまくのは忘れない。慣性中和機構の限度を超えたGがジョウたちを翻弄《ほんろう》したが、それで気を失っているひまはない。アルフィンですら歯を食いしばって強大なGに耐えた。極度の緊張が、それを助けた。

さらに三隻を屠《ほふ》った。

だが、圧倒的な優位はそこまでだった。

艦隊の四分の一を失ったことで、逆に艦隊は、行動の自由を得ていた。隊形は乱れていたが、展開を完了したのと、ほぼ同じ状況が生まれた。

海賊の反撃がはじまった。

砲火が、めまぐるしく動く〈ミネルバ〉に集中した。

衝撃がきた。

「わっ」

「きゃっ」

激しいショックに突きあげられ、アルフィンとリッキーが悲鳴をあげた。

「どこをやられた?」

ジョウが訊いた。

「頭の上」

額を押さえて、アルフィンが言った。

通常ブリッジがえぐられている。戦闘ブリッジに移っていなければ、やられていたところだ。

「やってくれるぜ」

ジョウはつぎつぎとあらわれる戦闘艦に照準を定め、トリガーボタンを押しつづけた。

また、一隻を撃破した。

だが、戦果には代償も必要だった。

追いすがってきた一隻の戦闘艦のパルス・ビームが、〈ミネルバ〉のメインエンジンを貫いた。

警報が鳴った。コンソールに非常事態を示す赤ランプがいっせいに灯った。

「左だ」

タロスが叫んだ。

「切り離せ」

すかさずジョウが言った。

爆発ボルトが、左メインエンジンを吹き飛ばした。

離脱したエンジンが、宇宙空間で爆発した。

衝撃波に、〈ミネルバ〉があおられた。破片が船体後部のそこかしこに突き刺さった。

コンソールの表示が真っ赤になる。どれも、被弾箇所が危険な状態にあることを示している。操船するタロスも、撃ちまくるジョウも必死だ。

「これじゃ、なぶり殺しだわ」

アルフィンが言った。

「弱音を吐くな」

ジョウが怒鳴る。

小型の戦闘艦が、照準スクリーンの中心に入った。

「くそったれ」

レーザー砲のトリガーボタンを絞った。

戦闘艦がふたつに折れて砕けた。

〈ミネルバ〉を巻きこむように爆発した。

タロスがそれをかわす。

「あっ」

眼前にべつの戦闘艦があらわれた。

ビーム砲を乱射している。ジョウは照準を合わせられない。

「しまった」

コンソールに突っ伏した。

激突する。もしくはビームに切り裂かれる。

火球が広がった。炎が〈ミネルバ〉を包んだ。

「なんだ？」

ジョウはきょとんとなった。

戦闘艦が爆発し、ガスとなって消えた。

拡散する破片の中を、〈ミネルバ〉は飛行している。

「どうなってんだ？」

タロスも、わけがわからない。

火球と化すのは、〈ミネルバ〉のはずだった。

通信スクリーンに映像が入った。

「よお」バードの顔が映った。

「助けにきてやったぜ」

「バード！」

ジョウは啞然となった。たしかに〈ドラクーン〉がいる。レーダーに光点がある。

「お節介野郎」

タロスが言った。

「すまんな」

バードは手を振った。

スクリーンがブラックアウトした。

タロスは、バードとの連係プレーをとった。むかしの仲間である。呼吸に乱れはない。二隻による攻撃は、絶妙のコンビネーションを見せた。海賊艦隊はうろたえる。敵の船を追うに追えない。一隻に気をとられていると、もう一隻が襲いかかってくる。被害こそ軽微だが、三十隻の海賊艦隊は、どうしてもたった二隻の小型船を仕留めることができない。いいようにあしらわれる。かれらは海賊とクラッシャーとの差を、いやというほど思い知らされた。


マチュアは、とりあえず管制室でおこなえるだけのチェックに手をつけた。コンピュータの端末からデータを引きだし、ひとつずつ照会していく。数分とかからず、最初の欠陥が明らかになった。マーフィが集めた人材は優秀だったが、ドクター・バルボスが張った罠《わな》を克服するまでには至っていなかった。装置は作動する。しかし、それも束の間で、すぐに制御が不安定になってしまう。むろん、ただちにスイッチを切れば問題はない。だが、それを怠ったら結果は重大なものになる。装置が暴走し、空間がワームホールで穴だらけになっていくのだ。そのあとの展開は想像する以外にないが、マチュアは、それが人類にとってけっして愉快なものでないことを承知していた。

「どうだ？ ドクター・マチュア」

コンソールデスクのサイドパネルをひらいて点検をつづけているマチュアを、マーフィは覗きこんだ。

「思ったとおりだわ」手を休めず、マチュアは言った。

「コントローラにダメージがある。このまま作動させたら実験機の二の舞いよ。あれは、他のワープ機関に働きかけるだけの装置だったから、たいした被害はでなかったけど、この装置はシステムそのものをつくりかえないとたいへんな事故が起きてしまう」

「できるか？ それが」

マーフィは圧《お》し殺した声で訊いた。

「ええ、なんとか」

マチュアは、あいまいに答えた。

「けっこうだ」マーフィはうなずいた。

「それがアフターサービスってものだな」

電子音が鳴った。通信機の呼びだし音だった。マーフィは通信スクリーンをオンにした。

白い制服の海賊士官が映った。

「ビッグ・マーフィ。軌道ミサイルの発射準備が完了しました」

士官は敬礼して言った。

「よし」マーフィは目を輝かせた。

「すぐに発射だ。最初の目標はパブロポリス。マルドーラの官邸に直接ぶちこんでやれ」

「ボ、ボス」うしろで聞いていたロキがうろたえた。

「そりゃ、むちゃだ」

「なんだと?」マーフィは、怪訝《けげん》な表情でロキを見た。

「何を寝ぼけている。てめえ、俺のやることに口をはさむのか?」

「だ、だって、ありゃあ、みんなクラッシャーの連中がしたことだ」ロキはまわりの悪い舌で、必死にしゃべった。

「マ、マルドーラは何もしちゃいない。——ひっ」

マーフィの杖が飛んだ。ロキは顔面を打たれ、地響きをたてて仰向けにひっくり返った。

「馬鹿野郎!」額に青筋を浮かせ、マーフィは怒鳴った。

「クラッシャー風情に、あんなだいそれたマネができるか。何もわからんくせに、でしゃばるな。すっこんでろ」

通信スクリーンに向き直った。

「かまわん。発射だ」

「はっ」

士官は通信を切った。

ゴモラの円盤状になった本体の一角が、重々しくひらいた。そこから、大型のミサイルが二基、せりだしてきた。ミサイルは特殊塗料でペイントされている。この塗料が溶けて弾頭を高熱から防護するため、ミサイルはどんな角度からでも大気圏内に突入可能だ。弾頭にはミナウスの地形をインプットしたナビゲーション・コンピュータが備わっており、場所さえ指示すれば、いかなる地点であろうとも到達し、それを破壊することができる。

ミサイルに情報が送りこまれた。

発射十秒前のカウントがあった。

警報が鳴り響いた。

しばらくはなんの警報だか、わからなかった。

カウントダウンが、二秒前で停止した。

警報は、ワープ管制室のマーフィの動きも止めた。マーフィは壁で点滅する赤い警告灯をしばしあっけにとられて見た。

「なんだ？」

目を、スクリーンに移した。ゴモラの戦闘司令室が、警報の理由を映像で捉えて、スクリーンに映しだした。

〈コルドバ〉と、それにつき従う十数隻の突撃艇の姿が大映しになった。

3

「連合宇宙軍だ」

ジョウが叫んだ。

戦闘は膠着《こうちゃく》状態に陥っていた。クラッシャーと海賊は互いに牽制《けんせい》し合い、決め手がないままに、戦いは長引く様相を呈しはじめている。

そこへ。

「ジョウ。2C024に艦隊が」

アルフィンが言った。

「なに？」

海賊の援軍と思い、ジョウは蒼ざめた。

しかし、そうではなかった。

通信スクリーンに映像が入った。映ったのは、〈コルドバ〉のコワルスキー大佐だった。

「よう。やるじゃないか、クラッシャー」コワルスキーは横柄《おうへい》に言った。

「海賊のボスはどこだ。きさまらか？」

「ふざけるな」ジョウは怒鳴った。

「こっちが誰と戦っていると思う」

「仲間割れかと思ったぞ」

コワルスキーは豪快に笑った。ジョウは言葉の返しようがない。

通信スクリーンがブラックアウトした。

連合宇宙軍が、戦線に加わった。

〈コルドバ〉の百二十センチブラスターが咆哮《ほうこう》した。

一撃で、海賊の中型戦闘艦をガスに変えた。小型艦には、突撃艇が殺到した。

〈コルドバ〉のブラスターとビーム砲が、あたるを幸い海賊の戦闘艦を吹き飛ばしていく。

「撃て！」ブリッジで、コワルスキーは叫んだ。

「一隻も逃がすな。撃て」

正面から、大型戦闘艦が〈コルドバ〉に戦いを挑んできた。

ありったけのビーム砲を〈コルドバ〉の鼻先に撃ちこんだ。

〈コルドバ〉は撃たれるにまかせている。回避しようともしない。

おもむろに二門のブラスターを発射した。

大型戦闘艦が、三つに砕けた。爆発し、オレンジ色の火球と化した。

海賊艦隊は総崩れとなった。

先を争って逃げまどい、〈コルドバ〉のビーム砲の餌食《えじき》にされていく。一隻も逃がすな、というコワルスキーの言葉は嘘ではなかった。本気だった。

〈コルドバ〉に駆逐《くちく》されていく自分の艦隊の不甲斐《ふがい》ない姿を、マーフィはスクリーンで見ていた。

目を見ひらき、しばらくは声がなかった。頭が混乱し、からだが凍りついたように動かない。

ややあって、つぶやいた。

「連合宇宙軍。馬鹿な。あいつらがくるはずない。マルドーラが要請しない限り」

そこでマーフィははっとなった。我に返り、すべてを理解した。

「そうか。やつか。やつめ、こうまでして俺を……」マーフィは、狂ったようにコンソールデスクに駆け寄った。

「どけ」

マチュアを突き飛ばした。

コンソールのスイッチをつぎつぎと押した。パネルの上に、丸いレバーがゆっくりと起きあがった。

「だめ」マチュアはマーフィの腕にしがみついた。

「それを使っちゃだめ」

マーフィがレバーを握ろうとしている。マチュアは、それを止めた。

「女を押さえてろ」

マーフィは、マチュアを押しのけた。マチュアは必死の形相で、なおもマーフィにむしゃぶりつこうとする。それを背後からロキが押さえつけた。

「放して」

マチュアは、もがく。しかし、怪力のロキに抗えるはずもない。

「だめ！　使っちゃいけない。事故が起きるわ。空間がワームホールに呑みこまれる」

マチュアはロキの腕の中で叫んだ。ロキはマチュアの口を巨大なてのひらでふさいだ。

マーフィはレバーを操作した。やり方は熟知している。

「不完全でもなんでも、こいつは無敵だ」

マーフィは言った。目が血走っていた。怒りと狂気が、その中で渦を巻いている。

「見てろ」

作動レバーを押しこんだ。

ゴモラが鳴轟《めいごう》した。

その表面をスパークが走った。スパークは激しくなり、やがてゴモラ全体を覆った。円盤状の本体の中心、尖った塔に囲まれた空間に、ワープボウにも似た虹色の光が出現した。光は塊となり、急速に膨れあがって上下に伸びた。

虹色の光は拡散し、漆黒の宇宙空間を強く揺るがしている。ゴモラ本体の縁から、パルス状の細いワープボウが、つぎつぎとほとばしった。

突撃艇の一隻が、その光に丸く包まれた。

すうっと溶けこむように、闇に消える。

突撃艇のクルーは、錯乱した。いきなり虹色の光に包まれたと思ったら、つぎの瞬間、周囲が真っ白になった。ワープ特有の感覚が肉体を刺激する。

気がつくと、眼前にジャングルがあった。

突撃艇は、ミナウスのジャングル上空にワープアウトした。

地上へと逆落《さかお》としに突っこんでいく。

なすすべがない。

激突した。爆発し、火球が広がった。衝撃波の丸い輪が、ジャングルを薙ぎ倒した。

大地がえぐられ、炎が蒼空を焦がす。閃光を裂いて、巨大なキノコ雲が立ち昇った。

マチュアは顔を覆った。ロキは茫然と立ち尽くしている。いつの間にかマチュアをその腕から放していた。

　スクリーンに映しだされるミナウスの惨状を見て、マーフィは高らかに笑った。

「マルドーラ。思い知るがいい。わかったろう。俺にたてつくと、どういうことになるか」

　もう一度、レバーを押した。

　また、一隻の突撃艇が消失した。

　突撃艇は、成層圏にワープアウトした。外鈑が大気による圧縮熱で真っ赤に灼ける。炎上し、オレンジ色の火球となった。

　火球はパブロポリス西方に落下する。

　衝撃波がパブロポリスを襲った。そこへ、あらたな火球がさらに突っこんできた。

　爆発した。

　衝撃波に、衝撃波が重なった。そのあとから爆風がきた。ビルが崩れ、海が裂けた。

　高台にある大統領官邸では、窓という窓がすべて砕け散った。

　爆風が邸内を吹き抜けた。床が震え、壁にひびが走った。

「うわっ」

　執務室にいたマルドーラは、ソファから投げだされた。コルテジアーニは、足をすくわれ、ひっくり返った。

た。


「な、なんだ？」

マルドーラは、よろよろと起きあがった。腰をしたたかに打った。床を這《は》って、窓際に進んだ。ガラスの破片が散乱しているので、途中から中腰になった。

枠だけが残っている窓から、外を見た。

空が赤く染まっていた。キノコ雲が見えた。パブロポリスが激しく燃えさかっている。

「閣下」

コルテジアーニが、横に並んだ。声がうわずり、震えている。

「マーフィだ」マルドーラは言った。

「マーフィが、あれを使っている」

ゴモラに向かったマーフィが何をはじめたのかは、一目瞭然《いちもくりょうぜん》だった。マルドーラは恐慌をきたした。蒼白になり、全身をがたがたと震わせた。

そのころ。

〈コルドバ〉の艦内も騒然となっていた。

メインスクリーンには、ワープボウを吐き散らすゴモラの姿がある。おぞましい光景だ。スパークが白く輝き、重力波の嵐が、見えない力で巨船を揺さぶっている。

「何ごとだ？」

さすがのコワルスキーも、狼狽《ろうばい》していた。

「僚艦が、つぎつぎと消えていきます」

副長が報告した。

「なに？」コワルスキーは目を剝いた。

「そんな馬鹿なことがあるか。寝ぼけるな」

だが、副長の報告は正しかった。コワルスキーの眼前で、一隻の戦闘艇が揺らめきながら闇に消えた。戦闘艇は、ワープ機関を持たない。これは、ありうるはずのない光景だ。

コワルスキーは声を失い、よろよろとあとじさった。

〈ミネルバ〉のブリッジでは、ジョウが切歯扼腕《せっしやくわん》していた。

ジョウは何が起きたのかを理解していた。しかし、それだけだ。理解していても、できることは何もない。その眼前でゴモラが荒れ狂う。戦闘艇を片はしから呑みこんでいく。

「ちくしょう」

ジョウは吐き捨てるように言った。マーフィは、やはりあの装置を完成させていた。

そして、それをついに作動させた。

「やってくれるぜ。まったく」

タロスが他人事のようにつぶやいた。

4

「やめて。もうやめて」

自由になったマチュアが、マーフィに飛びかかった。

「うるさい」マーフィはマチュアの頬を張った。マチュアは吹き飛んだ。横ざまに床に落ちた。

「こうなったら、容赦はせん」

マーフィは言った。目に宿った狂気が、マーフィの思考のすべてを象徴している。マーフィの肩で、クルップがキーキーと啼《な》いて跳ねた。

「見ていろ！」

マーフィは、スクリーンを指差した。そこには、ゴモラの攻撃にさらされているミナウスの姿がある。青い海、白い雲、そして緑の大陸。

「宇宙軍もろとも、このミナウスを叩きつぶしてやる」マーフィは笑い、叫んだ。

「マルドーラめ。ラゴールもこれで終わりだ」

「ボス」

ロキの声が響いた。

マーフィが、いま一度レバーを押そうとしたときだった。

同時に、光条がほとばしった。

「うあっ」

喉の奥で、マーフィはくぐもった声をあげた。

背すじが伸びあがり、両手がコンソールデスクから離れた。クルップが、けたたましく啼きわめく。

炭化していた。

マーフィの背中が。肩胛骨《けんこうこつ》の間に焦げ穴がひらき、煙が薄くたなびいている。出血はない。

「ロキ、てめえ」

マーフィは、振り返った。身をよじり、右手を前に伸ばした。

ロキは両手でレイガンを構えていた。呼吸が荒い。全身が汗にまみれ、肩が激しく上下している。見ひらかれた目は異様に赤く、焦点がはっきりとしていない。

「！」

声にならない声をあげて、ロキはレイガンのトリガーボタンを押した。

光線が、マーフィの肩、胸、左腕を貫いた。クルップが、悲鳴をあげて床に跳んだ。

「うおおおおお」

マーフィは後方に弾け飛び、背中がコンソールデスクに当たって止まった。

ロキが一歩だけ前にでた。慎重そうに見える足運びだが、実は恐怖で足がすくんでいるだけだ。膝ががくがくと震えている。

床に倒れたマチュアは、上体を起こそうとし、そこで動きが止まった。予想だにしなかった事態だ。恐れと驚愕で、息を呑んでいる。

レイガンを構えたまま、ロキは口をひらいた。

「ボ、ボスは、いつも俺を馬鹿に、してきた」もつれる舌で、一語一語区切るように言う。

「そ、それも、これで、おしまいだ。マ、マルドーラは、俺のほうが、ボ、ボスにふさわしいと言って、いる。こ、これからは、俺がボスだ。おま……おまえは死ぬんだ」

「あほうが」胸を押さえ、苦痛に顔を歪めてマーフィは言った。

「おまえは、底なしの馬鹿だ。マ、マルドーラにだまされやがって」

「これからは、ロキ・パイレーツだぜ！」

ロキは勝ち誇ったように叫んだ。

「そんなマネを」残る力のすべてを振り絞り、マーフィは前に進もうとした。

「させるか」

「死ね」

ロキは、撃った。目を閉じ、めちゃくちゃに撃った。光線がマーフィといわず、コンソールデスクといわず、壁といわず、そのあたりにあるものを片はしから灼き、貫いた。

「がっ」

血を吐いて、マーフィは弾け飛んだ。顔もからだも、焦げ穴だらけになった。

窓に叩きつけられた。

ガラスが割れた。

破片が飛び散り、マーフィのからだが宙に浮いた。

ワープ管制室は高さ百二十メートルのワープ装置の中ほどに張りだしていて、そこから装置の基部までは、優に五十メートル以上の高度がある。管制室の床や通路には〇・二Gの人工重力が働いてたが、装置の基部には重力異常があって、そこのみ二G近い高重力がかかっていた。

管制室から飛びだしたマーフィのからだは、吸いこまれるように装置の基部へと落下した。

絶叫が長く尾を引いた。四散したガラスのかけらが、光を反射してまばゆく燦いた。

クルップがガラスの砕けた窓際に駆け寄った。主人を求めて激しく啼いた。

ロキは、そのクルップを撃った。クルップはマーフィの象徴だ。常にマーフィの肩にのり、ロキを睥睨《へいげい》していた。ロキにとって、クルップはマーフィそのものだった。その目は、ロキを馬鹿にし、見下していた。

光線がクルップを灼いた。クルップはばらばらになった。目玉がちぎれ、ころころと転がった。

ロキは撃った。撃つのをやめなかった。殺すだけではあきたらない。自分の前から、その存在すべてを抹消する。そうしなければ、心が安らがない。

眼球が破裂した。しっぽだけが残って床に跳ねている。ロキはそのしっぽも灼いた。指の一本、細胞のひとかけらも残したくなかった。

すべてを灼きつくすまで、ロキはレイガンを撃ちつづけた。

ついには床を灼いた。

ロキの全身から力が脱けた。

指がトリガーボタンから離れた。呼吸はいよいよ荒く、汗は床にしたたって丸い輪をいくつもつくっている。

腰が抜けた。

へたへたとすわりこんだ。腕がさがり、銃口が下を向いた。

虚脱状態に陥った。

「…………」

そのさまをマチュアがうつろな瞳で見つめている。ロキと同じ、虚脱状態だ。眼前の惨劇にマチュアの精神は耐えられなかった。その魂は、深い傷を負った。傷はマチュアから力を奪った。

しかし、マチュアにはやるべきことがあった。いつまでも茫然自失状態で、その場に凍りついているわけにはいかなかった。

首をめぐらした。

はじめは操り人形のようなぎくしゃくとした動きだった。それが、コンソールデスクから立ちのぼる淡い煙を見たとき、一変した。表情がこわばり、目が大きく見ひらかれた。

全身の血が逆流する。

マチュアは力を振り絞った。よろめき、必死で立ちあがった。

コンソールデスクまで歩いた。

背筋に冷たいものが流れている。レイガンのビームに灼かれたコンソールは死んでいなかった。まだ生きていて、ワープ装置を稼働させている。

マチュアは、コンソールのレバーに手を伸ばした。

「動くな」

ロキが叫んだ。

マチュアは肩ごしに背後を見た。

床にへたりこんだまま、ロキがレイガンを構え直していた。銃口を正面に向け、あえぎながらマチュアを凝視している。目に光がない。

「撃つなら撃って」身をよじり、マチュアは言った。

「このままでは、宇宙が裂けてしまう！」

マチュアのひたむきな紫の瞳が、ロキを見据えた。マチュアは死を決意している。このまま撃たれていいと本気で思っていた。

その気魄《きはく》にロキは押された。

「ううう」

短くうなり、銃口を下げた。マーフィを殺したあとの懈怠感《けたいかん》が、この男から闘争心と気力とを一時的に奪った。

マチュアは、コンソールデスクに向き直った。レバーを操作し、ボタンを押した。

しかし、パネルが反応しない。操作にも手応えがない。

「だめ」マチュアはあせった。

「止まらない。装置が動きつづけている」

マチュアはサイドパネルをあけた。火花が散った。強引に手を突っこみ、コードを引きだしてコネクターを抜く。

「だめ。だめ！」

半狂乱になった。

装置の作動音が、気のせいか大きくなっている。

マチュアはワープ装置を振り仰いだ。

装置全体がスパークの網に包まれはじめていた。鋭い閃光が、そこかしこをひっきりなしに走る。装置の暴走だ。間違いない。操作を完全に受けつけなくなっている。

ゴモラのまわりに暴風が生じた。重力波の暴風である。暴風は吼え、激しく荒れ狂う。

その根元は、ワームホールだった。宇宙の虫喰い穴が無数に口をあけ、獲物を吸いこんでいる。呑みこまれた獲物は宇宙のどこかへと運ばれるのだが、それを知るものはどこにもいない。海賊の戦闘艦も、〈ミネルバ〉も、〈コルドバ〉も、突撃艇も、すべての船が木の葉のように暴風にもまれ、翻弄《ほんろう》されている。

船と船が激突した。爆発する。その破片、残骸がワームホールの中に落ちこむ。さらに何隻かの船が、それとともに闇の彼方へと連れ去られていく。残るのは、通信機を通して響き渡る乗員たちの悲鳴だけ。

地獄図。

それは、虹色の光に包まれた地獄の図だ。

かつて誰ひとりとして予見しなかった、絢爛《けんらん》たる地獄である。

それがいま、ジョウたちの目の前にあった。

5

「兄貴。重力波メーターがめちゃくちゃだ」

リッキーが言った。はじめて目にする現象に声がひどく怯えている。

ジョウはサブスクリーンにその映像を入れた。脈絡なくのたうつ光の帯と、めまぐるしく変わる数字の羅列《られつ》があらわれた。光の帯は空間の重力分布を示しているはずだが、そこからなんらかの状況を読みとるのは不可能に等しい。数字もそうだ。数字としての体《てい》をなしていない。何か数字のようなものが画面上で蠢いている。そういう感じだ。

しかし、タロスはこの重力波メーターを勘で理解していた。どこにワームホールが生じ、どのように重力バランスが崩れたかを自分なりに把握した上で、〈ミネルバ〉を操った。一種の神技である。こればかりは、いかにジョウといえどもマネができない。

「見て。ノルンが」

アルフィンが言った。ジョウは戦闘スクリーンの映像を通常のものに切り換えた。

茶褐色のガスが渦を巻くノルンが、画面全体を覆った。サブスクリーンのほうに、ラゴールとの相対位置を示す模式図を入れた。この図は、リアルタイムでノルンの動きを伝えてくれる。

「あの装置のせいだ」

一目見て、ジョウは何が起こりつつあるのかを悟った。

「動いてやがる」

タロスが目を瞠《みは》った。

ノルンが動いていた。あの巨大な惑星が、ラゴールをめぐる軌道からじりじりと外れだしている。肉眼では見てとれないが、動きを拡大した模式図で、それがはっきりとわかった。

「よじれた空間が、ノルンを引っぱってるんだ」ジョウがひきつった声で言った。

「宇宙が裂ける。本当にそんなことが……」

ノルンの異常は、ミナウスに影響を与えた。ミナウスの自転に狂いが生じ、それが気象と潮汐に如実にあらわれた。

気圧の急激な変化が、竜巻を呼ぶ。

地殻の弱さが地震へとつながる。

そして、潮汐は地震とあいまって大津波になった。

数十メートルのオーダーに達する大波が、一定の間隔を置いた群れとなって大陸の海岸線を襲った。

海辺に建設されたパブロポリスは、ひとたまりもない。地震で基盤がぐらついたところへ、巨大な波がきた。

防波堤を乗り越え、ビルを崩し、家を呑みこんで、津波は内陸部へと押し寄せた。

地鳴りがつづき、耐震構造を誇ったはずのビルがつぎつぎと砕けていく。

波はパブロポリスのあらかたを洗った。

高台に建てられた大統領官邸だけが、津波の被害から免れた。盛りあがった海は官邸の建つ丘を残して進み、丘は短時間だったが孤島となった。

それでも執務室は壊滅寸前だった。衝撃波でひび割れていた壁が崩れ、シャンデリアが落ちた。窓はとうにないので、竜巻から発達した暴風が執務室の中に入りこみ、渦を巻いて荒れ狂った。

マルドーラは机の上に突っ伏していた。コルテジアーニはうろたえ、泣きわめいているだけである。大統領護衛官が三人、マルドーラを迎えにきた。

「閣下、ここは危険です」頭をかかえて身を丸くしている大統領の腕をひとりが把った。

「地下シェルターへ避難してください」

もうひとりは、大統領の腰に手をまわした。残るひとりは、コルテジアーニを抱き起こそうとしている。

「もうだめだ」護衛官にかかえられながら、マルドーラはかぶりを振った。

「何もかもが、おしまいだ」

マーフィの顔が大統領の脳裏に浮かんだ。かれを嘲笑している顔だ。その顔は、逆らったおまえが馬鹿なのだ、と言っている。

〈コルドバ〉のブリッジに、緊急通信が入った。クラッシャージョウの〈ミネルバ〉からだった。

〈コルドバ〉のブリッジは、文字どおり戦場の様相を呈している。予想だにしていなかった異変の対策に追われているコワルスキーは、舌打ちして通信を受けた。

通信スクリーンにジョウの顔が映った。画像はひどく乱れ、ときとして音声が途切れる。

「コワルスキー」ジョウは早口で言った。

「非常事態だ。手を貸してくれ」

「非常事態はわかっとる」コワルスキーはブリッジを指し示した。士官がみな、それぞれの役割に忙殺されている。

「それより、何が起きたのか教えろ。こんな馬鹿なことは生まれてはじめてだぞ」

「そんな話はあとだ」ジョウは怒鳴った。

「ゴモラに入る。ブラスターでドッキング・ポートをぶち破ってくれ」

「なにい？」コワルスキーは目を剝いた。

「わしが、クラッシャーの手伝いか」

ジョウの画像が消えた。かわりにバードの顔が割りこんだ。

「大佐」バードは言った。

「事は重大だぞ。面子《めんつ》を捨てろ」

「はん？」

コワルスキーは、きょとんとなった。目を丸くし、頭をひねった。

「まあいい」うなるように言った。

「何がなんだかわからんが、わかった。協力してやる」

コワルスキーは副長に向き直った。

「九十度回頭。ブラスターとビーム砲の照準をゴモラのドッキング・ポートに向けろ」

〈コルドバ〉の左舷後部姿勢制御ノズルが、いっせいに火を噴いた。

つづいて、右舷前部ノズルも全開になった。

〈コルドバ〉が急旋回する。

ゴモラが、正面にきた。

左舷前部ノズルで、旋回の停止と角度の微調整をおこなった。

ビーム砲の砲塔が回転した。

「一点集中で狙え」コワルスキーは怒鳴った。

「あの造りは並みではない。一点集中でないと、装甲は破れんぞ」

照準スクリーンに、ドッキング・ポートの映像が入った。複数のクロス・ゲージが、その矩形の入口につぎつぎと重なっていく。

「二番砲塔、プラス2。四番、同じくプラス3」

スクリーンが赤く染まり、明滅した。

「撃て！」

コワルスキーが叫んだ。

百二十センチブラスターと大出力ビーム砲のすべてが、いっせいに火球と光線とをほとばしらせた。白熱した光の束がひとつになった。

宇宙空間を切り裂き、巨大な光条はドッキング・ポートへと突っこんでいく。

爆発した。

ドッキング・ポートの装甲が砕け散った。

ハッチが吹き飛び、円筒状のドッキング・ポートが剝きだしになった。ぱっくりと口をあけた。

「やった」

〈ミネルバ〉のブリッジでは、四人が躍りあがって、快哉《かいさい》の声をあげた。

「行くぞ」

ジョウの声が弾む。

飛散するガスと破片の塊を突き抜け、〈ミネルバ〉はドッキング・ポートに進入した。

生き残っている砲塔が、まばらに撃ってくる。それをレーザー砲とミサイルとで蹴散らした。

かつて、ハッチのあった場所をくぐり抜けた。

さすがにゴモラのドッキング・ポートだった。あれだけの集中砲火を浴びたにもかかわらず、その内部はほとんど破壊されていない。

〈ミネルバ〉は滑走態勢に入った。

右手に、マーフィたちが乗ってきた赤いシャトルが見える。

その先に砲座があった。〈ミネルバ〉の侵入に気がついて撃ってきた。

ビーム砲の斉射で、ジョウはこれを吹き飛ばした。

ランディングギヤをだす。

また砲座があらわれた。小型のミサイルで片づけた。

タッチダウン。

制動をかけた。つんのめるような急制動だ。

停止した。

「でるぞ」

ジョウはシートベルトを外し、シートから立ちあがった。

格納庫に走った。〈ミネルバ〉には、ドンゴを残した。

後部ハッチをあけ、ガレオンででた。〈ミネルバ〉に搭載されている地上装甲車だ。核融合タービンエンジンを積んでおり、キャタピラで駆動する。車体長は六・一メートル。電磁主砲、レーザー砲、ミサイルランチャーを装備していて、正面にはドーザー・ブレードを装着している。

ジョウが操縦席についた。タロスが、その左どなりのシート。リッキー、アルフィンは後部シートだ。

砲座がガレオンを狙ってきた。前方から迎撃の銃火が浴びせかけられる。ジョウは電磁主砲を発射した。タロスがレーザー砲を受け持った。たちまち砲座は吹き飛んだ。

ガレオンは突撃した。エンジンは、ほぼ全開に近い。垂直の壁を登った。とはいえ、壁面に対して人工重力がかけられているので、ジョウたちには登っているという感覚がない。上部にも砲座があって、しきりと撃ってくる。これも電磁主砲で黙らせた。

壁を登りきった。

正面に、あらたな砲座があった。海賊兵士が必死の形相で乱射してくる。一気に乗り越えた。キャタピラの下で砲座がひしゃげた。エアロックがある。これはミサイルと電磁主砲で破った。

ゴモラの中心部に向かう通路にでた。

「遠くないわ。この先よ」

アルフィンが電波受信カードを見せた。カードのほぼ中心あたりに赤い光点がある。

「よし」

キャタピラがうなりをあげた。

通路からホールにでた。また数か所に砲座があった。常設のものではない。大型のビーム砲をあわてて据えつけただけだ。

針路にあたる砲座だけを撃破し、あとは無視して前進をつづけた。

いきなり撃たれた。

砲座からではない。柱の蔭からだ。

電磁主砲が切り裂かれた。激しい衝撃がガレオンを襲った。四人がシートに叩きつけられた。

「きゃっ」

アルフィンが頭を打ち、悲鳴をあげた。

ジョウは制動をかけた。ガレオンが急停止した。

重々しい金属音を集音マイクが拾う。床を踏む足音のようだ。音はガレオンに向かい、近づいてくる。

「なんだ？」

ジョウはカメラを操作した。

センサーが熱源を捉えた。

右サイドのランチャーから高機動ミサイルを発射した。通路の壁と柱を砕いた。破片が飛び散り、煙が大きく広がった。

その煙の中から、ぬっと大口径衝撃砲《ショック・カノン》が突きだされた。

ジョウの手が、叩きこむようにレバーを倒した。ガレオンが左に走る。ショック・カノンが火を噴いた。床が割れ、砕け散った。

煙が晴れた。

スクリーンに相手の姿が映った。

「パワードスーツ」

タロスがつぶやいた。連合宇宙軍の機動歩兵のみが使用している強化戦闘服だ。スーツの中に設けられたセンサーと倍力装置が着用者の能力を何百倍にも増幅させ、それにより、歩兵は戦車にも等しい力を得る。スーツは厚い装甲とさまざまな武器を備え、背中の噴射ノズルを利用して一Gで数百メートルをジャンプすることもできた。

「なんてものを持ってるんだ」

ジョウがあきれた。どうせ横流しでパーツを入手したのだろう。あらわれたパワードスーツは完全装備ではない。それで入手法が推測できる。が、それにしても、一海賊が連合宇宙軍の制式兵器を持っているというのは驚きだった。本来なら、絶対にありえないことだ。

ショック・カノンを構え、パワードスーツが前にでた。

頭部に装着されたテレビアイのレンズが、不気味に光った。

6

マチュアは窓際に立って、ワープ装置を見つめていた。装置はスパークの網にほぼ完全に覆われ、輝きをさらに増している。布と布とがこすれるような作動音も、いよいよかまびすしい。

マチュアはワープ装置の構造を考えていた。管制室からのコントロールが不可能になったとなれば、装置そのものをなんらかの方法で破壊しなければならない。だが、へたをすれば、装置がエネルギーを一気に放出し、危機を回避するどころか、宇宙を瞬時にして引き裂いてしまう恐れがある。そうなったら、もうおしまいだ。取り返しがつかない。

どうしたら、この装置を止められるの。

マチュアは考えた。装置を隅々まで眺めまわす。脳裏につぎつぎと方法が浮かび、消えていく。

視線が装置の一角に至った。そこにレバーがあった。そのレバーの機能をマチュアは思いだした。

表情が明るく輝いた。打つ手が、あった。

「あれで、パワージェネレータを過負荷にすれば」

マチュアはつぶやいた。セイフティ機構さえ正常であれば、この装置は作動を停止する。

問題は、レバーを操作するには、そこまで行かねばならないということだった。探せばどこかに装置まで伸びる通路か何かがあるはずだ。しかし、マチュアにはそれを見つけだす時間的余裕がない。マチュアは周囲を見まわした。もっとも簡単な方法を、彼女は発見した。

管制室から装置に向かって、直径七、八センチのパイプが二本、伸びていた。配線用のパイプだろう。そのうちの一本が、窓ガラスの割れた場所にあった。その上を伝っていけば、装置に到達できる。

むろん、マチュアは生まれてこのかた綱渡りなど一度としてやったことがなかった。

しかも、ここから装置までの間には重力異常があり、それだけでもバランスを失う恐れがある。

マチュアはガラスの割れ目から下を覗きこんだ。装置の基部は目もくらむ光に包まれていて、どうなっているのか判然としない。

彼女は決意した。迷っている時間はなかった。やるか、やらないか。そのどちらかだ。マチュアは、やると決めていた。

となれば、パイプの上を渡るしかない。

ガラスを失った窓枠から、マチュアは身を乗りだした。

「待て」

マチュアの行動に気がついて、ロキが言った。ロキはしばらく放心状態にあった。マチュアの気魄に圧倒されたからだ。だが、わずかな時間が、かれの気を少しだけ落ち着かせた。

「ど、どこへ行く？」

ロキは立ちあがった。マチュアの行動を目にして、少しうろたえている。

マチュアはちらとロキに視線を向けてから、最初の一歩をパイプの上に置いた。ロキの言葉は無視する。

「こ、こら」

ロキが窓際までやってきた。

マチュアは両手を広げ、ゆっくりと歩きだした。細いパイプの上は、案じていたよりも歩きやすかった。二、三歩進んだ。重力異常を感じた。唐突に、からだが重くなった。立ち止まり、不安定な重力に感覚が慣れるのを待った。

ロキが追ってくるかと思ったが、そんなことはなかった。ロキは窓枠につかまり、わめき散らすだけだ。どうやら高所恐怖症らしい。

「戻れ。そ、そいつに近づくな」

マチュアは、また歩きはじめた。緊張で、額に汗が噴きだした。汗は目に流れこんだ。しきりにまばたきした。いまは視力を失いたくない。

ロキはわめきつづけている。

「待て。待ちやがれ、ちくしょう」

レイガンを構えた。

「撃つぞ。こら、戻れ」

脅しではなく、ロキは本当に撃った。はずみでトリガーボタンを押してしまったのかもしれない。細いビームが、パイプを擦過した。

マチュアははっとした。それで、からだが硬くなった。

バランスが崩れた。

あわてて立て直そうとした。さらに崩れた。

足が滑る。

「あっ」

落下した。それでも滑った瞬間に、パイプを強く後方に蹴った。

浅い角度だったが、マチュアは落ちながらも装置のほうへと跳んだ。腕を伸ばす。指先が装置の凸部に引っかかった。必死で、それをつかんだ。

落下が止まった。

宙吊りになった。呼吸が荒い。搏動《はくどう》が激しく、心臓がひどく痛んだ。指の先も痺《しび》れた。足の爪先で、装置を探った。小さなでっぱりがあった。そこに足先をかけた。ゆっくりと、からだを引きあげた。


パワードスーツとガレオンは、通路の中央で対峙《たいじ》した。

ガレオンの不利は否《いな》めなかった。向こうは運動性で勝り、ショック・カノンを手にしている。ガレオンはパワーは上かもしれないが、電磁主砲を破壊された。動きもパワードスーツほど自由ではない。

何よりも、行動の自由を奪う。それが先決だ。

ジョウは思った。狭い通路にいることが、ガレオンに幸いしている。

パワードスーツが、ショック・カノンを発射した。

ジョウはガレオンを突っこませた。

タロスがビーム砲でショック・カノンの砲弾を狙った。

さらにジョウは、ガレオンをジグザグに走らせた。

パワードスーツは、ショック・カノンを連射する。

一弾が、ガレオンの左サイドに命中した。だが、角度が浅く、砲弾は跳ねた。多重装甲がショックを吸収した。

ショック・カノンの砲弾が尽きた。

パワードスーツはショック・カノンを投げ捨てた。チャンスだった。ガレオンは一気に間を詰めた。

パワードスーツがジャンプした。後方に跳んだ。しかし、天井の低い通路の中では、おのずからジャンプにも限界がある。

高度と角度から、ジョウはパワードスーツの着地点を読んだ。

高機動ミサイルを十基、まとめて発射した。パワードスーツの着地と同時に、ミサイルが四方から襲いかかった。

完全装備ではないパワードスーツは、これを撃破できない。

数基が命中し、数基が周囲で爆発した。

パワードスーツはよろめいた。だが、さすがに連合宇宙軍の制式兵器だ。その装甲は高機動ミサイルの攻撃に耐える。

「ちっ」

ジョウはガレオンを突進させた。

パワードスーツのマルチ・センサーが、迫りくるガレオンの姿をキャッチした。

ガレオンのパワーが、パワードスーツを押しこんでいく。

両腕を伸ばして、ガレオンを受け止めた。

パワードスーツは、背中のノズルを使った。力と噴射が、ガレオンのパワーを圧した。

ガレオンが停まった。転輪にセイフティがかかった。キャタピラが空回りする。

パワードスーツが、ガレオンに殴りかかった。装備に乏しいパワードスーツは肉弾戦を選んだ。が、それが、パワードスーツの長所である行動性を損ねた。

パワードスーツはハッチを狙った。ハッチに指をかけ、引きはがした。二重ハッチだったのが、ガレオンを救った。内側のハッチをパワードスーツは殴った。ハッチがきしんだ。

ジョウたち四人は、ショックよりも音に痛めつけられた。パワードスーツがガレオンを殴る音は、車内で反響し、四人の耳をつんざいた。音はこもって、どこにも逃げない。目がくらみ、頭が割れそうになった。

「こんちくしょう」

ジョウは後部ミサイルの発射ボタンを叩くように押した。押すのと同時に耳をふさいだ。

ミサイルランチャーがせりあがった。ちょうど、パワードスーツの顔の真正面だ。

パワードスーツは、ハッチをこじあけるのに夢中で、ランチャーがせりだしてきたのに気がつかない。

ジョウはミサイルをまとめて発射した。

パワードスーツの顔面をミサイルが直撃した。

顔面から胸にかけての装甲が吹き飛んだ。

キリーの顔が、あらわになった。

アイスハート・キリー。かれがパワードスーツを着用して、クラッシャーを迎え撃っていた。

ミサイルの直撃は、パワードスーツだけでなく、中のキリーにもダメージを与えていた。一瞬だが、キリーは意識を失った。

その隙を、ジョウは衝いた。

ガレオンのドーザー・ブレードで、パワードスーツを持ちあげた。

キリーが我に返った。両腕、両足を振りまわして暴れるが、効果はない。ドーザー・

ブレードは、パワードスーツを高々と持ち上げた。しかもブレードの爪がスーツの凹凸に食いこんでいる。胸から上の装甲を失ったキリーには、噴射ノズルを操作するすべもない。

ジョウは、パワードスーツを壁面に叩きつけた。

そのまま、圧しつぶした。

ブレードの爪が、じわじわとパワードスーツにめりこんでいく。

キリーは悲鳴をあげた。

ガレオンのエンジンは全開になっている。

爪が、パワードスーツをぶち抜いた。

ジョウは、ガレオンを後退させた。

真ふたつになったパワードスーツが床に落ちた。壁が崩れ、瓦礫がそれを埋めた。

ジョウはドーザー・ブレードをもとの位置に戻した。

大きくため息をつく。

気をとり直した。

「急ごう」ジョウは自分に言い聞かせるように叫んだ。

「マチュアは、この奥だ」

7

マチュアは、装置に登るのに成功した。

幅十センチほどの張りだし部分に到達した。ここを真横にたどっていけば、レバーに至るのは容易い。

そろそろと移動した。

ロキがまたわめきはじめた。

「な、何をする気だ？　やめろ。そ、その機械は、お、俺のもんだ。触るな。やめろ」

マチュアは、ロキの存在を完全に黙殺した。視線すら向けなかった。ただただレバーに近づくことだけに専念した。

レバーまであと一メートルの位置にきた。

ロキはあせった。マチュアが何をしようとしているのかわからない。だが、ワープ装置を壊そうとしているのだけはたしかだ。ワープ装置の能力をロキは知らなかった。しかし、マーフィがあれほどほしがっていたのだ。きっとすごい威力を秘めている。そう信じていた。ならば、それはロキをボスとするロキ・パイレーツにも必要なものとなる。マチュアは、それを壊そうとする気だ。それは、やめさせなければならない。やめさせて使い方を訊く。これが使えれば、ロキは無敵になるはずだ。

ロキはまわりを探した。前にマーフィが、この管制室を装置のところまで移動させるのを見たことがあった。あれは何を操作したんだろう。

レバーだ。この管制室のどこかにある大型のレバー。そいつを引けば、管制室は装置のところまでスライドしていく。

ロキはレバーを見つけた。それは自身の背後にあった。

飛びつき、ロキはレバーを力いっぱい引いた。一気にマキシマムまで降ろした。弾かれるように管制室は前進した。移動のショックで、ロキはひっくり返った。

轟音が、マチュアに迫った。マチュアはレバーにあと数十センチまで接近していた。首をめぐらした。突進してくる管制室が目に入った。マチュアが渡ったパイプは、管制室のスライド・レールを兼ねていた。

マチュアは反射的にからだを丸めた。

管制室はマチュアをかすめて装置に激突し、めりこんで止まった。

ロキが、床を這って前進した。右手のレイガンは放していない。しっかりと握っている。

「やめろ。くそ。お、俺の機械だぞ。それをいじるな」

声を震わせ、ロキは叫んだ。

マチュアは装置に向き直った。レバーはすぐそこにある。あれを下に引けば、装置は死ぬ。

「やめろお」

ロキはトリガーボタンを押した。とくに狙いはつけなかったが、ロキとマチュアとの距離は、あまりにも近かった。

光線は、マチュアの右脇腹を灼いた。

びくっと、マチュアが伸びあがった。あと数センチでレバーに届くはずだった指から、ゆっくりと力が失せた。

腕がさがった。

マチュアの目が、ロキを見た。

蔑《さげす》むような、哀れむような、複雑な感情の入り交じった、穏やかなまなざしだった。

ロキはそのまなざしに怯えた。立ちあがりかけていたからだが、また腰からへなへなと砕けた。何か取り返しのつかないことをしたのではないかという恐怖が、全身を貫いた。

そうではない。俺は俺の機械を守ったんだ。

と、ロキは自分に言い聞かせた。しかし、マチュアの目は、その結論をはっきりと否定している。

「うああああ」

ロキは吼え声ともなんともつかぬ声をあげた。

そのときだった。

管制室のドアが吹き飛んだ。ショックで、ロキは、床に叩きつけられた。

壁を粉砕して、ガレオンが突入してきた。

ロキはあわててレイガンを構えた。

ビーム砲の光条が、ロキを撃ち抜いた。

胸を灼かれて、ロキは弾き飛ばされた。コンソールデスクに上体が激突した。そのまま動かない。弛緩《しかん》した指から、レイガンが落ちた。

ガレオン前部のハッチが勢いよくひらいた。

ジョウが飛びだした。タロス、リッキー、アルフィンが、それにつづいた。全員、右手にレイガンを構えている。

「マチュア！」

ジョウが呼んだ。

「ジョウ」

いまにも消え入りそうな声が、それに答えた。

「マチュア」

ジョウは絶句し、立ち尽くした。横にきたアルフィンも息を呑んだ。

ぐしゃりとへしゃげた窓枠を隔てて、マチュアがいた。マチュアはワープ装置に身を預けている。そのマチュアの腰が、無惨に炭化していた。

「マチュア」

ジョウは、よろめくように歩を進めた。

「大丈夫。ジョウ、手伝って」

マチュアはきれぎれに言った。それは声というよりも、ため息に近い。

ジョウは管制室から装置に移った。ワープ装置は不気味な音を発してスパークに包まれ、明るく輝いている。

十センチの張りだし部分を伝って、ジョウはマチュアのいる場所に達した。マチュアが落ちないように、ジョウは彼女に自分のからだをかぶせた。

「あ、あれを、ジョウ」

マチュアは言った。視線がレバーに向けられた。ジョウは、その視線を追った。

「あれ？」

「そう。あのレバー。あれを、お願い。引っぱって。下へ」

「わかった」

ジョウはマチュアのからだを支えながら、右手を伸ばした。

「これだな？」

レバーに指が届いた。

「そう、急いで」

マチュアは言った。

ジョウは言われるままに、レバーを引いた。かちりと小さな音がした。レバーのすぐ横にある赤いＬＥＤが灯った。

つぎの瞬間、すさまじい音が装置から響き渡った。空気が弾けるような音だ。光が走った。電光に似ていた。チューブに沿って上下に何度も走った。装置についているさまざまなＬＥＤが、激しく燦いてからブラックアウトした。あちこちで結節部がショートする。火花が散り、そのたびに破裂音が耳をつんざく。装置の頂上のほうでは虹色の光が明滅しはじめた。スパークの網が、潮が退くように失せていく。

基底部のほうから、白い、靄《もや》のような光がふわりと昇ってきた。光はゆっくりと上昇し、装置全体を包んだ。まるでハレーションのようである。

光は下のほうから散っていった。やがて、すべての光が装置から消えた。

ジョウは、身が軽くなったのをおぼえた。重力異常がなくなった。無重力になった。破片や、海賊兵士の死体がそこかしこから漂ってくる。

装置が停止した。

荒れ狂っていた重力の嵐が、たったいま熄《や》んだ。

「停まった」ジョウはやさしく言った。

「装置が停まったよ。マチュア」

「ええ」

マチュアはかすかにうなずいた。紫の瞳が、うるんでいた。

「ありがとう。ジョウ」

ふっと目を閉じた。彼女の全身から力が失せた。

「マチュア」ジョウは叫んだ。

「しっかりしろ。マチュア」

マチュアの首が、ジョウの腕にのった。ジョウは左手でマチュアのからだを支えた。髪が、ふわりと浮きあがった。ジョウは、その髪に頬をあてた。

「死んじゃ、だめだ。目をあけて、マチュア」

絶叫した。

管制室では、アルフィン、リッキー、タロスがうなだれていた。アルフィンとリッキーは滂沱《ぼうだ》と涙を流している。

ジョウが、マチュアを抱いて管制室に戻ってきた。管制室には〇・二Gが存在していた。

床にシートを敷き、マチュアのからだを横たえた。

四人は、そのかたわらにひざまずいた。そのまま動かない。口を閉じた。誰も何も言わなかった。

どのくらいそうしていただろう。

四人は足音を聞いた。歩調のそろった訓練された足音だった。ひとりだけリズムを乱す者がいた。

足音は管制室の中に入ってきた。ガレオンはマチュアを管制室に戻したとき、通路のほうへと移した。

足音が止まった。

四人は、ゆっくりとおもてをあげた。

バードとコワルスキーを先頭に、連合宇宙軍の兵士がレーザーガンを構えてずらりと立っていた。

コワルスキーは、口をへの字に曲げて、あたりを見まわしている。

「ふむ」

鼻を鳴らした。

「ずいぶんと派手にやったものだな」誰に言うともなく、言った。

「ボスのビッグ・マーフィはどこだ？」

「さあてね」タロスが答えた。

「そこいらを探してみな。ロキという幹部だったら、あっちでくたばっている」

コンソールデスクに向かい、あごをしゃくった。

「ふむ」

コワルスキーは、また鼻を鳴らした。

「そのなんだな」いやそうに言った。

「ご苦労だった。俺も、少しばかりクラッシャーを見直した」

「あんたに褒《ほ》められる筋合いはないぜ」リッキーが立ちあがって言った。

「礼が言いたきゃ、マルドーラ大統領に言いな。俺らたちはマルドーラに頼まれてやったんだ」

「マ、マルドーラだと」

いきなり、声が響いた。死んだと思っていたロキの声だった。

「うわっ」

リッキーが仰天して、タロスにしがみついた。

「きゃ」

アルフィンもジョウに抱きついた。

ロキが、ぜいぜいとあえぎながら突っ伏していたコンソールから顔をあげた。苦痛に、醜い顔がさらに歪んでいる。

「そうか。マ、マルドーラの野郎が、謀《はか》ったのか」

ロキは笑いだした。うつろな笑い声だった。

「何を笑う？　きさま」

コワルスキーが訊いた。

「お、お笑い草だぜ」苦しい息で、ロキはつづけた。

「野郎、マーフィだけじゃなく、俺のことまで、だましてやがった。お、俺は、つくづく馬鹿だ」

短く笑った。笑いながら血の塊を吐いた。うっと喉がつまり、首が前に落ちた。から
だが、滑るようにくずおれた。

コワルスキーは茫然としている。

クラッシャー四人も、声がない。

「…………」

バードひとりが、小さくうなずいた。

アルフィンが、ジョウを見た。

ジョウは震えていた。全身が、おこりのようにぶるぶると震えていた。

立ちあがった。

「やろう！」

怒りが、形相《ぎょうそう》にあらわれた。

8

パブロポリスは壊滅状態だった。死者、行方不明者は、全市民の六割に達した。かろうじて助かったものは、突撃艇が墜落したときに、さっさとパブロポリスから逃げだした人びとだった。

水は一日で引いた。しかし、建物はひとつとして使いものにならなかった。ラゴールの国民は、また一から出直さなければならない。

そんな中で、マルドーラ大統領だけは意気軒昂だった。復興の目処《めど》すらたたないのに、応急修理で官邸を直し、内外の報道関係者をそこに招待した。

水が引いてから三日目のことだった。

報道関係者はあきれたが、それでも一応、会見の場に集まった。

会見席に、マルドーラがあらわれた。ストロボの光がマルドーラを包んだ。その多くが、コルテジアーニの用意したカメラマンだった。

マルドーラは、朗々と演説をぶった。

「私は、このラゴールの代表者として、また、この国に住む全国民の生命財産を預かるものとして、多大なる喜びをもって、きょう、この場で、この発表をなすものであります」

ストロボの雨。

「思えば、献身的なクラッシャー諸君と、そして栄《は》えある連合宇宙軍の尽力により、我が国は、永らくこの美しい国土を汚してきたマーフィ・パイレーツによる無法と暴力を完全に取り除くことができました」

拍手。ストロボ。

「かえすがえすも残念なことに、美しかったパブロポリスは、不幸な天変地異により、見るも無惨な廃墟と化しました。その上に、尊い人命が、多く失われました。ラゴールの大統領として、これほどつらく、悲しいことはありません。しかし、きょうからは違います。悲しみを胸に秘めつつも、あすに向かって新生ラゴールが動きだします。きょうこそは、ラゴールのあらたな門出の日なのであります。正義と、繁栄に向けての、再出発の日なのであります」

拍手、拍手、拍手。ストロボの洪水。

マルドーラの演説は、一時間にわたってつづいた。そのために、本物の報道関係者はひとり残らず途中で引き揚げてしまい、最後まで耐え抜いたのは、コルテジアーニが雇ったサクラだけであった。

それでも、マルドーラは、この会見を成功と信じた。

会見が終わり、マルドーラはコルテジアーニとともに執務室へと戻ってきた。

「おめでとうございます。会見は大成功のようで」

マルドーラのうしろにくっついて、コルテジアーニはおべんちゃらを言った。

「うむ」マルドーラは威厳を崩さぬよう、重々しくうなずいた。

「今宵《こよい》の用意は？」

夜会のことを訊いた。

「それはもう盛大に、準備いたしております」

コルテジアーニは揉《も》み手をした。

執務室に着いた。

先に立って、コルテジアーニは扉をあけた。

マルドーラが悠然と中に進んだ。一瞬、立ちすくんだ。そこに人がいたからだ。それが誰かに気がついて、マルドーラは急いで相好を崩した。

「や、やあ、ジョウ」

執務室にいたのはクラッシャージョウだった。ジョウは大統領の机の脇に立っていた。

執務室の修理は完全に終わっている。割れた窓はガラスがはめ直され、シャンデリアも新しいものが吊るされていた。

「どうしたのかね。とつぜん」マルドーラは親しげに近づいた。

「パーティにはまだ間があるはずだが？」

「その前に、あんたに伝えておきたいことがあってね」

「え？」

マルドーラは怪訝な顔になった。足が止まった。

「ロキとマーフィからの、あんたへの言伝《ことづて》さ」ジョウは言った。

「ふたりとも、地獄であんたを待っているそうだ」

マルドーラは蒼ざめた。表情がこわばった。

「な、なんの話だ。きみ、冗談は――」

「しらばっくれるな」

「…………」

「なるほど、たしかに海賊に脅されていたなんて被害者面をしていりゃ、人の同情も集まろうってもんさ。しかし、そんなんじゃない。あんたは何もかも嘘で塗り固めてきたんだ」

「ど、どういうことかね、ジョウ」マルドーラは額に冷や汗を浮かべた。

「我が国の危機を救ってくれた英雄が、そんなことを言いだすなんて」

「我が国じゃなくて、あんたの危機だろ」

「きみ」

「ロキが何も話さなかったと思ったら大間違いだぜ」ジョウは右手をマルドーラに突きつけた。マルドーラは一歩うしろにさがった。

「あんたは、最初からマーフィ・パイレーツとグルだったんだ。いや、手先とか乾分《こぶん》と言ったほうが正しいかな」

「…………」

「あんたは大統領という名の操り人形だ。治外法権を利用して海賊のアジトを守ってやるかわりに、そのあがりの分け前にあずかっていた」

ジョウは前に進んだ。それにつれて、マルドーラはどんどん後退した。

「しかし、あんたは操り人形であることに不満を抱いていた。実権を握るマーフィがうとましくなり、クーデターを計画した」

「戯言を」

「あんたは新型ワープ装置の情報を手に入れ、それを横取りしようとオーパスでチンピラを雇った。だが、その作戦は、マーフィの部下がクラッシャーを雇ったために失敗した」

「いい加減にしたまえ」

マルドーラは怒鳴った。が、その声は弱々しかった。ジョウが前進し、マラドーラはさらにうしろにさがった。

「窮地に立ったあんたは、つぎにマーフィに倣《なら》ってクラッシャーを利用してみた。ところが、クラッシャーは、マーフィを逃がしてしまった。そこで、あんたは海賊組織を捨てた。自分だけが安全なところで生き残り、善人の仮面をかぶって、のうのうと暮らそうとはかった」

「やめろ！」

マルドーラは壁に追いつめられ、叫んだ。扉の前ではコルテジアーニがおろおろとしている。

「ロキが黙っていると思っていたのか？」

「海賊のつくり話だ」ひきつった声で、マルドーラは言った。

「第一、証拠があるのかね？」

「証拠は、何もない」

「そうだろう」マルドーラは、ほっと息を吐いた。

「そんなのは、すべてでっちあげだ」

「証拠なんて、要《い》らないんだよ」

ジョウは、かぶりを振った。

「なに？」

「裁きは俺がつけてやる」

ジョウはホルスターからレイガンを抜いた。

マルドーラの顔前に突きつけた。

「ひっ」

マルドーラは硬直した。

ジョウはトリガーボタンを押した。

光線がほとばしった。マルドーラの髪をビームがかすめ、壁を黒く灼いた。

マルドーラは悲鳴をあげた。

コルテジアーニは、扉をあけて逃げだそうとした。

そのとたん、誰かにぶつかった。

「ごめんよ。おっさん」

タロスが入ってきた。

うしろに、バードとコワルスキーがつづいた。連合宇宙軍の兵士が、無言で扉を固めた。

バードが前にでた。

茫然と立っているマルドーラに身分を名乗った。

「閣下、はじめてお目にかかります。連合宇宙軍情報部二課のバード中佐です」

「情報部二課」

マルドーラははっと我に返った。

バードにすがりつこうとした。

「た、助けてくれ。このクラッシャーが」

「その前に、これを」バードは一枚のカードをマルドーラの眼前に突きだした。

「逮捕状です。大統領」

「！」

「証拠もありますよ、こっちには。ただ、ラゴールは独立国でしたので、強制捜査ができなかったのです。しかるに先日、ラゴールの大統領から出動要請がありましてね。助かりましたよ」そこで、バードの口調が一変した。

「ラゴール大統領、デュプロ・マルドーラ。銀河連合主席の名において、あなたを海賊行為の共犯者として逮捕します」

「………………」

マルドーラは、しばらく目の前の逮捕状を見つめていた。

やがて、がっくりと肩を落とした。

コワルスキーが兵士を呼び、マルドーラとコルテジアーニを連行した。

執務室には、ジョウたち四人とバードだけが残った。

「やあ、ジョウ」バードはにこやかに言った。

「おかげで、すべてがうまくいった。きみたちの協力に感謝するよ」

バードはジョウに右手を差しだした。

ジョウは、その手を握り返さなかった。かわりに、右のストレートをバードのあごに叩きこんだ。バードは吹き飛んだ。

「ジョウ」

アルフィンとリッキーが、ジョウを制止した。ジョウはふたりの手を振りほどき、足音も高く執務室から飛びだした。

バードは顔をしかめ、あごを撫でながら、上体を起こした。

ジョウを見送り、タロスに訊いた。

「嫌われたかな？」

「訊いといてやるよ」

腕組みして、タロスは答えた。タロスは笑っていた。

バードは肩をすくめた。

エピローグ

ダンは、会議を終えて自室に戻ってきた。

客がきていた。珍しい客だった。この男がクラッシャー評議会の議長を訪ねてアラミスまでやってきたのは、これがはじめてかもしれない。もっとも、かれは、そのむかしにはクラッシャーの一員としてこの星を根城にしていたこともあったのだが。

「よくきたな、バード中佐」ダンは言った。

「お手柄だったじゃないか」

「とんでもない」バードは両手を振った。

「こいつは貧乏くじでしたよ。わたしは褒《ほ》め言葉よりも同情がほしいですな」

「なるほど」

「ジョウはもう一人前ですぜ。パンチだって、このとおりだし」

バードは自分のあごを示した。肌色の幅広い消炎テープが貼ってあった。

「そうかね」

ダンはかすかに笑った。ソファにすわるバードから離れて、突きあたりの窓際に立った。

「そう思ったからこそ、こんなやばい一件に、ジョウを放りこんだんでしょ？」

バードは言う。

ダンは首をめぐらし、バードを見た。バードはその表情から何かを読みとろうとしたが、それは徒労に終わった。

「おやっさんに、悪役は似合わねえ」

肩をすぼめ、バードは言った。

「…………」

ダンは何も答えなかった。

黙って窓の外に視線を向けた。

アラミスの海が見えた。水平線を鳥が遊弋《ゆうよく》している。そして、その向こうには……。

ハイウェイを一台のエアカーが猛スピードで疾駆していた。2プラス2のスポーツタイプである。前席にジョウとアルフィン、後席にタロスとリッキーが乗っている。操縦レバーはジョウが握っていた。かなり荒く、投げやりな操縦だった。

「世の中ってのは、こんなもんですぜ」

五十二歳のタロスが、分別《ふんべつ》臭く言った。

「…………」

ジョウは口を閉ざしている。

「そう怒るなよ、兄貴」

十五歳のリッキーが、なだめるように言った。

「…………」

やはりジョウは何も言わない。

「みんな悪気はなかったのよ」

十七歳のアルフィンが、明るく微笑んで言った。

「…………」

ジョウは無言だった。

デジタルのスピード計が五百キロを表示した。

かなりのオーバースピードである。

「ねえ、あたし聞いちゃったんだけど」思いきったように、アルフィンが言った。

「ドクター・バルボスって、マチュアのおとうさんだったんですって。だから、あんなことしたのね。海賊の襲撃のさなかに、利用されるかもしれないマチュアを冷凍睡眠にかけるなんてこと」

「やめときな、アルフィン」タロスが言った。

「そんなこたあ、言うだけ無駄だ」

「どうして、そういう言い方をするんだよ」リッキーが抗議した。

「ディスコんときだってそうさ。タロスはいつも、人をガキ扱いする」

「古い話をむし返すな」

「いいじゃないか。話はちっとも片づいてないんだから」

「静かにして、ふたりとも」アルフィンが割って入った。

「ドライバーの気が散るでしょ」

「気が散るって生やさしい操縦かよ。これが」

リッキーは毒づいた。

「リッキー」

「やらせておけ」

十九歳のジョウが、投げやりな口調で言った。

「え？」

「やらせておけばいい」ジョウは繰り返した。

「そのほうが、俺のチームらしい」

「ジョウ」

電光パネルがあらわれた。インターチェンジの案内だった。降りれば、マルタドール市内。直進すれば、宇宙港だった。

ジョウはエアカーをまっすぐに走らせた。

てっきりマルタドール市内に寄るものと思っていた三人は、目を丸くした。五時間前に宇宙港に着いて、いま、オーパス総合大学に顔をだしてきたところだ。ほかには何もしていない。それなのに、エアカーはまた宇宙港へと向かっている。

「どこへ行くんだい？」

リッキーが訊いた。

「電光パネルを見なかったのか？」

「見たよ」

「見てのとおりだ」

「でも」

「タロス」

「へい」

「つぎの仕事はキャンセルになっていたか？」

「なってませんね」

「遊んでいるひまはあるか？」

「ありません」

「ということさ」ジョウはうしろを振り返り、にやりと笑った。

「資格停止は解除だ。仕事ができるんだぞ。俺たちはクラッシャーだ」

「ちくしょう。隠してたな」

リッキーは指を鳴らした。

「このくわせ者！」

アルフィンが、ジョウの頭をこづいた。

タロスが声をあげて笑った。

エアカーがひた走る。

四人の前には。

宇宙があった。

了

初版あとがき

この作品は、映画版「クラッシャージョウ」のノヴェライゼーションです。

映画版「C・J」は、その名のとおり、小説の「クラッシャージョウ・シリーズ」をもとに、映画用としてのストーリーをあらたに構成しました。したがって、小説版では死んだはずのコワルスキー大佐が登場したり、再会していたはずのバード中佐との出会いが描かれたりしています。映画版「C・J」は同じチームを主人公にしたべつの世界の物語と思って読んでいただけるとよいかもしれません。書き忘れていましたが、宇宙船などのメカニックのデザインや数値も小説とは異なっています。小説のほうはイラストを描いていただいている安彦良和さんがデザインされたのですが、映画版のほうは「スタジオぬえ」の河森正治さんがデザインを担当しました。

ノヴェライゼーションにあたっては、できうる限り映画のシナリオに忠実に書きました。しかし、新型ワープ装置の設定や、ドクター・マチュアの扱いなどについては、少し変更があります。それは、新型ワープ装置の説明が、映画では表現や長さの関係でやや舌足らずになっていたからです。そこで小説に書き下ろす際に、冒頭のプロローグを付け加え、さらにドクター・マチュアのエピソードを新型ワープ装置の解説に置き換えました。このあたりが、小説と映画の作法の違いが大きくでたところでしょうか。映画で小説のようにくどく説明していたら、退屈極まりないものになります。といって、小説を映画のようにさらりと書いたら、動く絵や音楽のないぶんだけ、描写にもの足りなさを感じてしまいます。そこで大筋に影響を与えないように注意して、構成や設定に手を加えたのです。ジャンルが違う以上、それぞれの目的にかなった書き方、描き方が生まれるということですね。これは細部にもいえます。たとえば、映画ではスケジュールをチェックするのにタロスが手帳を取りだしています。小説ではそうなっていません。これも、絵と文の差が大きくでるところです。映画で観る限り、手帳は不自然ではありません。むしろ動きの効果で、画面がおもしろくなります。しかし、文章で、手帳を取りだした、と書いては、あまりにも直截的で、違和感が前面にでてしまいます。映像と文章の違い、そういったことを考えて、この小説を読んでみたら、また、ユニークな視点が得られるのではないでしょうか。

最後になりましたが、映画版「C・J」で監督を務めていただいた安彦良和さんに最大の感謝を捧げたいと思います。映画化にあたって安彦さんに指摘された登場人物の性格設定や世界観についての考察は、驚くほど的確で鋭く、かつ好意的なものでありました。いままで自分の作品を客観的に考えたことがなかったので、ひじょうに参考になりました。ノヴェライゼーションではそのことを意識して書いた部分もあります。こういった読み方をしてもらえる作家というのは、他の誰よりも幸せではないか、という気がします。

一九八三年三月十七日

高千穂　遙

著者略歴　1951年生，法政大学社会学部卒，作家　著書『ダーティペアの大冒険』『連帯惑星ピザンの危機』・『ダーティペアの大帝国』『水の迷宮』（以上早川書房刊）他多数

HM=Hayakawa Mystery
SF=Science Fiction
JA=Japanese Author
NV=Novel
NF=Nonfiction
FT=Fantasy

クラッシャージョウ別巻①

虹色《にじいろ》の地獄《じごく》

〈JA1109〉

二〇一三年四月二十日　印刷
二〇一三年四月二十五日　発行

（定価はカバーに表示してあります）

著者　高《たか》千《ち》穂《ほ》遥《はるか》

発行者　早川浩
印刷者　矢部真太郎
発行所　株式会社 早川書房
郵便番号　一〇一 - 〇〇四六
東京都千代田区神田多町二ノ二
電話　〇三 - 三二五二 - 三一一一（大代表）
振替　〇〇一六〇 - 三 - 四七七九九
http://www.hayakawa-online.co.jp

乱丁・落丁本は小社制作部宛お送り下さい。
送料小社負担にてお取りかえいたします。

印刷・三松堂株式会社　製本・株式会社明光社

ISBN978-4-15-031109-4 C0193